Auf und ab –
Mord in Hellwege

»Wenn wichtige Dinge in aller Heimlichkeit getan werden,
handelt es sich erfahrungsgemäß um
Weihnachtsgeschenke oder um Verbrechen.«

Maximilian Holten

Wilhelm Wünsche

Auf und ab – Mord in Hellwege

Edition Temmen

Die Deutsche Bibliothek verzeichnet diese Publikation in der Deutschen Nationalbibliografie; detaillierte bibliografische Daten sind im Internet unter http://dnb.ddb.de abrufbar.

1. Auflage 2011

Hohenlohestraße 21 - 28209 Bremen
Tel. 0421-34843-0 - Fax 0421-348094
info@edition-temmen.de
www.edition-temmen.de

Gesamtherstellung: Edition Temmen
ISBN 978-3-8378-7005-3

VORBEREITUNG

Seine Geduld war am Ende.
Langsam und umständlich faltete er die Zeitung, die er eigentlich hatte lesen wollen, zu einem flachen Schlaginstrument zusammen. ›Friedensgespräche‹ war auf der ersten Seite noch zu lesen, aber danach war ihm jetzt nicht zumute. Gewöhnlich brachte ihn nichts so schnell aus der Ruhe, doch dieses penetrante Insekt, das er als ›Große Stubenfliege‹ – Susanne hätte es wohl einfach ›Brummer‹ genannt – identifiziert hatte, wollte ihn diesen sonnigen Spätsommernachmittag anscheinend nicht genießen lassen.

Er trug seine Sommeruniform: Einfarbiges, graues T-Shirt, kurz über dem Knie abgeschnittene alte Jeans, weiße Baumwollsocken und Turnschuhe, und dieses sechsbeinige Krabbeltier hatte schon allen unbedeckten Stellen seines Körpers unangenehm kitzelnd einen Besuch abgestattet. Wie ein Imker hatte er versucht, sich mit dem Rauch seiner Zigarette, den er auf das Biest blies, gegen es zu verteidigen. Aber auch das hatte nicht geholfen und es nicht vertreiben können. Er musste härtere Maßnahmen ergreifen.

Maximilian Holten saß in einem bequemen Liegestuhl auf der Terrasse des Einfamilienhauses in Hellwege, das er, seine Frau Susanne und die Kinder seit vielen Jahren ihr Heim nannten, unter dem ausgebleichten weiß-roten Sonnenschirm. Er liebte diese warmen, windstillen Tage, wenn er draußen an der frischen Luft, von grünen Pflanzen und bunten Blüten umgeben, auf einem gemütlichen Platz in aller Ruhe die Zeitung studieren konnte.

Bis auf das regelmäßige Geschrei der letzten Starenbrut, das unter dem Dach des Erkers bei jedem Auftauchen eines

Elternvogels begann, das gelegentliche Brummen eines auf der Straße vorbeifahrenden Autos und das Surren und Rauschen der Rasensprenger in der Nachbarschaft war alles ruhig. Diese methodische sommerliche Grundwasserabsenkung gefiel ihm ganz und gar nicht, und deswegen hatte er eine eigene Art der extensiven Rasenpflege entwickelt, die ihm Arbeit ersparte und außerdem effektiv war: Er mähte und sprengte seinen Rasen während der heißen Zeit im Sommer nicht, und zum Erstaunen seiner Nachbarn behielten die Pflanzen und Grasflächen ihre grüne Farbe bis zum Herbst.

Seine Frau hielt den pädagogischen Mittagsschlaf, und ihr jüngster Sohn, Robert, inzwischen bereits vierzehn Jahre alt, beschäftigte sich in seinem Zimmer anstelle der Erledigung seiner Hausaufgaben mit dem Computer.

Sein Blick ging über den mit Löwenzahn übersäten Rasen, der sich nicht sehr weit bis zu den ihr Grundstück abgrenzenden Sträuchern erstreckte. Überall summte und brummte es, alle Falter, Schmetterlinge, Schwebfliegen und Bienen kümmerten sich nur um die bunten Blumen, doch dieses eine Untier interessierte sich ausschließlich für ihn. Holten hatte im Biologieunterricht gut aufgepasst und wusste natürlich, dass auch jedes Ungeziefer im Gefüge der Natur eine wichtige Aufgabe zu erfüllen hatte, aber manchmal tat es ihm leid, dass Er es am fünften Tag nicht einfach vergessen hatte.

Holten hatte den Tod der Fliege beschlossen.

Warum auch konnte sie ihn nicht in Ruhe lassen? Er hatte geduscht, transpirierte nicht und hatte auch keinen besonders exotischen Duft aufgelegt.

Dabei war seine Einstellung zum Töten von Tieren im Laufe seines Lebens immer negativer geworden. Als Junge hatte er ohne Zögern mit dem Luftgewehr eine Unzahl von Vögeln aus den umliegenden Obstbäumen auf dem Grundstück seiner Eltern geschossen. Er hatte damit aufgehört, als er als Jugendlicher nachzudenken begonnen hatte. Aber er hatte weiter den Fischen in den Bächen und Teichen nachgestellt. Dies wiederum hatte er mit ungefähr dreißig Jahren aufgegeben, weil er es irgendwann als Tierquälerei empfunden hatte. Und inzwischen konnte er noch nicht einmal einer Spinne ohne Gewissensbisse etwas zuleide tun. Trotzdem war er kein dogmatischer Tierschützer, dazu schmeckte ihm ein Wiener Schnitzel oder ein ordentliches Steak viel zu gut, aber ein Tier ohne Not zu töten war ihm immer unangenehm.

Trotz der Gefahr, die ihr jetzt drohte, krabbelte die Fliege wieder auf seine linke Hand, von der er sie schon unzählige Male mit einer reflexartigen Bewegung vertrieben hatte. Er überlegte kurz, ob er ihr Leben auf der und an dieser Stelle beenden sollte, wartete dann aber lieber, bis sie auf dem Tisch saß. Dann schlug er plötzlich zu. Endlich schien er sich des Brummers entledigt zu haben, doch als er die Zeitung vorsichtig anhob, startete der doch wieder, umrundete wie zum Hohn zweimal seinen Kopf und setzte sich dann wieder vor ihn auf die karierte Tischdecke, von wo er ihn frech fixierte. Offensichtlich war unter der Zeitung ein Hohlraum gewesen.

Er war sich jetzt sicher, dass dieses Ungeziefer ihn absichtlich ärgern wollte, und spürte Hassgefühle. Langsam näherte sich jetzt die Zeitung wieder der Fliege, umgedreht – ›Friedensgespräche‹ war wieder zu sehen –, und sauste dann plötzlich herab. Dieser Versuch war erfolgreich.

Befriedigt atmete Holten tief durch.

Sein Triumphgefühl wurde jedoch dadurch beeinträchtigt, dass jetzt auf der blau karierten Tischdecke ein auffälliger, hässlicher Fleck zu sehen war. Außerdem war ein großer Teil der Tischplatte mit Zigarettenasche bedeckt, denn der Schlag mit der Zeitung hatte viel Wind gemacht, und die Fliege war in der Nähe des Aschenbechers gestorben. Leise fluchend versuchte er, die Fliegenleiche mit der Zeitung vom Tisch zu kratzen und blies die Asche fort.

Welch ein Sommer!
Weil die Sonne unaufhörlich wanderte, musste Holten den Liegestuhl ein Stück weiter in den Schatten rücken. Dann lehnte er sich zurück und faltete das Blatt wieder auseinander, um weiterzulesen.

Den ersten Teil mit den wichtigsten Schlagzeilen und den Nachrichten aus Politik und Wirtschaft legte er über die unschönen Reste auf der Decke, zum einen natürlich, um den Fleck zu verdecken, und zum anderen, weil ihn diese Themen nur in zweiter Linie interessierten.

Holten war alt genug, um erkannt zu haben, dass sich in der großen Politik und Wirtschaft erst etwas änderte, wenn sowieso nichts mehr zu ändern war, und das hatte sich in den letzten dreitausend Jahren nicht geändert, weil der Normalbürger nichts daran ändern konnte. Er hatte sich abgewöhnt, sich darüber aufzuregen. Die Informationen im Großen mussten reichen, um sich eine eigene Meinung zu bilden und eigene Gedanken zu machen. Später würde er also noch die Überschriften überfliegen.

Endlich war wieder Ruhe eingekehrt.

Interessiert verfolgte er den unsicher schwankenden Flug eines Admirals, der über dem der Terrasse vorgelagerten Blumenbeet von Blüte zu Blüte taumelte. Er dachte unwillkürlich an die Zeit, als er noch ein junger Mann gewesen war. ›Butterfly‹ war damals ein großer Hit gewesen, und er lächelte leise, als er sich erinnerte, wie sie damals über dieses Stück und andere Schnulzen gelästert hatten.

Holten legte die Beine hoch und widmete sich dann intensiv dem Sportteil.

Seitdem sein ältester Sohn, Martin, höherklassig Fußball

spielte, war sein Interesse für eben diese Sportart stark gewachsen, und es war für ihn, besonders nach den Spieltagen an den Wochenenden, schon fast ein zwanghaftes Bedürfnis geworden, sich über den Verlauf der Spiele und den aktuellen Tabellenstand in der Liga zu informieren.

Es erstaunte ihn immer wieder, was für einen sportlichen Sohn er hatte.

Vor allem, weil er selbst in seinem Leben immer nur so viel zu seiner eigenen körperlichen Ertüchtigung beigetragen hatte, wie unbedingt nötig war, und diese Notwendigkeit bestand vor allem darin, sich in seiner aktiven Zeit als Polizist – er war Kommissar, schließlich sogar Hauptkommissar bei der Kriminalpolizei und Leiter der Mordkommission gewesen – eine gute Dienstfähigkeit bescheinigen lassen zu können. Er war gelaufen, bevor es ›joggen‹ hieß, und hatte Judo trainiert. Das Laufen war ihm aber im Grunde immer zu eintönig gewesen, und die Glücksgefühle, die Langläufer angeblich häufig verspürten, hatten sich bei ihm nie eingestellt. Seit seiner frühzeitigen Pensionierung hatte er es aufgegeben. Er nahm allerdings freiwillig und regelmäßig einmal wöchentlich am ›Männersport‹, wie man im Dorf mit einem humorvollen Unterton zu sagen pflegte, teil. Dort spielte er mit den gesetzten Herren des Ortes in der Sporthalle, im Sommer auch draußen im Sand, eineinhalb bis zwei Stunden Volleyball. Mehr Sport war seiner Meinung nach auch gar nicht nötig: Nach eigener Einschätzung hatte er sich für sein Alter gut gehalten. Mit seiner kompakten, kräftigen Figur konnte er noch eine erstaunliche Beweglichkeit vorweisen, doch die eisgraue Farbe von Haaren und Bart ließ ihn für die meisten Menschen älter wirken, als er war.

Die Jungs hatten ihr Punktspiel, ein Heimspiel, gewonnen, und sie hatten auch recht gut gespielt. Das wusste Holten natürlich schon, weil er dabei gewesen war. Der Berichterstatter allerdings schien das Spiel nicht gesehen zu haben, obwohl sein Spielbericht diesen Eindruck erwecken sollte. Holten hatte die Mannschaft in Weiß-Blau gesehen, die Fotos aber zeigten ein Team in Rot, und auch die Beurteilung der Leistung beider Mannschaften war bei ihm anders ausgefallen.

›Reporter‹, dachte er abfällig, und dass er selbst die Berichterstattung wohl besser hätte erledigen können.

Der Rest der Zeitung war nicht sonderlich interessant.

Als er bei den Todesanzeigen angelangt war, kam ihm, und das nicht zum ersten Mal, der unangenehme Gedanke, dass die Einschläge immer näher kamen. Wieder einmal hatte jemand das Zeitliche gesegnet, der jünger war als er. War er schon alt, oder wurde er es jetzt? Er fühlte sich nicht so, aber wann begann man alt zu werden? Und was bedeutete es überhaupt, alt zu sein? War es ein nicht mehr vorhandener Waschbrettbauch, die Unfähigkeit, die aktuelle Hitparade auswendig aufsagen zu können, oder etwas ganz anderes? Seine Mutter hatte, hoch in den Siebzigern, im Sommer eine Fahrradtour zu Verwandten unternommen, und keine Etappe war unter achtzig Kilometern gewesen. Das hätten seine Kinder, ihre Enkelkinder, sich nicht zugemutet. Er schmunzelte, als er daran dachte, dass Susanne von den Kleinen im Kindergarten, in dem sie arbeitete, manchmal ›Oma‹ genannt wurde.

Das allmähliche Hinübergleiten in ein Nachmittagsschläfchen enthob ihn dann jedoch weiterer philosophischer Gedanken.

»Willst du auch noch einen?«

Holten schreckte auf. Hinter ihm stand Susanne, die beste aller Ehefrauen, mit einem Becher Kaffee in der Hand. Sie wusste natürlich, dass er zu jeder Tages- und Nachtzeit, ob heiß oder kalt, Kaffee trinken konnte und besonders morgens und nachmittags seinen Kaffee dringend brauchte, um sich wohlzufühlen, und deshalb nie »nein« sagte. Trotzdem stellte sie nach fast dreißig Jahren Ehe immer noch diese eine Frage, wenn sie selbst Kaffee trank.

Sie war ungefähr einen Kopf kleiner als ihr Ehemann, zweifellos jedoch viel hübscher. Auch an ihr waren die Jahre nicht spurlos vorübergegangen, doch ihr Haar war noch nicht grau, und wenn sie lachte, sah sie noch jung aus. Sie war, sommerlich gekleidet, in einem leichten, geblümten Kleid nach draußen auf die Terrasse getreten und hatte die freie Hand auf seinen Unterarm gelegt, um ihn sanft zu wecken.

Er musste wohl tief geschlafen haben, denn er hatte nicht bemerkt, wie Susanne heruntergekommen war, und das Blubbern und finale Fauchen der Kaffeemaschine hatte er auch nicht gehört.

»Ah... ja«, murmelte er, sich nicht bewegend, und dann: »Haben wir noch irgenwelche Kekse oder Kuchen?«

Das war nicht gut für die Figur, krönte aber den Genuss des Nachmittagskaffees.

Lächelnd antwortete sie: »Natürlich.«

Eigentlich sollte das heißen: ›Ja, wir haben noch welche, aber wenn du etwas haben willst und so fragst, musst du es dir schon selbst holen.‹

Jetzt hatte er also falsch gefragt.

Er hatte dieses Spielchen oft gespielt:

Wenn sich jemand ungenau oder nicht eindeutig ausdrückte oder unpräzise fragte, legte er gern jedes Wort auf die Goldwaage, um die Zweideutigkeit sichtbar zu machen. Das waren noch Nachwirkungen seiner früheren Berufstätigkeit, der Verhöre, die er zu führen gehabt hatte. Es war ihm zum Beginn seiner Laufbahn als Kriminalbeamter einige Male passiert, dass er nach dem Auffinden einer Leiche bei der Einvernahme eines Zeugen gefragt hatte: »Wann haben Sie den Toten das letzte Mal gesehen?«

Manche Spaßvögel antworteten dann mit »noch nie«, weil er ja vorher noch lebendig gewesen war, andere mit »eben gerade«, wenn sie vorher einen Blick auf den Verblichenen geworfen hatten.

Er hatte sich schnell angewöhnt, präziser zu fragen, und jetzt irritierte er seine Mitmenschen manchmal damit, jedes Wort oder jeden Ausdruck auf eine Zweideutigkeit hin zu überprüfen und, sich dumm stellend, zu hinterfragen. Hin und wieder war das auch recht lustig, und manchmal spielte seine Frau das Spielchen mit.

Dieses Mal hatte er sich falsch ausgedrückt, also verloren. Deshalb musste er noch einmal fragen, genauso, wie es gemeint war:

»Holst du uns noch etwas?«

»Papa, du bist ein fauler Sack«, hätte seine große emanzipierte Tochter wahrscheinlich respektlos bemerkt, wenn sie die Frage gehört hätte.

Er hatte sich noch immer nicht bewegt, und als sie nicht antwortete, vermutete er, dass sie schon auf dem Wege war, um das Gebäck zu holen. Da konnte man sich auf sie verlassen.

Susanne versetzte ihn immer wieder in Erstaunen: Sie musste immer in Bewegung sein und dabei etwas Produktives tun. Selbst abends, bei einem Glas Rotwein, fand sich immer noch eine Möglichkeit, fleißig zu sein, sei es das Ordnen der letzten Kontoauszüge oder Apfelschälen für die Familie.

Auch er konnte ausdauernd und intensiv arbeiten, ohne Pause, bis ein Ergebnis vorlag. Aber schließlich musste auch irgendwann Ruhe einkehren, und das wirkliche Leben begann für ihn erst, wenn er entspannen und die Dinge tun konnte, die er wollte und die ihn wirklich interessierten.

Seine Frau war da ganz anders: Ständig war sie auf den Beinen und hatte irgendwo irgendetwas zu erledigen. Ruhe gönnte sie sich kaum, eigentlich nur, wenn sie sich in einer waagerechten Lage befand, und dafür gab es nur zwei Orte: Das Bett oder das Sofa vor dem Fernsehgerät. An beiden Plätzen schlief sie dann meistens schnell ein. Er glaubte nicht, dass sie einen Film im Fernsehen je zu Ende gesehen hatte oder im Bett mehr als eine oder zwei Seiten eines Buches in einem Zug gelesen hatte.

Ihr Leben lang war es so gewesen, als ob ein unsichtbarer Regisseur jeden Morgen beim Aufstehen »and ... action« rufen würde. Drei Kinder hatten sie bekommen, und sie hatte sie großgezogen, während er sich mit bösen Menschen und dunklen Gestalten hatte beschäftigen müssen. Vor Kurzem hatte sie nun die Leitung des örtlichen Kindergartens übernommen. Wie jede andere Aufgabe erledigte sie auch diese mit viel Einsatz und Elan. Auch der Garten, in dem Holten im Sommer gern saß und in dem er hin und wieder auch erntete, war ihr Werk.

Trotzdem, und vielleicht gerade auch deshalb, war auch ihr lieber Gatte nie zu kurz gekommen. Er genoss eine gute Pflege, und es ging ihm wahrlich gut. Und gerade als seine Frau mit Waffeln und Milchkaffee wieder draußen auf der Terrasse erschien, wurde ihm diese Tatsache ein weiteres Mal auf angenehme Weise bewusst.

Wilhelm Lehmberg trat kräftig in die Pedale.

Er wusste, dass in seinem Alter, bei seinem Job und seinem regelmäßigen Zigarettenkonsum ein wenig Bewegung angebracht war. Deshalb hatte er versucht, irgendwo in seinem Tagesablauf eine körperliche Betätigung unterzubringen. Das funktionierte auch, weil er sein Büro zu Hause hatte und sich seine Arbeitszeit einteilen konnte, und meistens passierte es gegen Abend. Deshalb konnte man ihn um diese Zeit häufig joggend oder radelnd irgendwo in der Feldmark von Hellwege antreffen, im Sommer auch manchmal im Sottrumer Schwimmbad.

Gerade war er mit seinem Sportrad, das er sich eigens für diese Ausfahrten geleistet hatte, auf dem Weg nach Hause. Ungefähr eine Stunde vorher war er von dort aufgebrochen, und er war froh, dass er sich die Zeit genommen hatte. Den ganzen Tag hatte er am Computer gesessen, um mit dem Entwurf endlich voranzukommen in dem Bewusstsein, dass ihm ein weiteres Mal ausgedehnte Nachtarbeit bevorstand. Er würde sicherlich noch bis zwei oder drei Uhr in der Frühe arbeiten müssen. Das war aber nicht zu ändern, die Zeichnung für das kleine, jedoch exklusive Einfamilienhaus musste am nächsten Tag vorgelegt werden. Er konnte es sich nicht leisten, einen Auftrag wegen nicht eingehaltener Termine zu verlieren, und der Bauherr wurde bereits ungeduldig.

Die Luft draußen war jetzt klar und frisch. Das war ihm anfangs zunächst angenehm gewesen, weil er eine zu lange Zeit in seinem kleinen, verrauchten Arbeitszimmer verbracht hatte und wegen des schönen Wetters keine Jacke angezogen hatte. Aber jetzt, nur mit Jeans und Polohemd bekleidet, hatte der kühlende Fahrtwind ihm manchmal schon eine Gänsehaut auf Armen und Rücken beschert. Er hatte hin und wieder eine Pause eingelegt, und dann war ihm warm gewesen, und er hatte sich den Schweiß von der Stirn wischen müssen. Sein kleiner Ausflug hatte ihm fühlbar gutgetan, tief durchatmend genoss er die saubere Luft und ließ das Rad laufen. Leise summte er einen aktuellen Hit vor sich hin und freute sich auf das Abendessen.

Dass der Hinterreifen wieder schleichend Luft verlor, konnte seine gute Stimmung nicht beeinträchtigen. Er hatte sich am Sonntagmorgen sehr bemüht, das Loch im Schlauch zu finden. Das war ihm auch gelungen, doch die Reparatur war anscheinend fehlgeschlagen.

Schließlich musste er anhalten. Er stieg ab und lehnte sein

Sportrad gegen einen Baum, um Luft nachzupumpen. Die kleine Strecke bis nach Haus würde der Reifen schon noch halten, und am nächsten Tag würde er das Rad zur Reparatur bringen. Die körperliche Anstrengung hatte ihm ein gutes Gefühl verschafft, löste aber auch ein leeres Gefühl in seiner Magengegend aus – jetzt hatte er einen gehörigen Hunger.

Die Verschlusskappe des Ventils war ihm heruntergefallen, und beim Aufheben sah er aus dem Augenwinkel ein Stück vor der letzten Kurve, ungefähr zweihundert Meter zurück, einen großen Wagen halten. Wilhelm Lehmberg wunderte sich nicht darüber, als er seine Fahrt endlich fortsetzen konnte, und nahm keine weitere Notiz von ihm. Es kam häufig vor, dass Ausflügler aus der Stadt am Rand dieser relativ wenig befahrenen Straße hielten, um Blumen am Straßenrand zu pflücken oder das abends auf die Felder heraustretende Wild zu betrachten.

Vielleicht war es auch einer von den Hellweger Jagdpächtern, der nach zukünftiger Beute Ausschau hielt. Die Bockjagd war offen.

Das Pumpen hatte offenbar nichts genützt.

Kurz nach der ungeplanten Unterbrechung der Fahrt ging es gar nicht mehr weiter, weil der Reifen jetzt überhaupt keine Luft mehr hielt. Lehmberg stieg ab und musste sein Fahrrad schieben.

Nun war er doch ein wenig verärgert und fluchte leise vor sich hin, eigentlich nicht so sehr, weil er gehen musste, sondern weil er sich nun zum Abendbrot verspäten würde.

An der Abzweigung zum Richtweg blieb er kurz stehen.

Der Richtweg war immer der direkte Weg in den Ort gewesen. Warum dagegen die jetzige Straße vor zwanzig Jahren in einem anderen Verlauf asphaltiert worden war, wusste niemand, denn sie war ein Umweg.

Lehmberg überlegte: Wenn er seinen geplanten Weg

über die feste Straße zum Ort nähme, würde es noch länger dauern, bis er etwas zu essen bekäme. Der Sandweg durch den Wald war eine beachtliche Abkürzung, und weil er sein Rad ohnehin schieben musste, fiel ihm die Entscheidung für den kürzeren Weg schließlich nicht schwer. Aber schon bald bereute er seinen Entschluss. Auf dem sandigen, lockeren Untergrund, trocken wie Wüstensand, war sein Rad nicht leicht zu schieben, und an der ersten Wegbiegung hielt er einen Moment inne, um einmal durchzuschnaufen und sich zu ärgern.

Wegen eines Motorengeräusches zurückblickend bemerkte er, dass auch der Wagen, den er schon auf der Straße gesehen hatte, in den Weg eingebogen war und mit laufendem Motor stehengeblieben war. Er war zu weit entfernt, als dass er jemanden erkennen konnte, trotzdem kam ihm das Fahrzeug irgendwie bekannt vor, und er überlegte, ob es womöglich jemand aus Hellwege sein könnte, der ihn nach Hause mitnehmen könnte, wenn man das Fahrrad in den Wagen bekäme. Das Gefährt sah jedenfalls so groß aus, dass ein Fahrrad bequem mit hineinpassen könnte. Er beschloss, sich nicht darauf zu verlassen und schritt tapfer weiter voran.

Als er die Biegung hinter sich hatte, hörte er hinter sich den Motor aufheulen. Bevor er sich umdrehen konnte, spürte er einen schweren Stoß.

Wie er überrollt wurde, spürte er nicht mehr.

Heute war wieder so ein Tag, an dem Bernd Kasing bereute, dass er damals nicht seine Koffer gepackt hatte und mit seiner Familie aus Hellwege verschwunden war. An jenem Tag hätte er die Gelegenheit dazu gehabt, und er hätte es tun sollen. Aber er wusste, dass es jetzt zu spät war.

Er hatte damals in ihrem kleinen Handwerksbetrieb, einer Schmiede und Schlosserei, den sein Vater leitete, gearbeitet, war Kraftfahrzeug- und Metallbaumeister und an jenem Tag wieder einmal mit seinem Vater aneinandergeraten. Der Alte musste vor einem Kunden wie immer den Chef herauskehren, obwohl Bernd die Hauptarbeit erledigen musste und eigentlich auch die gesamte Verantwortung trug. Er hatte ihn wie einen Schuljungen abgekanzelt. Bernd hatte sich nicht gewehrt, aber als der Kunde gegangen war, hatte es im Büro einen fürchterlichen Streit gegeben. Wenn die Frauen nicht schlichtend eingegriffen hätten, wäre es wohl sogar zu Handgreiflichkeiten gekommen. Bernd war fest entschlossen gewesen, seinen Abschied zu nehmen, und erst nachdem der Alte zugesagt hatte, den Betrieb kurzfristig an seinen Sohn zu übergeben, war er geblieben.

Er war nun der Boss und versuchte, ein bisschen mehr aus dem Betrieb zu machen. Er hatte zwei neue Mitarbeiter eingestellt, neue Kundenkontakte geknüpft, die Betriebsgebäude erweitert und neue Maschinen angeschafft.

Jetzt hatte er die Arbeit, die Verantwortung, die Hetze, den Stress, keinen Feierabend, keine Ruhe, keine Erholung und, wie er allzu oft bedauernd feststellte, zu wenig Zeit für Familie und Hobbys. Er war im Grunde immer im Einsatz und hatte im Geiste immer den Blaumann an.

Ein Blick auf die Uhr zeigte ihm, dass es schon nach halb sieben war, und er hatte bis eben am Einbau einer Metalltreppe in dem großen Einkaufszentrum in Posthausen, das sein größter Kunde war, gearbeitet, damit seine Mitarbeiter sie morgen fertigstellen konnten. Vor einer halben Stunde hatte seine Frau Anja über Handy angerufen und ihm mitgeteilt, dass an dem Hochsitz, den Kasing senior für Klaus Fermental, den Jagdpächter, gebaut hatte, irgendetwas nicht in Ordnung sei. Bernd solle sich das doch einmal ansehen.

Fermental war ein Jagdkollege seines Vaters, was auch der Grund dafür gewesen war, dass Bernd diesen Auftrag seinem

Vater überlassen hatte. Eigentlich hatte der nichts mehr in der Werkstatt zu suchen, und das Ergebnis sah man ja auch jetzt: Nun musste natürlich er noch in den Wald und sich das Elend ansehen und für die Beseitigung der Mängel sorgen.

Einige Autos begegneten ihm auf der nur relativ wenig befahrenen und schlecht ausgebauten Verbindungsstraße nach Hellwege. Bei fast allen hob er die Hand zum Gruß – er kannte die meisten Wagen und deren Insassen, schließlich war er hier in der Gegend aufgewachsen.

Zuerst Frank Mullemann, der hatte Feierabend und fuhr zu seiner Freundin, dann Marie Fermental, die hatte Geld, immer frei und fuhr wohl noch zum Einkaufen, und schließlich Fritz Strohkirch, Rentner, wahrscheinlich auf dem Weg zur Massage, von der er seinen Bekannten immer so begeistert berichtete. Alle konnten sich denken, welche Art von Massage das war, allein seine Frau war ahnungslos.

Einen Fahrer kannte er nicht, und als er dem Fahrzeug ausweichen musste, knallte sein Transporter so stark durch ein Schlagloch am Rande der Straße, dass er sich fast den Kopf an dem Wagendach gestoßen hätte und das Werkzeug auf der Ladefläche durcheinanderflog.

»Scheißkerl!«, fluchte er laut.

Als er an der Zufahrt zum Flugplatz vorbeikam, fuhr er langsamer und wäre am liebsten abgebogen, um noch schnell eine Runde oder zwei im Flieger zu drehen, aber dienstags gab es keinen Flugbetrieb, und ein Flugleiter war meistens nicht am Platz. Deshalb fiel es ihm nicht allzu schwer, das Pflichtgefühl die Oberhand behalten zu lassen. Seit drei Jahren hatte er seine Pilotenlizenz und nutzte jede freie Minute, um in die Luft zu kommen, aber die hatte es in der letzten Zeit leider nicht viele gegeben.

Er bog in den Sandweg zum Hochsitz ein und musste anhalten. Die Leichtmetallleiter, die auf dem Gestell auf dem

Transporterdach gelegen hatte, hatte sich losgerüttelt und war kurz davor herunterzufallen. Er musste aussteigen und sie richtig befestigen.

Als er wieder startete, hatte sich die strahlende Helligkeit des Sommertages gelegt, und der Wagen zog auf dem trockenen Weg eine riesige Staubfahne hinter sich her. Er fuhr schnell, denn er wollte bald Feierabend machen. Die Metallteile und das Werkzeug hinter ihm machten einen Höllenlärm, als er ohne auszuweichen über die Löcher und Unebenheiten des Weges polterte. Die letzten Sonnenstrahlen suchten sich ihren Weg durch die Blätter und Zweige der Bäume, die Sonne würde bald verschwunden sein, aber für eine Inspektion der handwerklichen Sünden seines Vaters würde es noch hell genug sein. Während er sich bereits Gedanken darüber machte, was mit dem Hochsitz wohl alles nicht in Ordnung sein könnte, erreichte er die erste Biegung. In etwa dreißig Metern Entfernung entdeckte er etwas auf dem Sandweg, das ihn auf die Bremse treten und sofort langsamer fahren ließ. Er streckte seinen Kopf automatisch nach vorn, um besser sehen zu können, und seine Pulsfrequenz schnellte in die Höhe.

Der außergewöhnlich schöne Spätsommerabend hatte Holten und seine Frau noch zu einem Spaziergang verführt.
›Verführt‹ war das richtige Wort, denn der Ort Hellwege mit seinen gut tausend Einwohnern war eins der Kleinode unter den Ortschaften in der Region. Niemand konnte sich dem Charme dieses Dorfes und der umliegenden Landschaft entziehen.

Hellwege lag an der Kreisstraße 205, die in wenigen Hundert Metern Abstand parallel auf der Südseite des Flüsschens Wümme verlief. Die lockere, ländliche Bebauung in Ost- Westrichtung erstreckte sich über knapp zwei Kilometer und verdichtete sich zum zentral gelegenen Ortskern. Von dort führte eine Straße in nördliche Richtung nach Sottrum und eine zum kleinen Flugplatz, den man nach ungefähr zweieinhalb Kilometern in Richtung Süden erreichen konnte. Der Ort hatte sich trotz zweier kleiner Neubaugebiete, in denen reizende Einfamilien- und Doppelhäuser auf ausreichend großen Grundstücken standen, seinen ländlichen Charakter bewahrt. Eine stattliche Anzahl intakter Bauernhöfe, idyllisch gelegen unter alten Eichen, einige Handwerksbetriebe an der Hauptstraße, ein kleiner Dorfladen, ein großer Gasthof mit angeschlossenem Hotel, »Beckmanns Gasthof«, ein Ausflugsrestaurant an der Wümme, »An der Brücke«, eine Landarztpraxis und der Kindergarten boten den Dorfbewohnern Arbeitsplätze und erfüllten die Gemeinde mit Leben. Außerdem waren im Ort Architekten, Künstler und Kunsthandwerker beheimatet. Die meisten Berufstätigen jedoch fuhren nach außerhalb in die größeren Orte zur Arbeit und hatten hier, wie auch etliche begüterte Rentner oder Pensionäre, für sich und ihre Familien ein Haus errichtet. Vom kleinen, reizvollen Einfamilienhaus bis zur großzügigen Villa war in Hellwege alles zu finden.

Der rührige Bürgermeister hatte sich erfolgreich dafür eingesetzt, dass das Dorf in das Dorferneuerungsprogramm des Landes aufgenommen worden war, und man konnte sehen, dass die Mittel gut angelegt worden waren.

Das eigentlich Schöne war jedoch die reizvolle und abwechslungsreiche Landschaft, die in einem Kapitel eines Schulbuches mit der Überschrift ›Die norddeutsche Geestlandschaft‹ hätte beschrieben sein können.

Im Norden des Ortes fand der Spaziergänger die Niederung eines Flüsschens, der Wümme, sauber genug für ein sommerliches Bad der Kinder aus dem Dorf, mit Wiesen, Weiden, Baum- und Schilfgürteln und ruhig gelegenen Altarmen und Teichen, in denen die Dorfjugend angelte.

In nassen Wintern trat das Wasser gelegentlich über die Ufer und überschwemmte die Wiesen. Die Niederung verwandelte sich so in einen großen See, und wenn es kalt genug war und das Frostwetter sich hielt, stand den Hellwegern wochenlang eine riesige Eisfläche zur Verfügung.

Im Osten, hinter den Feldern, lagen Birken- und Kiefernwälder mit eingelagerten kleinen Mooren und große Bruchflächen, die unter Naturschutz standen, weil man hier einige seltene Tier- und Pflanzenarten entdeckt hatte.

Im Süden erstreckten sich landwirtschaftliche Flächen, die bis an den angrenzenden Staatsforst reichten, und alte, hügelige Bauernwälder mit Eichen- und Buchenbeständen. Der kleine Flugplatz, von Bäumen eingefasst, passte sich unauffällig in die Landschaft ein.

Im Westen lagen neben den Äckern die Nutzwälder mit Fichten und Kiefern, in denen sich auch Wochenendhäuser befanden. Auch die gepflegten Sportanlagen des Ortes waren hier angelegt worden.

Alle, die in Hellwege wohnten, schätzten sich glücklich. Grundstücke waren rar und begehrt, und niemand beklagte sich über die hohen Grundstückspreise.

Holten und Susanne waren zunächst am Interessentenforst vorbeigebummelt und hatten dann, durch die Felder schlendernd, den Großen Buchenwald erreicht, der die höchste Erhebung der Gegend halb bedeckte. Manchmal waren sie stehen geblieben, um den Reifegrad der Brombeeren zu beurteilen oder einen Pilz am Wegrand zu bestimmen.

Aus dem grünen Dunkel des Waldes tretend, hatte man eine herrliche Aussicht auf den südlichen Teil der Gemarkung. Wenn die landwirtschaftlichen Maschinen abends von den Äckern verschwunden waren, war man von herrlicher Ruhe umgeben und erblickte rechts in einiger Entfernung die ersten Häuser des Ortes und links die von Vieh bevölkerten Weiden, die eine weite Ebene bildeten und schließlich vom Haberloher Forst begrenzt wurden. Die Felder, zum Teil schon abgeerntet, breiteten sich vor dem Wanderer aus, und in der Ferne schimmerten die weißen Gebäude des Flugplatzes durch die Bäume.

Der Tag neigte sich seinem Ende zu, und die Kronen der weiter entfernten Bäume sahen bereits schwarz aus.

Holten war gerne hier. Er konnte hier lange sitzen, die Tier- und Pflanzenwelt betrachten und seinen Gedanken nachhängen. Besonders in der Abend- oder Morgendämmerung, wenn die Bauern nicht mit ihrem schweren Ackergerät unterwegs waren, kam man der Natur sehr nahe. Er kannte den fast weißen Bussard, der hier am Waldrand auf Beute lauerte, ebenso gut wie die Wildschweinrotte, die manchmal, wenn man still saß, nicht weit entfernt in die bebauten Felder wechselte.

Die beiden hatten sich auf einem Eichenstamm niedergelassen, der im letzten Winter gefällt worden war und hier noch immer auf seinen Abtransport wartete. Sie hätten sich gerne eine Zigarette angezündet, um die Mücken und Stechfliegen zu vertreiben, doch angesichts der schon länger anhaltenden Trockenheit verzichteten sie darauf. Auf der anderen Wegseite am Rande des abgeernteten Roggenfeldes wuchs ein kleiner Klatschmohnbestand, und zwischen den Stängeln huschte eine Feldmaus umher und ließ sich durch die beiden Beobachter nicht stören, als wüsste sie, dass ihr in der Nähe der Menschen keine Gefahr durch Fuchs oder Habicht drohte. Das Einzige, was man hören konnte, war der Gesang einiger Drosseln in den Bäumen.

Die beiden hatten die Beine ausgestreckt und saßen eine Weile schweigsam nebeneinander.

Plötzlich wurde die friedliche Stimmung durch den penetranten Ton eines entfernten Martinshorns abrupt gestört, was auf Susanne wie ein Signal wirkte. Sie erhob sich, und das Mäuschen war verschwunden.

Sie fasste seine Hand.

»Lass uns gehen, es wird dunkel.«

Holten hätte noch länger hier sitzen können, aber er stand ebenfalls auf.

Das Martinshorn ertönte jetzt näher, und kurz nachdem die beiden aufgestanden waren und den Heimweg angetreten hatten, konnten sie, noch immer von erhöhter Warte, einen Rettungswagen mit Blaulicht die Straße zum Flugplatz entlangfahren sehen. Sie blieben stehen und verfolgten interessiert seinen Weg. Es musste etwas in der Nähe geschehen sein, sonst hätte er sicherlich die K 205 genommen. Der Wagen bog in einen Waldweg ab, und erstaunt beobachteten sie, wie kurz darauf ein Polizeiwagen folgte, dann noch ein zweiter.

»Das sieht nicht gut aus«, brummte Holten und setzte sich in Bewegung.

Als sie an den ersten Häusern des Ortes vorbeigingen, war es schon so dämmerig, dass sie in den Wohnzimmern das Flackern der Fernsehgeräte sehen konnten. Gegen den jetzt fast dunklen Himmel konnten sie erkennen, dass im Wald an der Stelle, die vermutlich das Ziel der Polizeiwagen gewesen war, Scheinwerfer eingesetzt wurden, denn die Baumkronen zeichneten sich scharf und deutlich ab.

Holten war nicht auf Sensationen aus, doch dies hier schien, speziell in ihrem beschaulichen Wohnort, ein besonderes Ereignis zu sein. Er war lange genug Polizist gewesen und brauchte seine Nase nicht mehr, um zu wissen, wenn etwas nicht gut roch.

Nach einem kurzen Stück Weg, den die beiden nun schnelleren Schrittes zurücklegten, erreichten sie die Stelle, wo die Straße zum Flugplatz abbog. Holten blieb stehen. Es interessierte ihn durchaus, was dort wohl geschehen sein mochte.

Er blieb stehen und überlegte.

Hier standen schon einige Häuser, und die Gemeinde hatte bis hierher Straßenbeleuchtung gelegt. Er war der Meinung, von hier aus könnte seine Frau, auch wenn es bereits dunkel war, allein nach Hause gehen.

»Ich geh‘ da kurz noch hin«, sagte er.

»Sei doch nicht so neugierig«, versuchte sie ihn zurückzuhalten, hakte sich unter und versuchte zu gehen und ihn mitzuziehen.

Er blieb stehen. Es war ihm nicht ganz klar, warum, aber er wollte wissen, was dort passierte.

»Ich komme gleich nach. Du hast ja den Schlüssel«, sagte er bestimmt.

Der Zauber des Abends war verflogen, und Susanne resignierte. Sie kannte ihren Mann lange genug, um zu wissen, dass es wenig Zweck hatte zu versuchen, ihn umzustimmen. Also machte sie gute Miene zum bösen Spiel.

»Ich muss sowieso noch die Küche machen. Aber bleib nicht so lange, ich mache uns schon eine Flasche Wein auf.«

Sie zweifelte, ob das als Anreiz ausreichte.

START

Als Holten an den Richtweg kam, war es dunkel geworden. Der Mond war noch nicht aufgegangen, und nur die Sterne am klaren Nachthimmel gaben gerade so viel Licht, dass er nicht von der Straße abkam. Immer, wenn eins der wenigen Autos, die um diese Zeit noch diese Strecke befuhren, ihn passiert hatte, war er von der Straße heruntergetreten, und wenn es vorbeigerauscht war, konnte er wegen der hellen Scheinwerfer nichts sehen und musste sich wieder auf den Asphalt tasten.

Sein Ziel aber, die beleuchtete Stelle mitten im Wald, konnte er gut im Auge behalten, und er wunderte sich, dass keiner der Fahrer aufmerksam geworden war und gebremst hatte, um die ungewöhnliche und gespenstische Szenerie auf dem einsamen Waldweg näher zu betrachten.

Als er den Richtweg erreicht hatte, konnte er erkennen, dass hinter der Wegbiegung starke Scheinwerfer leuchteten und davor zwei Personen standen, die, als Schattenrisse sichtbar, anscheinend als Wachen aufgestellt waren. Der Anblick hätte in jeden Kriminalfilm gepasst, und seine Vermutungen wurden bestärkt.

Er verringerte seine Marschgeschwindigkeit, setzte immer langsamer einen Schritt vor den anderen und blieb schließlich stehen, abwägend, ob er wirklich weitergehen wollte. Es war vollständig still hier, nur die Grillen hatten mittlerweile ihr nächtliches Konzert angestimmt. Er war nachdenklich geworden, denn eine solche Szene sah er nicht zum ersten Mal, und er ahnte, was ihn hinter der Biegung erwartete.

Endlich setzte er sich doch wieder in Bewegung – schließlich war er ja Kriminalbeamter gewesen –, und die inzwischen routinierte Neugier bezüglich ungewöhnlicher Vorgänge hatte wieder die Oberhand gewonnen.

Hier war ein Verbrechen geschehen, da war er sich sicher.

Im Näherkommen konnte er allmählich die Schattenrisse als Polizisten identifizieren.

Natürlich wusste er Bescheid, wie es bei Kapitalverbrechen war: Der ›Erste Angriff‹ war erledigt, es lief der ›Sicherungsangriff‹. Als er langsam dichter an die hell erleuchtete Stelle herankam, war ihm deshalb auch der künftige Ablauf klar. Er selbst hatte ja immer die Anweisung gegeben, Fremde, die sich einem Tatort näherten, genau in Augenschein zu nehmen und dann möglichst fern zu halten, damit Arzt, Spurensicherung und Ermittler ungestört arbeiten konnten.

Der ältere der beiden Uniformierten sprach ihn an, wobei er ihm mit seiner Taschenlampe wie mit einem Blendscheinwerfer ins Gesicht leuchtete.

»Na, was tun Sie denn hier?«

›Mein Gott, das ist doch offensichtlich,‹ dachte Holten etwas verärgert. Er hatte solche Fragen noch nie gemocht, ganz einfach, weil sie unpräzise Antworten provozierten und Nachfrage verlangten. Es hätte genügt, wenn sie ihm kraft ihrer Autorität als Polizeibeamte den weiteren Durchgang untersagt hätten. Aber wahrscheinlich wollten die beiden Ordnungshüter schon mit den Ermittlungen beginnen, um sich vielleicht erste kriminalistische Sporen zu verdienen. Solche Gelegenheiten gab es nicht besonders häufig in dieser Gegend, und er merkte den beiden einen gewissen Eifer an.

Holten blieb stehen und spielte den ersten Ball.

»Das wollte ich Sie auch gerade fragen.«

Der Ältere ließ sich auf nichts ein.

»Was haben Sie hier zu tun?«

Holten blieb ganz ruhig, er war austrainiert, gut in Form und retournierte gnadenlos.

»Ich gehe spazieren.«

Jetzt waren sie bestimmt schlauer. Er machte Anstalten, seinen Weg fortzusetzen, doch der Jüngere fasste ihn am Arm, und der Erste fragte wieder:

»Warum?«

Nein, noch nicht schlau genug.

Holten überlegte, ob er das Spielchen weiterspielen sollte. Er beherrschte es, denn er hatte viele Verhöre geführt. Man konnte Fragen den Worten nach oder dem Sinne nach beantworten, deshalb musste man die Fragen so stellen, dass Wort und Sinn übereinstimmten. Aber so weit beherrschten die beiden die Verhörtechnik anscheinend noch nicht.

»Ich gehe gern spazieren.«

Der Jüngere mischte sich jetzt auch ein, vielleicht hatte er das Spiel schon durchschaut.

»Nein, wir meinen, warum Sie hier sind.«

Das Licht der Lampe war noch immer auf sein Gesicht gerichtet, deshalb konnte er ihre Gesichter nicht sehen, aber er vermutete, dass sie nicht mehr freundlich blickten.

Also:

»Hier ist es abends besonders schön.«

Sie merkten, dass sie auf diese Weise nicht weiterkamen. Lächelnd stand er ihnen gegenüber, der junge Uniformierte ließ die Hände sinken, während der ältere sich auf die polizeiliche Autorität besann.

»Zeigen Sie mal Ihren Ausweis!«

Das klang schon nicht mehr so nett.

»Ich habe meinen Ausweis nicht bei mir, ich nehme ihn nicht bei jedem Abendspaziergang mit.«

Es folgte wieder eine Pause. Holten ahnte, was jetzt unweigerlich kommen musste:

»Würden Sie bitte mitkommen?«

Er war kurz davor ›nein‹ zu sagen, aber er beschloss jedoch, es nicht auf die Spitze zu treiben, denn er wollte ja nun wirklich wissen, was hier vorging. Deshalb folgte er jetzt gehorsam dem Jüngeren.

Als sie ins Licht traten, konnte er auf dem Weg zunächst nur Bernd Kasings Transporter, davor den Notarzt- und Krankenwagen und die Einsatzfahrzeuge der Polizei erkennen. Im Schatten neben dem Transporter standen Kasing und, wie er sofort, auch von hinten, ohne Schwierigkeiten erkannte, Cornelius von Taten, ein ehemaliger Kollege und jetzt sein Nachfolger. Er befand sich in einer intensiven Unterhaltung mit Bernd Kasing.

Holten hatte von Taten in seinen letzten zwei Berufsjahren noch gut kennengelernt.

Im Lexikon konnte man unter dem Stichwort ›Pedant‹ folgenden Eintrag finden:

Im allg. Bez. für einen Menschen mit übersteigertem Ordnungsstreben, i.w.S. auch mit übertriebener Genauigkeit oder unangemessenem Perfektionismus.

Cornelius von Taten schien für diese Beschreibung Pate gestanden zu haben. Stets betrat er pünktlich zu Dienstbeginn, niemals auch nur eine Minute zu spät und selten zu früh, sein Büro. Er pflegte seine Jacke in den Schrank links von der Tür zu hängen, ebenso stellte er die Tasche mit den zwei Scheiben Brot und dem Apfel dort ab. Im Vorbeigehen prüfend, ob der Feuchtegehalt der Erde in den Blumentöpfen richtig und die Temperatur der Heizkörper angemessen sei, setzte er sich an seinen Schreibtisch. Mit einem eigens dafür angeschafften Handfeger fegte er einige Male über die Platte, um Staub oder andere Fremdkörper zu beseitigen. Dann griff er zum Telefon, tippte die Nummer der Zentrale ein und meldete sich an. Das musste er nicht, aber nach seiner Meinung war es besser, wenn man wusste, dass er im Dienst war.

Dieses Ritual spielte sich ausnahmslos jeden Morgen ab.

Seine Berichte waren makellos, keine Ecke eines Blattes seiner Berichte war je geknickt und jede Kopie richtig abgeheftet. Er konnte auch ungehalten werden, wenn sich jemand auf die Kante seines Schreibtisches setzte.

Der Wachtmeister, der vorausgegangen war, stellte sich vor von Taten und verkündete, wobei er mit dem Zeigefinger auf Holten wies, laut:

»Der lief hier im Dunkeln durch den Wald und kann sich nicht ausweisen!«

Von Taten drehte sich langsam um und antwortete dem Polizisten, als er Holten erkannt hatte, grinsend:

»Das muss er auch nicht, den kenne ich.«

Dann streckte er ihm die Hand hin und fügte hinzu:

»Hallo, Max, ich denke, du bist Ruheständler. Hörst du den Polizeifunk ab? Das ist doch verboten. Was machst du hier?«

Holten war der einzige der Kollegen, den von Taten duzte. Nach seiner Meinung reduzierte das ›Du‹ den Respekt unter den Kollegen, und Holten war zu dieser großen Ehre erst auf seiner Abschiedsfeier gekommen, als von Taten schon leicht alkoholisiert war.

Und schon wieder hörte er diese Frage. Er hatte nicht übel Lust, mit von Taten das gleiche Spielchen wie mit den beiden Wachtmeistern zu beginnen, aber zwei Mal, kurz nacheinander, befand er es doch für zu langweilig. Verdient hätte der ›Kurze‹ es. Er war nicht allzu groß und trank auch gern mal den einen oder anderen Korn, sein einziges Laster. Daraus war auch dieser Spitzname entstanden, und eigentlich nahm ihn niemand wirklich ernst. Wie er bei der Kriminalpolizei Hauptkommissar geworden war, sogar bei der Mordkommission als Leiter, wusste sich niemand zu erklären. Sein Auftreten und seine Arbeitsweise waren recht ungewöhnlich, und er pflegte sein Image als Sonderling. Cornelius von Taten war immer gleich gekleidet, nur den Farben erlaubte er zu variieren: derbe Lederschuhe, Kniestrümpfe, Knickerbocker, kariertes Oberhemd, Pullunder, darüber eine der Temperatur angemessene Jacke (wenn es sehr kalt war, natürlich einen Mantel) und eine Baskenmütze. Er war nicht sehr scharfsinnig und hatte wahrscheinlich noch nie selbst einen Fall gelöst, das erledigten seine Mitarbeiter. Er hatte allerdings das große Talent, Arbeit zu verteilen, und war sehr gut darin, klare und eindeutige Berichte zu schreiben und guten Kontakt zu seinen Vorgesetzten zu halten. Auf diese Weise und wohl auch wegen seines Alters hatte er es zum Kommissar und Abteilungsleiter gebracht.

Gleichzeitig war er aber berechenbar, zuverlässig, nett und auch für manchen Spaß zu haben. Wenn man wusste, wie man ihn behandeln musste, konnte man im Großen und Ganzen gut mit ihm auskommen.

Auch heute Abend kümmerten sich andere um den Fall und die Spuren am Tatort. Von Taten hatte sich mit Bernd Kasing gerade über die Vor- und Nachteile der Nutzung von Kleintransportern als Privatwagen unterhalten.

»Ich dachte, hier findet eine Polizeidemo statt, und wollte mich solidarisch zeigen«, beantwortete Holten die Frage und begrüßte zuerst von Taten und dann Kasing, dem die Aufregung deutlich ins Gesicht geschrieben stand.

Einen Schritt zur Seite tretend, entdeckte Holten ungefähr dreißig Meter weiter Arzt und Spurensicherung bei der Arbeit. In der Mitte des erhellten Bereiches entdeckte er etwas, das er nach genauerem Hinsehen als die kläglichen Überreste eines menschlichen Körpers identifizieren konnte.

»Kannst du mir schon Genaueres erzählen?«, fragte er von Taten, obwohl er es eigentlich schon wusste.

»Ein Toter, mehr weiß ich auch noch nicht«, war die erschöpfende Antwort, worauf er sich wieder Kasing zuwandte.

Mehr konnte Holten auch nicht erwarten – der Bericht war ja schließlich noch nicht getippt und unterschrieben.

»Frag Tessmann und Nase«, fügte er noch hinzu, wobei er Holten nicht ansah.

Holten tippte ihm auf die Schulter, und von Taten sah ihn mit hochgezogenen Augenbrauen an, als ob er bei etwas Wichtigem gestört worden wäre.

»Darf ich mal hinschauen?«

»Na klar, du weißt ja, worauf du achten musst«, entgegnete von Taten und wandte sich wieder Kasing zu, als ginge ihn das Ganze rein gar nichts an.

Holten schüttelte den Kopf und fragte sich, was von Taten an dem Thema ›Transporter‹ so wichtig fand. Langsam schritt er auf den mit weiß-rotem Band abgesperrten Bereich zu, in dem einige Personen konzentriert ihrer Arbeit nachgingen. Einige Gesichter erkannte er sofort.

Er trat näher heran und reichte als Erstes dem Arzt Dr. Bergner, einem alten Bekannten, mit dem er schon bei anderen Fällen zusammengearbeitet hatte, die Hand. Sie duzten sich.

»Hm, Max«, knurrte der nur.

Er hatte einen Stift zwischen den Zähnen stecken und wühlte in seinen Papieren, um einen Totenschein zu finden.

»Was treibst du denn hier?«

Das dritte Mal.

Holten hatte das Gefühl, von einem pensionierten Polizisten würde nichts anderes erwartet, als abends im Lehnstuhl vor dem Fernseher zu sitzen und sich an den bunten Bildern zu ergötzen. Er wollte auf diese Frage nicht mehr antworten.

Doch der Arzt schien auch gar keine Antwort zu erwarten. Er hatte den Stift aus dem Mund genommen, und erst nachdem er den Totenschein gefunden und ihn routinemäßig ausgefüllt hatte, fuhr er fort:

»Schlimme Sache. Sieht so aus, als ob hier jemand bewusst und mit voller Absicht überfahren wurde.«

Und nach einer kleinen Pause ergänzte er:

»Ein Unfall war das im Leben nicht.«

»Sagt der Kurze das?«

»Natürlich nicht.«

Auch er kannte von Taten schon seit einigen Jahren und wusste, was von dessen Ermittlungen und Schlussfolgerungen zu halten war.

»Ich sage das! Wie der zugerichtet ist, muss er mindestens zwei Mal überrollt worden sein, von einem ziemlich großen Wagen, den Spuren nach zu urteilen.«

»Wisst ihr denn schon, wer es ist?«

»Nein, bis jetzt noch nicht. Er hatte nichts bei sich, glaube ich. Willst du dir das mal ansehen?«

Er wollte nicht, aber er war ja ein Profi.

»Eigentlich nicht, aber wenn er hier aus der Gegend ist, kenne ich ihn vielleicht, und ich kann euch ein wenig helfen.«

Die beiden traten um eins der Polizeifahrzeuge herum nach vorn ins helle Licht, als Holten wie angewurzelt stehen blieb. Sofort, trotz der Entstellungen des Toten, hatte er erkannt, wer es war. Wilhelm Lehmberg, sein Nachbar, der zwei Häuser weiter wohnte.

Er hatte während seiner Arbeit schon viele schlimm zugerichtete Opfer gesehen, aber dieser Anblick war einer der grausigsten. ›Sport ist Mord‹ schoss es ihm durch den Kopf, als er den leblosen Körper und das Sportrad auf dem Boden liegen sah, schämte sich jedoch sofort für diesen unwillkürlichen Gedanken. Holten war erschrocken und traurig, stellte gleichzeitig jedoch fest, dass ihn der Anblick der entstellten Leiche seines Nachbarn nicht aus der Fassung zu bringen vermochte.

Mit Bedauern gestand er sich ein, dass er durch seinen

Beruf recht abgebrüht geworden war.

Dr. Bergner hatte gemerkt, dass Holten ihm nicht mehr folgte, und drehte sich zu ihm um, wobei er ihn fragend ansah.

»Was ist los?«

»Ich weiß, wer das ist«, sagte Holten leise und kaum vernehmbar.

Der Arzt kam langsam zu Holten zurück, wobei er ihn ungläubig ansah.

»Du kennst ihn? Ist er aus dem Ort hier?«

»Ja, praktisch mein Nachbar.«

»Oh, das tut mir leid. Kanntest du ihn gut?«

»Naja, ein netter Nachbar eben.«

Der Doktor machte eine Anstandspause, bevor er fortfuhr:

»Aber das ist ja Wasser auf von Tatens Mühle. Ich glaube, er hat den Handwerker dort drüben schon in Verdacht, und der kommt ja auch von hier, wie man es auf dem Wagen lesen kann.«

»Den kenne ich auch ganz gut«, informierte ihn Holten.

Sie traten jetzt näher zur Mitte des erleuchteten Vierecks.

»Meine Damen und Herren!«

Dr. Bergner hatte sich an die Beamten gewandt und dabei die Stimme etwas erhoben, als ob er eine Rede halten wollte.

»Darf ich Ihnen Herrn Holten vorstellen.«

Die vier Polizisten wandten den beiden nun ihre Aufmerksamkeit zu, und Dr. Bergner fügte hinzu:

»Maximilian Holten, ein ehemaliger Kollege, jetzt leider pensioniert.«

Das leider drückte Bergners Wertschätzung für die Arbeit des ehemaligen Kriminalbeamten aus, was Holten mit einer gewissen Befriedigung zur Kenntnis nahm.

»Und außerdem weiß er, wer der Tote ist.«

Sie grüßten durch Kopfnicken oder Heben der Hand.

Richard Tessmann kam heran und begrüßte ihn mit

Handschlag. Sie kannten sich noch aus Holtens aktiver Zeit.

Tessmann und Rosmarie Nase waren Cornelius von Tatens unentbehrliche Mitarbeiter, sie arbeiteten schon seit geraumer Zeit zusammen und waren routinierte Kriminalbeamte. Ohne sie war von Taten hilflos, das wusste jeder in der Abteilung, ohne sie könnte er seine scharfsinnigen und zutreffenden Berichte nicht schreiben.

Tessmann war groß und schlank, stets korrekt gekleidet, einundvierzig Jahre alt, verheiratet. Er hatte viel Erfahrung, arbeitete sehr genau, fast pingelig, ihm entging nicht der kleinste Hinweis. Nase war klein, fast zierlich, immer in Jeans und Pullover unterwegs, dreiunddreißig Jahre alt und freiwillig ledig, wie sie manchmal betonte. Sie arbeitete mehr aus dem Bauch heraus und hegte manchmal Vermutungen zu merkwürdigen und unwahrscheinlichen Zusammenhängen, mit denen sie aber oft richtig lag. Beide ergänzten sich hervorragend.

Die beiden Beamten der Spurensicherung hießen Fred Doberling und Kurt Schuster, ziemlich jung, und Holten sah sie zum ersten Mal.

Tessmann notierte sich die Informationen, die Holten ihm geben konnte, und wandte sich dann, wie die anderen auch, seiner Arbeit zu.

Es wurde wenig gesprochen. Man konnte sehen, dass ein eingespieltes Team bei der Arbeit war.

Holten trat einen Schritt zurück und versuchte, die in seinem Kopf herumschwirrenden Gedanken wegzuwischen. Er ahnte, dass ihn diese Sache noch länger beschäftigen würde.

Warum Wilhelm, sein Nachbar? Ein fleißiger und rechtschaffener Familienvater nicht als Unfall-, sondern als Mordopfer? Viele andere hätten verdient, so zu enden. Er spürte ein unbestimmtes Gefühl der Wut in sich aufsteigen, hatte sich aber schnell wieder in der Gewalt.

Jetzt war es wieder alles so wie früher.

Er atmete tief durch und ließ seinen Blick, einem langsamen Kameraschwenk gleich, über den gesamten erleuchteten Bereich wandern. Er musste zunächst den Ort des Geschehens in seiner Gesamtheit in Augenschein nehmen, stand ungefähr zehn Minuten nur da und beobachtete. Danach wanderte er umher, hielt zwischendurch inne, um Details zu betrachten, und bewegte sich dann weiter.

Immer, wenn er früher als Ermittler an einen Tatort gekommen war, hatte diese Prozedur stattgefunden, und das passierte heute aus alter Gewohnheit wieder. Er wirkte dabei, als würde er ein Bild in seinem Kopf malen, welches so detailliert sein musste, dass man sich an jede Kleinigkeit erinnern konnte, wenn man es im Geiste vor sich sah. Manchmal schien es so, als ob er in sich hineinsah, um das Gesehene mit dem Bild in seinem Kopf zu vergleichen. Wenn ihn jemand in dieser Zeit störte, wurde er oft sehr ungehalten.

Früher hatte er Auffälliges noch auf seinem Block, den er immer bei sich trug, festgehalten. Das tat er heute als Privatier natürlich nicht.

An diesem Abend störte ihn niemand, und er steckte nun wieder vollständig in der Rolle des Ermittlers, die er eigentlich nie mehr hatte spielen wollen.

Im Licht der Scheinwerfer bot sich ihm ein abscheulicher Anblick:

Der Leichnam schien, auf dem Rücken liegend, auf abstoßende Weise mit dem metallenen Gefährt verwoben. Der Kopf und die Beine sahen relativ unversehrt aus, der Körper jedoch war regelrecht zerquetscht und mit großer Gewalt in das Fahrradwrack hineingedrückt worden, sodass das eine Pedal oben auf der Bauchoberseite zum Vorschein gekommen war. Das ausgetretene Blut hatte sich mit der hellen, trockenen

Oberfläche des Waldweges, der die sommerliche Konsistenz von Lotsand hatte, zu einer zähen, dunklen Masse vermischt. Holten dachte an das letzte fröhliche Gespräch, das er vor einigen Tagen mit seinem Nachbarn gehabt hatte, und musste den Blick abwenden.

Dr. Bergner hatte recht gehabt. Es war zu erkennen, dass ein großer Wagen mit breiten Reifen, ein kleiner LKW vielleicht, ungefähr zehn Meter weiter auf dem Weg gewendet hatte und noch einmal über Mensch und Fahrrad hinweggefahren war.

Weitere Hinweise oder Spuren konnte er trotz peinlich genauer Suche nicht entdecken, noch nicht einmal das Profil der Reifen war in dem weichen, trockenen Sand genau auszumachen.

Holten war enttäuscht. Er wandte sich an Tessmann.

»Habt Ihr irgendetwas entdeckt?«

»Nein, gar nichts«, war die kurze Antwort.

»Aber wir kommen morgen noch einmal her, wenn es hell ist.«

Damit drehte er sich um und ging auf die beiden Wachtmeister zu, wohl um ihnen weitere Anweisungen zu geben.

Der Arzt hatte seine Untersuchungen jetzt abgeschlossen. Die Fotos für die Akten waren gemacht. Während er letzte formelle Notizen kritzelte, wurde die verstümmelte Leiche hinter seinem Rücken mit einem Laken abgedeckt. Holten hörte, wie der Krankenwagen abfuhr, und bedauerte innerlich, dass die Sanitäter ein weiteres Mal vergeblich angerückt waren.

Holten war inzwischen zu der Überzeugung gekommen, dass er nichts Wichtiges übersehen hatte.

»Wie lange ist es her?«, wandte er sich wieder Dr. Bergner zu, der gerade seine Unterlagen zusammenräumte.

»Zwei Stunden ungefähr, eher weniger. Als ich hier war«,

er unterbrach sich und schaute gähnend auf seine Armbanduhr, »und dann bei dieser Temperatur, naja, auf die Minute kann ich's dir nicht sagen. Aber du kannst dir ja bestimmt eine Kopie des Obduktionsberichts besorgen, wenn du es unbedingt genau wissen willst.«

Sie schwiegen.

Keinem der Anwesenden war in Gegenwart eines so übel zugerichteten Ermordeten nach Gesprächen zumute.

»Ich hätte nicht erwartet, dass so etwas in unserer Gegend passiert«, bemerkte Holten nach einer Weile kopfschüttelnd. »Aber man glaubt wohl immer, dass man verschont wird.«

»Tja, mittlerweile ist man eben nicht mal mehr hier vor solchen Wahnsinnigen sicher«, antwortete Dr. Bergner.

Es war ein Motorengeräusch zu vernehmen. Die beiden blickten auf und erkannten Scheinwerfer, die sich von der Straße aus näherten.

»Das wird der Bestatter sein. Na, der wird sich freuen«, bemerkte Dr. Bergner trocken.

Holten antwortete ihm nicht, verabschiedete sich von den Ermittlern und ging zurück in Richtung von Taten, der inzwischen gerade lautstark mit Bernd Kasing über dessen Heimweg verhandelte.

»Entweder Sie gehen zu Fuß oder Sie rufen sich ein Taxi, oder... Sie gehen zu Fuß, und Schluss!«

Von Taten war sichtlich aufgeregt.

»Das ist mein letztes Wort! Ihr Transporter, ob Sie ihn in Ihrer Firma nun brauchen oder nicht, bleibt hier und wird dann in die Kriminaltechnik gebracht.«

Kasing warf Holten einen bitterbösen Blick zu, obwohl der nichts daran ändern konnte, drehte sich um und stapfte wutentbrannt, mit gerötetem Gesicht und ohne ein weiteres Wort davon.

Von Taten sah man selten so rigoros, als er sich aber zu

Holten umwandte, war er schon wieder der alte.

»Sag mal, sind die hier alle so begriffsstutzig? Als ob der nicht ohne sein Auto leben könnte.«

»Naja, er braucht den Transporter nun einmal für seine Firma. Glaubst du denn ernsthaft, dass er mit der Sache zu tun haben könnte?«

»Aber sicher hat er das«, antwortete von Taten leichthin.

Er war immer schnell bereit, aus einer Möglichkeit einen Verdacht zu machen, und das passende Indiz lieferte er gleich nach:

»Du hast Dr. Bergner doch sicher nach dem Zeitpunkt der Tat gefragt und kannst somit wohl auch abschätzen, wann das hier geschehen ist. Ziemlich genau um die gleiche Zeit ist auch Kasings Notruf eingegangen. Da hab ich ihn mal gefragt, ob ihm ein Wagen begegnet sei, was er komischerweise verneinte. Also, da kannst du sagen, was du willst, wenn er zur Tatzeit hier war und kein anderes Auto gesehen hat, wer soll es dann gewesen sein? Der Ablauf der Ereignisse weist auf ihn hin, irgendwie steckt der da mit drin.«

›Der ganz bestimmt nicht‹, dachte Holten, da er sich aber auf keine Diskussion mit von Taten einlassen wollte und auch genug gesehen hatte, sagte er dann laut:

»Ich muss los, es ist spät. Man sieht sich, ciao, Cornelius.«

Er war noch keine drei Schritte gegangen, als von Taten ihn zurückhielt.

»Max, warte mal. Ob der«, er wies mit dem Kopf in Richtung des Toten, »hier aus dem Dorf ist?«

Auf diese Weise fragte nur Cornelius von Taten, er war also noch nicht informiert.

»Ja, ... oder nein«, war Holtens Antwort.

Er konnte sich, obwohl ihn das Geschehen traurig und nachdenklich gemacht hatte, ein Schmunzeln kaum verkneifen. Dann wurde er wieder ernst.

»Ja, Cornelius, der kommt hier aus dem Dorf. Wilhelm Lehmberg, er wohnt zwei Häuser weiter als ich. Eigentlich direkte Nachbarschaft.«

»Hast du das Tessmann schon gesagt?«

»Natürlich, was glaubst du?«

Holten hielt viel von Teamarbeit, ganz im Gegensatz zu von Taten.

Der wirkte jetzt ein wenig verlegen, er tat so, als sei ihm gerade eine Idee gekommen.

»Max, ...äh, kannst du dann nicht vielleicht bei der Familie vorbeischauen?«

Mit ›vorbeischauen‹ meinte er natürlich das Überbringen der Todesnachricht, eine der unangenehmsten Pflichten für jeden Polizeibeamten. Ein Unglücksbote zu sein, den Moment direkt und hautnah mitzuerleben, wenn Frauen, Männer oder Kinder erkennen mussten, dass ein geliebter Mensch nie mehr bei ihnen sein würde, war bedrückend und deprimierend. Holten dachte unvermittelt an einen seiner ehemaligen Kollegen, der seinen Beruf wegen dieser belastenden Aufgabe an den Nagel gehängt hatte. In anderen Bezirken gab es Geistliche, die diese schwere Aufgabe übernahmen oder die Beamten unterstützten. Diese Möglichkeit bestand in diesem Bezirk nicht.

Er erinnerte sich noch an sein erstes Mal. Eine junge Frau und Mutter war vergewaltigt und ermordet worden, und er war derjenige, der dem Ehemann und jungen Vater die schreckliche Wahrheit begreiflich machen musste. Er war völlig unvorbereitet in diese Situation geraten, weil sein damaliger Vorgesetzter, dessen Aufgabe es eigentlich gewesen war, während der Untersuchung des Falles zum Tatort eines weiteren schweren Verbrechens gerufen worden war. Zum ersten Mal in seinem Leben hatte er einen erwachsenen Mann hemmungslos weinen sehen. Nicht jeder reagierte nach außen sichtbar so intensiv, doch immer konnte man die Verzweiflung in den Gesichtern der Betroffenen von Sekunde zu Sekunde wachsen sehen. Vor diesem Anblick hatte sich Holten immer gefürchtet, da er in dieser Situation nie helfen konnte.

Gleichzeitig wusste er, dass man diese traurige Pflicht auf verschiedene Weisen erfüllen konnte, und er konnte sich vorstellen, wie von Taten es anstellen würde. Es würde korrekt, vorschriftsmäßig und ordentlich sein. Doch das wollte er Elke Lehmberg so nicht zumuten.

Von Taten musste also nicht allzu viel seiner nicht sehr ausgeprägten Überredungskunst anwenden, um Holten zu überzeugen, diese Aufgabe zu übernehmen.

»Und sag ihr, dass ich morgen wegen diverser Fragen noch einmal bei ihr vorbeikomme – und dass sie ihn noch identifizieren muss.«

Er wollte sichergehen, dass Holten seine Nachbarin ausführlich und komplett auf die schwierige Zeit, die ihr jetzt bevorstand, vorbereitete.

»Ja, ja, ich weiß schon, was ich zu tun habe. Ich mach' mich nun aber auch auf den Weg. Ich melde mich dann.«

Holten machte sich auf den Heimweg. Er ging nicht schnell und ließ sich Zeit. Das Bild des toten Wilhelm Lehmberg ging ihm nicht aus dem Kopf. Immer wieder fragte er sich, wer wohl zu so etwas fähig war.

Es war gegen dreiundzwanzig Uhr, als Holten zu Hause ankam. Auf dem Heimweg hatte er erstaunt festgestellt, dass ihm niemand begegnet war und der Ort ganz still war. Fast immer begann die Gerüchteküche zu brodeln, sobald ein Wagen mit Sirene oder Martinshorn durchs Dorf fuhr, und die Leute erzählten sich ihre ganz persönlichen und zuweilen waghalsigen Vermutungen dazu. Dann erinnerte er sich, dass heute der Pilotfilm der neuen amerikanischen Mysteryserie im Fernsehen lief. Wahrscheinlich hatte das ganze Dorf gebannt vor dem Fernseher gesessen, und niemandem war etwas aufgefallen.

›Um unwahrscheinliche Ereignisse zu erleben, ist man nicht auf das Fernsehen angewiesen‹, dachte er grimmig.

Zuerst musste er seiner Frau die schreckliche Geschichte erzählen. Dann wollte er sich noch vorbereiten und ein wenig sammeln, bevor er zu Elke Lehmberg hinüberging. Er blieb einen Moment im Dunkeln vor der Nebeneingangstür ihres Hauses stehen und spürte plötzlich, wie die Katze um seine Beine strich, bevor er die Tür öffnete. Sie schlüpfte mit ihm ins Haus und forderte dann maunzend etwas zu fressen.

»Es gibt nichts, du bist zu dick«, brummte er unwirsch. Als ob sie ihn verstanden hätte, stellte sie sich wieder vor die Tür, um hinausgelassen zu werden.

Als er die Tür zur Küche öffnete, hörte er leise Stimmen aus dem Wohnzimmer und das beruhigende Hintergrundgeräusch des laufenden Fernsehgerätes. Er fragte sich, wer um diese Zeit wohl noch zu Besuch sein könnte. Auf der Arbeitsplatte in der Küche entdeckte er eine geöffnete, fast leere Flasche Rotwein, und ihm fiel erst jetzt auf, dass er schon lange durstig war. Er nahm die offene Flasche mit trockenem Weißwein aus dem Kühlschrank und füllte ein Glas für sich. Mit dem Getränk in der Hand schlenderte er, in Gedanken versunken, ins Wohnzimmer und stand unvermittelt vor Elke Lehmberg, die aufgestanden war und sich gerade von Susanne verabschieden wollte.

»Ach, Max. Gut, dass du gerade kommst. Du bist wahrscheinlich einer der wenigen Ehemänner, die abends noch nach Hause kommen.«

Sie war in guter Stimmung, und an ihrem leichten Kichern machte sich eine gute Rotweinlaune bemerkbar.

›Das passt ja gut, dass ihr in guter Stimmung seid‹, dachte Holten sarkastisch. Ihm war nicht klar, wie er anfangen sollte, er wusste aber auch, dass er das Unvermeidliche nicht länger hinauszögern durfte.

Elke sprach schon weiter:

»Männer, Männer, Männer.«

Sie tippte Holten auf die Brust.

»Ich bin hier, weil ich eine Vermisstenanzeige aufgeben möchte, Herr Hauptkommissar. Mein Ehemann Wilhelm ist abgängig, ich suche ihn schon den ganzen Abend. Neunundvierzig Jahre alt, einseinundachtzig groß, sechsundachtzig Kilo, leicht angegraute Haare, aber noch ganz knackig.«

Sie schwieg einen Moment, als ob sie den Wahrheitsgehalt ihrer Beschreibung im Nachhinein prüfen wollte. Dann redete sie weiter:

»Dabei wollte er eigentlich nur kurz mit dem Fahrrad los. Wo ist er abgeblieben? Hast du ihn gesehen?«

Holten fand die Situation nicht zum Lachen. Es war keine Zeit mehr, sich wohlgesetzte Worte zu überlegen. Er nickte.

»Und, wo ist mein abtrünniger Gatte? Ich warte schon den ganzen Abend auf ihn. So lange kann seine kleine Fahrradtour nun auch nicht dauern, und er stirbt, wenn er kein Abendbrot bekommt.«

»Setz dich erst einmal wieder, Elke, und Susanne, schenk Elke bitte nichts mehr nach.«

Susanne warf ihm einen fragenden Blick zu. Sollte auch sie besser nichts mehr trinken?

»Wo ist er denn nun? Er wollte doch auch noch arbeiten.«

»Er wird nicht mehr kommen«, sagte Holten leise.

Er sah keinen Sinn darin, ihr die Wahrheit noch länger zu verschweigen.

»Er wird nie mehr kommen«, wiederholte er, »er ist auf dem Richtweg gestorben.«

Susanne, die ja wusste, dass dort irgendetwas passiert sein musste, reagierte sofort richtig. Auch bei ihr hatte der

Rotwein Wirkung gezeigt, trotzdem hatte sie die Dramatik der Situation sofort erfasst. Sie setzte sich neben Elke und legte den Arm um sie.

Elke allerdings wollte diese tröstende Geste nicht erlauben. Sie schob den Arm zur Seite.

»Mach keine Witze, Max, sag schon, wo er ist.«

Er schaute sie ernst an.

»Das ist kein Scherz, Elke. Wilhelm ist tot. Er ist ermordet worden.«

Er fühlte sich etwas besser, als er es ausgesprochen hatte.

In diesem Moment realisierte sie, dass Holten es ernst gemeint hatte und was der Sinn seiner Worte war. Elke Lehmberg war eine hübsche, strahlende Frau, die auch den Widrigkeiten des Lebens immer aufrecht gegenübergestanden hatte. Die Wandlung, die jetzt mit ihr vorging, glich der Wandlung, die eine frisch frisierte Frisur nimmt, die plötzlich einem schweren Regenschauer ausgesetzt wird. Kopf, Schultern, Arme und Hände sanken herab, der ganze Körper sackte nach unten. Sie schien plötzlich ganz nüchtern.

Holten suchte die Fernbedienung für den Fernseher, fand sie nicht und ging zum Gerät hinüber, um es abzustellen.

»Was sagst du?«, flüsterte sie kaum hörbar.

Er setzte sich ihr gegenüber in den Sessel und wiederholte:

»Es tut mir unendlich leid, Elke, aber Wilhelm ist umgebracht worden.«

Sie sah ihn verzweifelt an und flüsterte nur:

»Nein!«

Sie hatte endgültig begriffen, dass dies kein Scherz, kein dummer Männerwitz war.

Es war jetzt ganz still. Die beiden Frauen saßen auf dem Sofa, Susanne hatte Elke in den Arm genommen und hielt sie fest. Holten starrte in sein Glas und sinnierte über die Ungerechtigkeiten des Lebens. Nach einer scheinbar unendlich langen Zeit begann Elke zu weinen, zuerst leise, dann immer lauter. Es mündete in ein lautes Schluchzen. Wie lange die beiden Frauen so zusammengesessen hatten, wusste Holten später nicht mehr, aber er erinnerte sich immer daran, wie elend er sich gefühlt hatte.

Aber auch das ging vorbei, und schließlich lehnte sie ein weiteres von den Papiertaschentüchern ab, die ihr Susanne vorher ungefragt gereicht hatte.

Elke hatte sich nun gefasst und saß wieder aufrecht zwischen den beiden.

»Erzähl mir, was passiert ist«, verlangte sie tapfer, wirkte dabei jedoch immer noch ein wenig geistesabwesend.

Holten erzählte, was er seit der Trennung von Susanne am frühen Abend gesehen, gehört und erlebt hatte, wobei er die brutalen Einzelheiten jedoch vorsichtig verschwieg und auch von Tatens Verdacht nicht erwähnte.

»Hat er irgendetwas Besonderes gesagt, als er losgeradelt ist?«, fragte Holten, als er seinen Bericht beendet hatte.

Er begann schon zu ermitteln und ärgerte sich darüber.

»Nein«, erwiderte sie nach einiger Zeit, und, nachdem sie tief eingeatmet hatte:

»Nichts, er..., er hat nur gesagt, er wolle am späten Abend noch arbeiten und müsse vorher unbedingt noch eine Runde an der frischen Luft machen.«

Sie stützte ihren Kopf in ihre Hände.

»Wann ist er denn losgefahren?«

»Das weiß ich nicht genau, ich war draußen im Garten und habe nicht auf die Uhr gesehen. Es muss wohl so gegen sechs gewesen sein, nehme ich an«, antwortete sie leise.

Jetzt stand sie plötzlich auf.

»Ich will jetzt nach Hause, ich muss unbedingt die Kinder..., ich muss es den Jungen sagen.«

»Schaffst du's allein?«, erkundigte sich Susanne teilnahmsvoll, wobei sie Elkes Hände in die ihren nahm.

Elke Lehmberg zuckte nur mit den Schultern und blieb still sitzen, als könne sie sich nicht zum Aufstehen entschließen.

»Es wird schon gehen, aber ich muss jetzt erst einmal allein sein und überlegen, wie ich es den Kindern sage.«

Trotz allem war sie schon wieder ganz die umsichtig planende Hausfrau und Mutter.

Sie wollte allein sein. Trotzdem begleitete Holten sie noch die fünfzig Meter durch ihre jetzt unbeleuchtete Straße bis zu ihrem Grundstück und drückte sie dort an sich.

»Bleib stark«, flüsterte er ihr zu.

Etwas Besseres war ihm nicht eingefallen.

»Sie hat sich tapfer gehalten, finde ich«, meinte Susanne, als ihr Mann wieder im Haus war.

»Nun sag, was ist das für eine Sache?«

Holten ließ sich in den Sessel fallen. Sein Glas war leer, aber er konnte sich nicht aufraffen, in die Küche zu gehen. Er fühlte sich ausgelaugt und erschöpft, mehr seelisch als körperlich.

»Ich weiß es auch nicht. Irgendjemand hat Wilhelm auf dem Richtweg absichtlich überfahren und schrecklich zugerichtet, das ist klar. Bis jetzt haben sie keine verwertbaren Spuren gefunden, Cornelius von Taten leitet die Ermittlungen, und er hat Bernd Kasing in Verdacht«, fasste er kurz zusammen.

»Warum?«

»Wie soll ich das wissen?«

Sie meinte jedoch seine letzte Bemerkung.

»Weshalb hat er Bernd in Verdacht?«

»Er war wohl zur Tatzeit in der Nähe des Tatortes. Aber du kannst dich ja erinnern, was ich dir über von Taten erzählt habe. Er weiß immer gleich, wer es war, und den richtigen Täter greifen sich Tessmann und Nase.«

»Kannst du dir einen Reim darauf machen?«

Er fuchtelte hilflos mit den Händen herum.

»Nein, wie soll ich«, stöhnte er, »ich weiß gar nichts, und ich will auch gar nichts wissen.«

Eigentlich wollte er die ganze Sache aus seinem Kopf loswerden. Mit einem Ruck stand er auf und stellte das Fernsehgerät wieder an. Er wollte sich ablenken und an etwas anderes denken. Im Fernsehen lief ein amerikanischer Krimi, und er war gerade in den finalen Showdown geraten. Er stellte den Fernseher wieder ab.

Vielleicht sollte ein pensionierter Kommissar doch lieber im Fernsehsessel sitzen bleiben.

Nach einer unruhigen Nacht und einem kurzen Frühstück war Holten schon verhältnismäßig früh wieder auf seinem Fahrrad unterwegs zum Fundort der Leiche. Trotz der kurzen Nacht fühlte er sich besser - er konnte den Vorfall nun sachlicher betrachten und war nicht mehr so emotional berührt wie am Abend vorher.

In der Zeitung, die er kurz überflogen hatte, hatte er noch nichts über das furchtbare Ereignis finden können und war froh darüber.

Auch wenn er sich vorgenommen hatte, sich aus der ganzen Sache herauszuhalten, so zog es ihn trotzdem zum Tatort.

»Du bist wie ein guter Fährtenhund«, hatte ein Kollege früher einmal zu ihm gesagt. Das war es wohl. Er umkreiste den Ort des Geschehens und wartete darauf, dass ihn irgendein Hinweis auf die richtige Spur führen würde.

Und in diesem Fall spürte er noch eine weitere Verpflichtung: nämlich einen guten Bekannten von einem unbegründeten Verdacht zu befreien, der durch von Taten in die Welt gesetzt worden war.

Als er von der Straße in den Waldweg einbog, musste er absteigen und das Fahrrad schieben – das Fahren auf dem lockeren Sandboden war unmöglich. So war es Lehmberg sicher auch gegangen. Er lehnte sein Rad hinter der Wegbiegung, kurz vor der Stelle, an der gestern Kasings Firmenwagen gestanden hatte, an einen Baum. Kasing musste seinen Wagen gestern Abend schnell zum Stehen gebracht haben, sehr langsam gefahren sein oder den Transporter mit Übersicht geparkt haben. Der Wagen hatte direkt hinter der Kurve gestanden.

Kasings Firmenwagen war abgeholt worden, doch der Tatort war noch immer abgesperrt, und auch heute Morgen war die Ermittlergruppe im Einsatz. Von Taten war allerdings nirgends zu entdecken. Als Tessmann ihm zugewunken hatte und damit zu erkennen gegeben hatte, dass Holten ›dazugehörte‹, ließ ihn der Polizist, der ihn nicht kannte, mit einem missbilligendem Stirnrunzeln passieren. Das Team hatte soeben seine Arbeit beendet und packte zusammen.

Bevor Holten eine erste Frage stellen konnte, begann Tessmann schon:

»Nichts, gar nichts, bis auf einen blutverschmierten Lappen. Den haben wir gestern im Dunkeln wohl übersehen. Es sieht so aus, als ob damit Blut abgewischt wurde. Na, wir werden ja sehen, wessen Blut es ist.«

Er zog die Schultern hoch und spreizte die Arme vom Körper ab.

»Sonst nichts Neues.«

»Sie können die Absperrung abbauen!«, rief Nase den beiden Polizisten zu und drehte sich zu Holten um. Natürlich hatte sie schon von ihm gehört, und jetzt wollte sie vielleicht wissen, was er für eine Meinung zu dem ganzen Fall hatte.

»Was meinen Sie zu der ganzen Sache? Ich glaube, der hat irgendetwas gesehen, was er nicht hätte sehen sollen. Wenn man nur wüsste, was.«

»Wie kommen Sie darauf?«, fragte Holten.

Nase sprach ganz langsam, was sie immer tat, wenn sie für eine Vermutung nicht die richtigen Beweise hatte.

»Er wurde so umgebracht, dass man sicher sein konnte, dass er tot ist. Bei Rache, Eifersucht oder etwas Ähnlichem hätte einmal Überrollen sicher gereicht. Wer auch immer ihn getötet hat, er musste es so anstellen, dass Lehmberg wirklich tot war und nichts mehr erzählen konnte.«

Holten nickte.

›Nicht schlecht‹, dachte er, auch er hatte denselben Gedanken schon gehabt.

»Das ist natürlich eine Möglichkeit«, sagte Tessman, der mitgehört hatte. Er setzte mehr auf handfeste Spuren, und man merkte ihm die Enttäuschung darüber an, dass er keinerlei weitere Anhaltspunkte gefunden hatte.

Die beiden hatten es eilig und verabschiedeten sich. Holten hatte versucht, sie zu einem Kaffee in sein Haus einzuladen, aber sie hatten abgelehnt und erzählt, dass von Taten Ergebnisse sehen wollte, um seinen Tatortbericht zu schreiben.

So war Holten bald allein. Er ging den Tatort jetzt im hellen Sonnenschein noch einmal kreuz und quer ab in der Hoffnung, dass Tessmann und Nase noch etwas übersehen hatten. Aber außer den vielen Fuß- und Fahrzeugspuren, abgebrochenen Ästen, heruntergetretenem Gras und dem schrecklichen dunklen Fleck mitten auf dem Weg konnte er nichts finden. Also schwang er sich auf seinen Drahtesel und machte sich auf den Weg nach Haus.

Vor ihrem Grundstück auf der Einfahrt stand ein blaues Fahrrad. Holten kannte es, weil es schon oft dort gestanden hatte, und er wusste, wer auf ihn wartete. Er ging sofort zur Terrasse, und dort saß Bernd Kasing auf einem Liegestuhl und hatte die Augen geschlossen. Holten gönnte ihm jede Minute

Schlaf bei dieser Arbeitsbelastung. Kasing zuckte zusammen, als Holten um die Hausecke trat, und dann begrüßten sie sich herzlich.

Die beiden ältesten Söhne und die beiden jüngsten Kinder der Familien, ein Junge bei Holtens und ein Mädchen bei Kasings, waren jeweils fast zur gleichen Zeit geboren worden. So hatte sich zunächst zwischen den Frauen, dann zwischen beiden Familien eine besondere Beziehung, ja Freundschaft entwickelt. Sie sahen sich oft und teilten Freuden und Probleme. Die beiden Männer waren Piloten und aktive Mitglieder in der örtlichen Flugsportgruppe.

Kasing trug, wie üblich, seinen blauen Overall, musste also direkt aus der Werkstatt gekommen sein.

»Du musst mir helfen«, platzte er sofort heraus, als Holten sich gesetzt hatte, »dieser von Taten denkt, dass ich Wilhelm überfahren habe.«

»Ich weiß«, antwortete Holten ruhig.

»Und, hast du?«, fragte er dann leichthin.

»Bist du jetzt auch verrückt geworden? Warum sollte ich denn?«

Kasing hatte die Frage ziemlich ernst genommen.

»Das war ein Scherz, jetzt mal ganz ruhig!«, versuchte Holten zu beschwichtigen.

»Wie kommt er denn darauf?«

Kasing war ganz aufgeregt:

»Er sagt, die Zeit zwischen meinem Anruf über Notruf und dem Zeitpunkt der Tat sei so kurz gewesen, dass ich jemanden hätte sehen müssen oder selbst der Täter sein müsste, aber ich habe ja niemanden gesehen. Zuerst fragt er mich ganz harmlos über den Transporter aus, und dann das. Und dann hat er ihn ja auch noch beschlagnahmt.«

Er wanderte nervös von einer Seite der Terrasse zur anderen und scheuchte dabei die Schmetterlinge von den Blumen.

»Den bekommst du schon wieder zurück.«

»Aber wann, aber wann?«

Kasing begann sich in Rage zu reden.

Holten versuchte, Ruhe einkehren zu lassen, indem er den Schwerpunkt des Gesprächs vom Transporter weg in Richtung Tat lenkte.

»Hast du denn wirklich niemanden gesehen?«, fragte er ruhig.

Kasing blieb stehen.

»Nein, niemanden.«

»Oder kann es sein, dass dich jemand gesehen hat? Du weißt schon – Alibi.«

»Nein, ich glaube nicht.«

Er kratzte sich hinter dem Ohr und überlegte.

»Ach so, ja, doch, wenn du das meinst. Kurz nachdem ich in Posthausen losgefahren bin, auf dem Weg zu diesem idiotischen Hochsitz, sind mir einige aus Hellwege begegnet.«

»Na also. Wer denn? Überleg genau und lass dir doch nicht alles aus der Nase ziehen«, drängte Holten, »vielleicht hat ja einer von ihnen gerade auf die Uhr gesehen.«

»Frank Mullemann zuerst, dann der alte Strohkirch, glaube ich, und Marie auch, die Fermental«, antwortete Kasing unsicher.

»Die kennen dich ja alle, und deinen Transporter auch. Wir können sie ja fragen«, und nachdem Bernd ihn fragend anblickte: »Jaja, ich werde das schon übernehmen und versuchen, dir zu helfen. Und ich kann dich trösten: Von Taten schießt immer so schnell, und dann merkt er, dass er auf der falschen Fährte ist. Irgendwann wird er es schon aufgeben und dich in Ruhe lassen.«

Er lächelte Kasing zuversichtlich an, und der wirkte nun auch erleichtert und etwas ruhiger.

»Und du hättest ja auch keinen Grund gehabt, Wilhelm

umzubringen, oder?«

Kasing zuckte mit den Schultern und stand auf. Er sah nicht glücklich aus und antwortete abrupt.

»Ich muss in die Firma, ich bin schon zu lange hier. Die warten sicher schon auf mich.«

»Ich werde dich auf dem Laufenden halten«, verabschiedete Holten ihn.

›Und schon bist du wieder mittendrin und wolltest doch eigentlich für immer draußen bleiben‹, dachte er.

Er hatte sich früh pensionieren lassen, mit fünfundfünfzig Jahren, und musste dafür auf einen Teil seiner Altersbezüge verzichten. Das kümmerte ihn jedoch nicht, er konnte es sich leisten, denn es war ein ganz besonderes Ereignis eingetreten: Der Gewinn, den er nach fünfunddreißig Jahren Lottospielen endlich erzielt hatte, war nicht der kleinste gewesen. Nein, es war ein riesiger Deal gewesen. Sechs Richtige, die Superzahl, und er war der einzige Gewinner gewesen. Er lächelte zufrieden, als er an diesen Samstag zurückdachte. Er war am frühen Morgen von einem Auftritt mit seiner Band heimgekommen und hatte im Videotext noch die Lottozahlen kontrolliert. Es waren seine Zahlen gewesen, und erstaunlicherweise hatte er ganz beherrscht reagiert und die Familie nicht durch ein Freudengeschrei geweckt. Er hatte in aller Ruhe die Bekanntgabe der Quoten erwartet, und als er die Summe erfahren hatte, war für ihn klar, dass er sich nicht mehr mit Verbrechen abgeben wollte.

Er hatte einfach zu viel gesehen.

Er wollte nun die schönen Seiten des Lebens genießen und nichts mehr mit den schlimmen und schmutzigen Dingen zu tun haben, mit denen er sich dreißig Jahre seines Lebens herumgeschlagen hatte.

›Aber das geht wohl noch nicht‹, dachte er und setzte das Nudelwasser auf den Herd.

Als Susanne aus dem Kindergarten heimkam, nahm sie aus dem Päckchen im Küchenschrank eine Zigarette und trat nach draußen auf die Terrasse, um sie sich genüsslich anzuzünden und zu rauchen. Holten gesellte sich zu ihr und fragte sie, die alles aus dem Dorf wusste:

»Sag mal, hast du mal irgendetwas läuten gehört, dass Bernd und Wilhelm einander nicht grün sein könnten?«

»Nein, ich wüsste nichts. Warum fragst du?«

»Bernd war heute Morgen hier, weil er jetzt nicht weiß, wie er sich verhalten soll. Von Taten verdächtigt ihn, und ich soll ihm nun helfen. Ich bin sicher, dass von Taten natürlich wie immer auf der falschen Fährte ist, doch als ich Bernd, eigentlich rhetorisch, fragte, ob er einen Grund hätte, Wilhelm umzubringen, hat er komisch reagiert und nicht geantwortet. Dann ist er ganz schnell verschwunden. Das hat mich gewundert.«

»Da hätte ich aber auch nicht geantwortet«, sagte sie, drehte sich um und ging wieder ins Haus, um in der Küche das Essen vorzubereiten.

Holten war verblüfft und folgte ihr.

»Und warum nicht?«, fragte er.

Susanne antwortete ruhig, wobei sie sich schon mit dem Zerkleinern des Gemüses für die Soße beschäftigte.

»Na, hör mal. Wenn ein Verbrechen passiert und ich ein Motiv gehabt hätte, dieses Verbrechen zu begehen, würde ich es natürlich niemandem sagen und hoffen, dass es keiner erfährt, damit ich nicht verdächtigt werde. Wenn ich aber keinen Anlass habe und aus irgendwelchen merkwürdigen Gründen trotzdem verdächtigt werde, wird mir von Taten oder wer auch immer genau aus diesen Gründen sowieso nicht glauben, eben weil die Indizien so obskur sind. Also, ökonomisch wie ich nun einmal veranlagt bin, sage ich nichts. Und Bernd ist einer der ökonomischsten Menschen, die ich kenne.«

Holten dachte einen Moment nach und konnte dann doch ihrer Argumentation folgen

»Logisch.«

Er goss die Nudeln ab.

»Aber er könnte es mir ja sagen.«

Als sie beim Essen saßen, fragte er sie: »Warum bist du eigentlich nicht zur Kriminalpolizei gegangen?«

»Weil ich lieber mit guten Menschen oder mit Kindern Umgang habe als mit schlechten und lieber verzeihe als bestrafe.«

So war sie.

STEIGFLUG

In den nächsten Tagen war es Holten nicht möglich, die Gedanken an die ganze Geschichte abzuschütteln, obwohl er für gewöhnlich Beruf und Privates gut hatte trennen können. Doch in diesem Fall überschnitten sich beide Bereiche, und er wurde immer wieder aufs Neue darauf gestoßen.

Die regionale und überregionale Presse hatte natürlich ausführlich berichtet und tat es immer noch, wenn auch weniger intensiv. Von Taten hatte verlautbaren lassen, dass es eine heiße Spur gäbe und der Täter wohl bald gefasst sein werde – wahrscheinlich meinte er damit Bernd Kasing. Die Todesanzeigen, allesamt mit einem Ausdruck tiefster Betroffenheit, der Familie, des Architektenverbandes, des Sportvereins, der Flugsportgruppe, seiner Partei, des Gemeinderates und seines Kartenklubs erschienen in loser Folge in der Heimatzeitung. Bernd Kasing rief fast täglich an und fragte nach Neuigkeiten, ob er nun bald verhaftet würde und wann er seinen Transporter wiederbekäme. Im Dorf wurde Holten von denen, die seine berufliche Vergangenheit kannten, auf seine Meinung angesprochen. Und alle wussten natürlich, dass er am Tatort gewesen war.

Nach wie vor konnte sich niemand einen Reim darauf machen, warum ein Mensch auf eine so schreckliche Weise hatte sterben müssen.

Noch nicht einmal seine Frau konnte ihm das Thema ersparen. Am Samstag sagte sie:

»Wir sollten einmal bei Elke vorbeischauen. Erstens gehört sich das so, und zweitens braucht sie vielleicht Hilfe.«

Holten hielt nicht viel von den Dingen, die sich gesellschaftlich ›gehörten‹ und die ›man machte‹, aber er wusste inzwischen und zweifelte nicht mehr daran, dass er in solchen Fällen auf seine Frau hören musste.

Also standen die beiden am Sonntag in der hellen Vormittagssonne vor Lehmbergs Haustür und läuteten. Elke Lehmberg stand kurz darauf im Eingang, aufrecht wie immer und in Schwarz gekleidet. Holten, der sich seiner despektierlichen Gedanken manchmal nicht erwehren konnte und, wenn er sie aussprach, von seiner Frau dafür gerügt wurde, fand in diesem Moment, dass es bedauerlich wenig Trauerfälle gab, weil Schwarz fast alle Frauen hübscher machte.

Nachdem die beiden Frauen sich mit einer herzlichen Umarmung begrüßt und Holten Elke die Hand gereicht hatte, wurden sie hereingebeten.

Susanne hatte sich getäuscht. Elke brauchte keine Hilfe. Die beiden fast erwachsenen Söhne, Markus und Christian, waren jetzt zu Hause bei ihrer Mutter und unterstützten sie, wo sie konnten. Markus, der Ältere, brachte Kaffee und setzte sich mit in die Runde. Die Unterhaltung, vorwiegend von den Damen geführt, erweckte den Eindruck eines normalen nachbarschaftlichen Besuches. Natürlich ging das Gespräch auch um den Verblichenen und die widrigen Umstände, die ein Todesfall so mit sich bringt, besondere emotionale Regungen waren jedoch nicht zu spüren. Im Großen und Ganzen schien Elke Lehmberg diesen Schicksalsschlag gut zu verarbeiten.

Holten hatte sich in den vergangenen Tagen immer wieder die Frage gestellt, ob er, auch um Kasings willen, in diesem Fall selbst Untersuchungen anstellen sollte. Natürlich hatte er auch mit Susanne darüber gesprochen.

»Du bist nicht mehr im Dienst«, hatte sie gesagt.

»Ja, dafür aber von Taten.«

Sie wusste, was er damit meinte. Der hatte das Ermitteln nie richtig gelernt, er war auf dem Gebiet immer ein Amateur geblieben.

»Er hat Tessmann und Nase.«

»...die sich hier nicht auskennen.«

»Lass es lieber sein.«

Das war ihre Meinung.

Und doch spürte er eine gewisse Verpflichtung, sich dieses Falles – besonders, weil er sich hier, in seiner näheren und vertrauten Umgebung, abgespielt hatte – anzunehmen, und deshalb wagte er zum Schluss ihrer Unterhaltung auch eine Frage, die er als Ermittler stellen musste, auch wenn er sich dadurch als Nachbar vielleicht pietätlos verhielt.

»Elke, entschuldige, wenn ich dich jetzt damit belästige, aber mich beschäftigt die ganze Zeit die Frage nach dem Warum. Kannst du dir irgendeinen Grund vorstellen, aus dem man Wilhelm hätte umbringen wollen?«

»Die Frage hat mir dieser Tessmann auch schon gestellt« antwortete sie schnell.

»Seit es passiert ist, denke ich über nichts anderes nach, aber ich kann es mir beim besten Willen nicht erklären, selbst in meinen kühnsten Träumen nicht. Du kanntest ihn doch auch gut, Max, er konnte doch wirklich keiner Fliege etwas zuleide tun.«

Na, so gut kannte Holten ihn nun auch wieder nicht.

»Hat er mit irgendjemand eine Auseinandersetzung oder einen richtigen Streit gehabt?«, hakte Holten nach.

»Nein, wirklich nicht«, sagte sie, ohne noch einmal nachzudenken.

»Höchstens die Sache mit Kasing«, warf Markus ein, der die Unterhaltung aufmerksam verfolgt hatte.

Holten horchte auf. Er drehte sich zu ihm um.

»Warum? Was war denn mit ihm?«

»Das weiß Mama besser, sie hat es mir doch erzählt.«

Holten sah Elke fragend an. Die überlegte lange, als könne sie sich nur schwer erinnern.

»Ach ja, das hatte ich schon fast vergessen«, sagte sie dann.

»Ich war nicht dabei, ich habe es nur von Wilhelm gehört. Er hat es mir erzählt.«

»Dann berichte einfach, was du weißt. Es bleibt unter uns«, ermunterte Holten sie.

»Naja, du weißt doch, dass Firma Kasing Metallbau unseren großen Wintergarten hier angebaut hat«, erzählte Elke schließlich.

»Wilhelm war geschäftlich unterwegs, als sie ihn aufgestellt haben, und als er wieder zurück war und sich alles angesehen hat, musste er feststellen, dass sie ihn falsch gebaut hatten. Die gesamte Traufe lag viel zu tief. Das merkt man, wenn man nach draußen auf die Terrasse treten will, weil man immer den Kopf einziehen muss. Mir ist das eigentlich gar nicht aufgefallen, ich habe gedacht, dass Wilhelm es so geplant hatte. Ich weiß nicht, wie das passiert ist, ob sie sich vermessen haben oder die Pläne falsch gelesen haben. Jedenfalls hat Wilhelm gesagt, er nimmt das so nicht ab und bezahlt nichts dafür, sie müssten alles neu machen. Kasing hat geantwortet, er macht das nicht, er wollte stattdessen etwas vom Preis ablassen. Aber Wilhelm war ja ein Dickkopf, er hat darauf bestanden: Entweder wird alles richtig geliefert und aufgebaut wie geplant und beauftragt, oder Kasing muss alles wieder abbauen und bekommt kein Geld. So hat er es mir erzählt.«

Sie machte eine Pause, um an ihrem Kaffee zu nippen, und beugte sich dann nach vorn.

»Und in der letzten Woche war Kasing noch einmal hier, weil er eine Regelung finden wollte, aber die beiden sind sich nicht einig geworden. Wilhelm hat sich auf nichts eingelassen.«

›Im Normalfall kein Grund, jemanden umzubringen,‹ dachte Holten.

»Wie ist denn das Gespräch genau abgelaufen?«, wollte er dann wissen.

»Zuerst normal, aber zum Schluss wurden sie ziemlich laut. Ich war vorne im Garten und habe sie durchs Fenster erregt diskutieren und sich anschreien gehört, und dann ist Kasing wutschnaubend an mir vorbeigerauscht, ohne ein Wort zu sagen. So hatte ich ihn noch nie erlebt.«

Sie hielt inne.

»Warum fragst du?«

»Ach, nur so.«

Und schon wieder beschlich ihn dieses ungute Gefühl, weil er etwas tat, was er nicht tun sollte.

»Du weißt ja, was ich beruflich gemacht habe. Ich muss immer alles hinterfragen und ganz genau wissen«, lenkte er ab.

Zunächst musste ja niemand wissen, dass Bernd Kasing vonseiten der Kriminalpolizei verdächtigt wurde.

Er wusste, dass sich seine Begründung ziemlich fadenscheinig angehört haben musste, weil Elke ihn mit einem merkwürdigen Blick musterte.

Um eine Fortsetzung des Gespräches zu vermeiden, stand er auf, um sich zu verabschieden, und Susanne tat es ihm gleich.

»Halt dich tapfer«, murmelte er.

Damit trennten sie sich.

Am Montag hatte sich das Wetter geändert.
Die Sonne, die dem Ort einige fast mediterrane Wochen und Monate beschert hatte, war nun durch ein undefinierbares Grau verdeckt. Es war etwas kühler geworden, und auch aus der Stimmung der Menschen war die sommerliche Unbeschwertheit verschwunden.

Die Urlaubszeit war nun vorbei, und fast unmerklich

schlich sich der Gedanke ein, dass der Zenit des Jahres überschritten war und man von jetzt an erst einmal nur Arbeit, Kälte und Dunkelheit erwarten konnte.

Auch Holtens Laune blieb davon nicht unberührt, und sie besserte sich auch nicht, als er den lokalen Sportteil der Zeitung aufschlug und lesen musste, dass die Fußballmannschaft seines Sohnes gegen den Tabellenletzten gespielt und trotz Überzahl kurz vor Schluss noch verloren hatte. Das hatte sie zwei Tabellenplätze gekostet.

»Schwachmanen«, knurrte er mit Verachtung, als er den Bericht in der Zeitung las.

Es läutete. Er legte die Zeitung zur Seite und ging verwundert zur Haustür, um zu öffnen. So früh stellte sich nie Besuch ein, und der Briefträger kam gewöhnlich immer später am Vormittag.

Cornelius von Taten stand draußen. Mit ihm wehte eine Wolke Eau de Toilette hinein, und er entschuldigte sich sofort für sein frühes Erscheinen, denn auch er wusste, dass Holten morgens gern etwas länger schlief. Heute waren seine Knickerbocker hellbraun, aber er trug noch keinen Mantel.

Holten bat ihn herein, und auf die Frage »Kaffee oder Tee?« hörte er ein nettes, aber bestimmtes »Tee, bitte!«.

Das war typisch von Taten, und Holten hatte es nicht anders erwartet.

Er schüttelte sich innerlich. Nach seiner Meinung konnte man Tee trinken, wenn man krank war oder alt, ein normaler Mensch jedoch trank tagsüber Kaffee.

Doch als guter Gastgeber setzte er Teewasser auf. Kaffee stand im Hause Holten ohnehin immer bereit. Als die Getränke auf dem Tisch standen und sie sich kurz über das Wetter und den jeweiligen Gesundheitszustand des anderen ausgetauscht hatten, setzte von Taten sofort an:

»Max, alle sagen, du warst ein guter und erfahrener

Ermittler. Ich brauche jetzt deinen Rat. Du kennst doch diesen Kasing.«

Und als Holten nickte, fragte er vollkommen unvermittelt: »Soll ich ihn verhaften?«

Die Frage kam direkt und überraschend, und Holten stutzte. Sollte von Taten zwingende Indizien oder gar Beweise gefunden haben?

»Mach dich nicht lächerlich«, war seine Antwort.

»Warum? Er könnte es gut getan haben, und...«

»Aber du kannst ihn doch nicht verhaften lassen, nur weil er als Erster kurz nach dem Mord am Tatort war und die Tat vom Zeitablauf her begangen haben könnte«, unterbrach ihn Holten.

»Nein, aber das ist es ja nicht allein. Er tut so verdammt unschuldig, und ich bin sicher, dass er mir etwas verschweigt, und mein Gefühl...«

»Cornelius! ›Könnte‹ und ›Gefühl‹. Du weißt so gut wie ich, dass du für einen Haftbefehl etwas mehr brauchst als solche vagen Vermutungen. Irgendwelche Fakten, ein Motiv zumindest, müsstest du beim Staatsanwalt schon vorlegen können. Der lacht dich ja aus, wenn du einen Haftbefehl beantragst nur auf dein Gefühl hin.«

Jetzt war er beruhigt. Von Taten hatte also doch nichts in der Hand. Holten hielt Bernd Kasing für unschuldig, und so verschwieg er das, was er von Elke Lehmberg gehört hatte. Ein Motiv wäre das wohl ohnehin nur für einen Psychopathen.

Von Taten stellte seinen Becher heftig auf den Tisch zurück.

»Aber ich habe ja etwas!«

Er zog die Augenbrauen in die Höhe, was er immer tat, wenn er etwas seiner Meinung nach Wichtiges vortrug, und fuhr fort:

»Wie du weißt, haben wir seinen Wagen mit in die Kriminaltechnik genommen. Die Reifen hatten natürlich viele verschiedene Flecken, die sie alle untersucht haben. Öl, Farbe, Kaugummi, Hundedreck. Alles, was man an so einem Reifen eben findet. Aber am rechten Vorderreifen sind sie dann auch richtig fündig geworden; dort war ein kleiner Blutfleck, und das Blut ist ganz eindeutig Wilhelm Lehmbergs.«

Von Taten lehnte sich stolz zurück, so, als ob er eine Heldentat vollbracht hätte. Holten saß ganz still und blickte ungläubig zu ihm hinüber.

Eifrig sprach von Taten weiter:

»Sein Wagen stand ungefähr fünfundzwanzig Meter von der Leiche entfernt, und nach seiner Aussage ist er auch nicht näher herangekommen. Der lügt doch!«

Dann machte er eine dramaturgische Pause und sprach die nächste Frage ganz langsam aus, indem er zwischen den einzelnen Worten bedeutungsschwere Pausen machte:

»Wie kommt das Blut an den Reifen?«

Holten fühlte sich überrumpelt und hatte Schwierigkeiten, von Tatens Verdacht mit einer schnellen Antwort zu begegnen.

So etwas hatte er nicht erwartet. Hatte er etwa dem falschen Mann sein Vertrauen geschenkt? Um Zeit zum Überlegen zu gewinnen, stellte er erst einmal eine Frage:

»Und die Karosserie? Habt ihr daran irgendwelche Spuren gefunden?«

»Nein, keine frischen Beschädigungen und kein Blut. Aber das will nichts heißen, er kann es abgewischt haben. Wir haben ja diesen Lappen mit Lehmbergs Blut daran gefunden.«

Holten schwieg und suchte nach Gegenargumenten.

»Nach meiner Erfahrung müsste nach diesem brutalen Überrollen mindestens eine kleine Delle, eine Lackabschürfung oder etwas Ähnliches zu finden sein. Und auch die Stellen, wo Blut abgewischt wurde, findet ihr ja wohl.«

»Vielleicht, mit Glück für Kasing auch nicht. Aber das ist noch immer nicht alles.«

Er erhob wieder die Stimme.

»Kasing hat behauptet, er wäre in den Sandweg eingebogen, weil dieser Fermental, der Jagdfreund seines Vaters, sich über den neuen Hochstand beschwert hätte, und er hätte noch nach diesem Hochsitz schauen wollen. Tessmann hat bei Fermental angerufen, hat aber nur dessen Frau Marie erreicht. Und warum? Er selbst war am Mordtag überhaupt nicht im Lande, weil er in Afrika auf Safari ist. Er ist es jetzt übrigens immer noch.«

Zufrieden lehnte er sich zurück.

»Ich meine, das reicht für einen Haftbefehl.«

Holten überlegte lange, bevor er von Taten antworten konnte. Er war fest davon überzeugt, dass Bernd nichts mit dem Mord zu tun haben konnte, dafür kannte er ihn zu gut. Er zog eine Zigarette aus der Packung, steckte sie an und achtete dabei nicht auf von Tatens missbilligenden Blick. Dann holte er frischen Kaffee aus der Küche. Wie konnte es sein, dass alles auf Bernd Kasing deutete? Zufall? Oder täuschte er sich in Bernd und der war doch in diese Sache verwickelt? Konnte von Taten am Ende wirklich einmal Recht haben?

›Es kann nicht sein, was nicht sein darf!‹, dachte er und traf schließlich seine Entscheidung:

Er musste Bernds Unschuld beweisen, um ihn vor weiteren Verdächtigungen seitens von Tatens schützen, und das würde nur gelingen, wenn er den wahren Täter überführen könnte. Das würde ihm als Pensionär ohne die Unterstützung des gesamten Polizeiapparates nicht leichtfallen. Es hieß, dass er privat zu ermitteln hatte. Es musste sein - und eigentlich wollte er doch nur Ruhe haben.

»Was sagen denn Tessmann und Nase zu deinen Überlegungen?«, fragte er schließlich von Taten.

»Tja, die lassen mich im Stich.«

Er zog die Schultern hoch.

»Nase ist der Meinung, das passe nicht zu dem Mann, wir sehen irgendetwas noch nicht. Tessmann sagt, wir haben noch zu wenig, es reicht noch nicht, um endgültige Schlussfolgerungen zu ziehen.«

»Dann könntest du mich jetzt Tessmann-Nase nennen«, schmunzelte Holten und wurde ruhiger, »ich bin der gleichen Meinung. Erstens habt ihr zu wenig, und zweitens kenne ich deinen Verdächtigen und traue ihm so etwas nicht zu. Außerdem läuft er dir nicht weg, er hat hier seine Familie, seinen Betrieb und auch einen Ruf hier im Ort zu verlieren. Fluchtgefahr besteht also nicht. Lass ihn erst einmal in Ruhe.«

Jetzt schwieg von Taten nachdenklich. Leise murmelte er: »Aber unsere Beweise deuten doch ganz eindeutig auf ihn als Täter.«

»Du meinst Indizien. Für mich ist das alles jedoch nicht zwingend, Cornelius«, wandte Holten ein.

»Erst einmal kann der Tat- und Todeszeitpunkt nicht auf die Minute genau festgelegt werden, und das ist in diesem Falle sehr entscheidend. Schon zehn Minuten würden Kasing entlasten. Das Blut kann auf andere Weise an den Reifen gelangt sein, obwohl ich auch noch nicht weiß, wie, und auch die Geschichte mit dem Telefonat muss noch genauer untersucht werden. Da müsstet ihr noch ein wenig genauer ermitteln. Und ein Motiv habt ihr auch nicht.«

Von Taten verzog das Gesicht, kratzte sich am linken Ohrläppchen und sagte nichts. Holten sog an seiner Zigarette und überlegte, ob er richtig entschieden hatte und ob er von Taten und auch sich selbst hatte überzeugen können.

»Na gut«, unterbrach von Taten endlich das Schweigen, »wenn ihr alle dieser Meinung seid, lasse ich ihn noch in Ruhe. Es wäre vielleicht auch zu einfach gewesen.«

Er stand schwerfällig auf und stöhnte.

»Aber was schreibe ich in den vorläufigen Ermittlungsbericht?«

Das war seine größte Sorge.

»Dir wird schon etwas einfallen, das ist doch bis jetzt immer so gewesen«, meinte Holten.

»Dann an die Arbeit«, sagte von Taten und ging zur Tür.

»Ich hoffe, ihr habt recht.«

Holten legte ihm tröstend die Hand auf die Schulter und schob ihn hinaus.

»Ach ja, die Leute aus dem Labor haben gesagt, Lehmberg muss sein Fahrrad geschoben haben, als er überfahren wurde«, bemerkte von Taten noch, als er hinausging.

»Auf dem Sandweg konnte er ja auch wohl kaum fahren.«

»Sein Fahrrad hatte keine Luft im Hinterreifen, meine ich«, brummte von Taten.

Holten öffnete die Haustür.

Der Himmel war noch immer grau, und seine Stimmung passte sich dieser Farbe an.

Er wusste nicht, wie und wo er anfangen sollte.

Am nächsten Vormittag hatte Holten wieder Besuch.
Bernd Kasing kam vorbei und fragte, ob er etwas Neues wüsste. Von Taten, Tessmann und Nase waren lange bei ihm gewesen und hatten ihn nochmals über den Abend der Tat, seine Beziehungen zu Lehmberg und Fermental und dessen Anruf, wie er sagte, ›ausgequetscht‹. Dieses Mal hatten sie auch Anja, seine Frau, hinzugeholt und befragt und anschließend seinen Vater und seine Mutter. Kasing war das alles natürlich sehr unangenehm gewesen, und sein Transporter fehlte ihm nach wie vor.

»Man kommt sich vor wie ein Schwerverbrecher«, schloss er seinen Bericht.

Holten holte einen Becher Kaffee aus der Küche.

»Hast du ihnen auch von deinem Streit mit Lehmberg wegen des Wintergartens berichtet?«, fragte er dann unvermittelt.

Kasing erschrak, das konnte man ihm ansehen.

»Woher weißt du das? Wer hat dir das erzählt?«

Holten blieb ganz ruhig.

»Das ist nicht so wichtig, viel wichtiger ist, weshalb du es mir nicht erzählt hast.«

Kasing zögerte mit der Antwort, denn er hatte wohl erkannt, dass er einen Fehler gemacht hatte. Er sah Holten nicht an, als er antwortete.

»Ich will dir etwas sagen: Dieser von Taten hält mich für einen Mörder, das habe ich schon gemerkt. Ich habe einfach Angst gehabt, dass ich verhaftet werde, wenn ich davon erzähle. Und das befürchte ich immer noch.«

»Aber warum hast du es denn mir verschwiegen? Ich habe versprochen, dass ich dir helfe, aber das kann ich nur, wenn ich alles weiß.«

Wieder überlegte Kasing lange, um nichts Falsches zu sagen.

»Du hast mich ja nicht gefragt und weil ich es außerdem für blödsinnig halte. Ich habe es wirklich nicht nötig, jemanden wegen einer nicht bezahlten Rechnung umzubringen«, erklärte er dann.

»Was wäre denn schon passiert? Ich hätte über unseren Anwalt das Geld anmahnen lassen. Und wenn es vor Gericht gegangen wäre, hätte man sich sowieso auf einen Vergleich geeinigt. Das ist immer so, und ich habe es ohnehin die ganze Zeit vorgehabt, auch als ich mich mit Wilhelm getroffen habe. Natürlich bin ich sauer gewesen, als er sich so stur gestellt hat, aber wegen so etwas jemanden zu ermorden, ist doch lächerlich.

Außerdem hatte auch er Schuld. Er hatte ein Maß falsch angegeben. Naja, und ich hab's leider nicht nachgeprüft.«

Holten dachte: ›Ich habe dich sehr wohl gefragt. Aber gut und verständlich argumentiert – und hoffentlich wahr.‹

»Wir hätten uns vergleichen sollen.«

Damit schloss Kasing seine Erklärung.

»Gibt es noch etwas, was ich wissen muss?«, fragte Holten und schaute Kasing dabei prüfend an.

Er wollte keine weiteren unangenehmen Überraschungen.

Kasing schüttelte verneinend den Kopf.

»Ich habe von Taten nichts von eurer Auseinandersetzung erzählt, weil ich das als Privatmann ja auch nicht muss«, sagte Holten.

»Aber er wird's herausbekommen, und wenn er davon erfährt, wird er mich verhaften, das ist klar«, klagte Kasing.

»Ja, das wird er«, bestätigte Holten.

Kasing ließ Kopf und Schultern hängen und sagte nichts mehr. Er fühlte sich nicht wohl in seiner Haut, das konnte Holten ihm ansehen.

»Ich muss los«, brachte Kasing schließlich noch heraus und schien es plötzlich eilig zu haben.

Holten begleitete ihn zur Tür.

Er wusste, dass er anfangen musste, Licht in das Dunkel zu bringen, doch er hatte den Faden, der ihn durch das Labyrinth führen sollte, noch immer nicht gefunden.

Am nächsten Tag wurde der Leichnam Wilhelm Lehmbergs zur Bestattung freigegeben, und für den folgenden Freitag wurden die Trauerfeier und die Bestattung anberaumt.

Holten war oft auf Beerdigungen gewesen, beruflich und privat, und trotzdem war ihm im Grunde nie der tiefere Sinn dieses öffentlichen Rituals klar geworden; diejenigen, für die der Verstorbene eine große Bedeutung gehabt hatte oder die ihm nahe gewesen waren, hatten, jeder auf seine Weise, sicherlich bereits längst Abschied genommen. Sie würden den Menschen in Erinnerung behalten und nicht die Beerdigung. Die anderen kamen, um dem Toten die letzte Ehre zu erweisen, aber das bemerkte der Verblichene ganz sicher nicht mehr.

Holten mochte keine Beerdigungen, aber er durfte nicht fehlen, weil er Nachbar war, weil seine Frau es ihm empfohlen hatte und weil er diesmal auch ein kriminalistisches Interesse daran hatte.

Auch bei dieser Trauerfeier war die Friedhofskapelle wieder gut gefüllt. Elke, die beiden Söhne, Wilhelm Lehmbergs Vater und seine Schwiegereltern saßen in der ersten Reihe, dahinter die übrigen Verwandten, dann die Nachbarn, die Gemeindevertreter, Abordnungen der verschiedenen Vereine, Geschäftsfreunde und -partner und schließlich Mitfühlende und Neugierige aus dem Ort. Holten hatte sich nicht zu den anderen Nachbarn gesetzt. Seine Frau und er fanden einen Platz in der letzten Reihe, von wo er einen guten Überblick hatte. Er musterte alle Anwesenden und fragte sich bei diesem oder jenem, was ihn zu dieser Trauerfeier geführt hatte. Er wusste nichts über die geschäftlichen Verbindungen des Verstorbenen, doch die Beziehungen im Dorf waren für ihn durchaus interessant. Außer den bei fast jeder Bestattung anwesenden Mitfühlenden und Neugierigen fiel ihm nur einer aus Hellwege auf: Frank Mullemann, ein junger Mann aus dem Ort, Kfz-Mechaniker in der Nachbargemeinde Sottrum und aktives Mitglied im örtlichen Fußballteam. Das war alles, was Holten über ihn wusste – und dass Bernd Kasing ihm am Mordtag kurz vor dem Auffinden der Leiche begegnet war. Holten kannte ihn flüchtig, weil sie sich auf dem Fußballplatz begegnet waren.

Was trieb den denn hierher?

Der Pastor wickelte den Trauergottesdienst routiniert mitfühlend ab, und Holten war schließlich froh, dass es nicht regnete, als sie den Sarg draußen auf dem Friedhof in die Erde senkten. Eine Trauergemeinde in strömendem Regen war nur etwas für einen Film.

Nach dem nicht sehr ergreifenden Ritual in der Kapelle und auf dem Friedhof trafen sich fast alle Teilnehmer in »Beckmanns Gasthof«, um ›das Fell zu versaufen‹, wie man es hier auf dem Lande nannte. Wie es sich gehörte, hatten die Hinterbliebenen eingeladen. Auf den Tischen im Clubzimmer standen nett angerichtete Teller mit belegten Broten und Butterkuchen. Man konnte natürlich Kaffee trinken, doch die meisten Gäste stärkten sich auch gerne mit Bier und Weinbrand. Indem er sich durch Gespräche mit Bekannten aufhalten ließ, hatte Holten es so eingerichtet, dass Susanne und er sich erst setzten, als auch Frank Mullemann sich hingesetzt hatte, sodass er neben ihm Platz nehmen konnte. Nachdem sie sich begrüßt hatten, begann Frank sofort das Gespräch:

»Sie sind doch der pensionierte Polizist, der Wilhelm gefunden hat. Wissen Sie schon, wer es war?«

›Der macht keine langen Umschweife‹, dachte Holten und antwortete:

»Wie Sie schon sagten, ich bin der pensionierte Polizist. Trotzdem habe ich erstens Wilhelm nicht gefunden, zweitens bearbeite ich den Fall nicht, und drittens weiß ich nicht, wer es war. Aber warum interessiert Sie das?«

›Dumme Frage‹, schalt er sich selbst und bekam auch gleich die passende Antwort.

»Na, das interessiert doch jeden«, antwortete der junge Mann.

»Warum sind Sie hier?«, fragte Holten. Auch er hatte sich angewöhnt, nicht lange um den heißen Brei herumzureden. »Sind Sie ein Verwandter?«

»Nein, das bin ich nicht, aber er war nett zu mir, als ich ihn nach der Fliegerei fragte, und er hat mich mal eingeladen, um mir alles davon zu erzählen, was ich wissen wollte. Ich möchte nämlich den Pilotenschein machen, hier am Platz, wissen Sie. Das ist noch gar nicht so lange her. Es war ein toller Sonntagabend, meine Freundin und seine Frau waren auch mit dabei. Und er wollte mich auch mal mitnehmen, wenn sich die Gelegenheit ergeben hätte. Aber leider ist ja nichts daraus geworden. Und an diesem besagten Tag war es leider zu spät, er war ja schon auf dem Rückweg vom Flugplatz.

Er war einfach großartig, und das wollte ich seiner Frau zu verstehen geben.«

Er sah niedergeschlagen aus. Aber plötzlich hellte sich sein Gesichtsausdruck wieder auf.

»Ach ja, Sie sind ja auch Pilot, hat Wilhelm erzählt. Können Sie mich nicht einmal mitnehmen?«

Holten ging nicht darauf ein. Er hatte eine Fährte aufgenommen.

»Was meinen Sie mit ›er kam an diesem besagten Tag schon vom Flugplatz‹? Haben Sie ihn dort gesehen?«

»Ja, habe ich. Als ich am Dienstag zu meiner Freundin fuhr, ist er mir begegnet. Er kam gerade aus der Zufahrtsstraße zum Flugplatz und war also auf dem Rückweg nach Hause. Wir haben uns noch gegrüßt. Wenn er auf dem Hinweg gewesen wäre, hätte ich bestimmt noch angehalten und gefragt, ob er noch in die Luft wollte.«

»Wann war das?«

»Ich weiß es nicht, irgendwann nach Feierabend, auf dem Weg zu Nicole. Ich habe nicht auf die Uhr gesehen.«

»Versuchen Sie sich zu erinnern.«

Frank Mullemann fuchtelte mit den Händen durch die Luft und erklärte: »Feierabend ist für mich Feierabend. Ich komme aus der Firma, das kann Viertel nach fünf oder halb sechs sein. Ich dusche und mache mich fertig, das kann eine Viertelstunde dauern oder eine halbe. Ich esse etwas oder ich esse nichts, und dann fahre ich zu Nicole, das kann zehn Minuten dauern oder eine halbe Stunde, das hängt davon ab, ob ich unterwegs noch etwas erledige oder nicht. Aber auf die Uhr schaue ich nicht, denn Nicole weiß, dass ich irgendwann gegen Abend bei ihr aufkreuze. Wie es neulich an diesem Dienstag war, weiß ich nun wirklich nicht mehr. Das ist jeden Tag so. Es muss also irgendwann zwischen halb sechs und halb sieben gewesen sein, schätze ich.«

Elke kam an ihren Tisch und bedankte sich für ihr Kommen. Holten und seine Frau hielten das für eine gute Gelegenheit, sich zu verabschieden. Da verstanden sie sich ohne Worte.

»Wenn ich einmal einen Platz im Flugzeug frei habe, werde ich Sie anrufen«, versprach Holten Frank Mullemann zum Abschied.

Sie machten sich zu Fuß auf den Weg nach Hause, und Holten schwieg.

Er dachte nach. Die beste aller Ehefrauen, die ihren Mann schon länger als vierzig Jahre kannte, wusste, dass er Probleme wälzte, und störte ihn nicht. Schließlich fragte sie dennoch:

»Was hat der Junge dir erzählt?«

»Etwas, das mir Sorgen macht«, sagte Holten leise.

»Er hat mir erzählt, dass er Wilhelm gesehen hat, als der vom Flugplatz gekommen ist. Ich weiß also jetzt, dass er noch auf dem Flugplatz war, bevor er getötet wurde. Ich weiß aber auch, dass er Frank Mullemann begegnet ist. Also, für mich kann das nur den folgenden Zeitablauf ergeben: Wilhelm und Mullemann treffen sich am Weg zum Flugplatz. Wilhelm schiebt sein Fahrrad und braucht ungefähr sieben oder acht

Minuten bis zum Tatort. Mullemann benötigt ungefähr zwei bis drei Minuten, bis er von Bernd Kasing gesehen wird. Der fährt ungefähr vier bis fünf Minuten bis zum Tatort. Das passt bestens zusammen. Alles deutet auf Bernd Kasing. Aber er war es bestimmt nicht, da bin ich nach wie vor sicher. Er kann es nicht gewesen sein, du kennst ihn doch auch. Ich weiß zwar nicht, warum, aber ich weiß es eben, dass er es nicht war.«

Ihm war durchaus klar, dass er von Taten vor nicht allzu langer Zeit Vorhaltungen gemacht hatte, weil der irgendetwas glaubte oder spürte. Er fühlte sich nicht wohl in seiner Haut.

»Und wir täuschen uns nicht?«, fragte Susanne.

»Nein, wir täuschen uns nicht«, sagte er trotzig.

Die Zweifel blieben.

Doch er hatte vielleicht den Anfang des Fadens, den er gesucht hatte.

Holten hatte ein neues Ziel, das nun nicht mehr warten konnte. Er wusste jetzt, wo er weitersuchen musste.

Er entledigte sich der feierlichen und unbequemen Kleidung, zog sich etwas Luftiges an und machte sich mit dem Fahrrad auf zum Flugplatz.

Der Flugplatz von Hellwege, der von einem Verein betrieben wurde, lag versteckt, umgeben von Kiefernwäldern und Eichen, einige Kilometer südlich des Ortes. Derjenige, der den Platz nicht kannte und sich nicht am Flugbetrieb orientieren konnte, fand diesen – wie es im Amtsdeutsch hieß – ›Verkehrslandeplatz‹ nur durch Zufall, obwohl in großem Umfang gebaut worden war. Vereinsgebäude mit Restaurant, Flugzeughallen, Werkstatt und eine Tankstelle waren vorhanden. Auch aus der Luft war er, da er keine Asphaltbahn besaß, schwierig auszumachen.

An den Wochenenden gab es regelmäßig Flugbetrieb,

Vereinsmitglieder schoben ›Regeldienst‹ als Flugleiter, und der Platz wurde gern von fremden Piloten angeflogen. An den Wochentagen musste man sich vor dem Anflug telefonisch anmelden, dann wurde der Flugleiterdienst von dem Platzwart Werner Riecker wahrgenommen. Dienstags hatte er jedoch frei, er stand nicht zur Verfügung, und man durfte nicht auf dem Platz landen. Riecker war aber trotzdem meistens am Platz, da er verwitwet war und nur für den Flugplatz lebte.

Was den Flugplatz betraf, entging ihm nichts, und er wusste über alles Bescheid.

Holten traf ihn, unter einem Vereinsflugzeug liegend, vor dem großen Hangar.

»Tag, Max«, begrüßte Riecker seinen Fliegerkameraden mürrisch und kam unter der Maschine hervorgekrochen. Sein dunkelgrüner Overall war mit Ölflecken bedeckt, und auch er selbst sah so aus, als ob er eine Wäsche vertragen könnte. Er wischte sich die verschmierten Hände an den Hosenbeinen ab, reichte Holten aber nicht die Hand.

»Werner. Wie geht´s?«

»Willst du etwa noch fliegen?«, knurrte Riecker unfreundlich und stöhnte, als er sich auf einem Reifen niederließ.

Man hätte den Eindruck gewinnen können, dass Riecker das Fliegen für die schlimmste Sache der Welt hielt, obwohl das natürlich nicht zutraf. Er war – ganz im Gegenteil – eigentlich der gute Geist am Platz.

»Nein, heute nicht.«

Holten war nur neugierig und nicht in der Stimmung für lange Gespräche. Er hatte einen Nachbarn zu Grabe getragen und musste unauffällig einen guten Bekannten von dem Verdacht befreien, diese Beerdigung verursacht zu haben. Und nun hatte er das Ende des Fadens und wollte endlich mit dem Aufwickeln beginnen. Ohne Umschweife begann er:

»Du erinnerst dich sicher an den Tag, an dem Wilhelm starb. Ist er eigentlich an diesem Abend noch hier am Platz gewesen? Er war mit dem Fahrrad unterwegs.«

Riecker antwortete sofort und kurz:

»Nein, der war nicht hier.«

›Merkwürdig‹, dachte Holten, und er hakte nach.

»Das weißt du also ganz genau. Aber du selbst bist doch abends hier am Platz gewesen?«

Jetzt kam die Antwort nicht so prompt. Riecker zögerte, als fiele es ihm schwer, sich zu erinnern.

»Ja, natürlich, wo sollte ich denn sonst gewesen sein?«, bestätigte er Holtens Nachfrage schließlich.

»Naja, Dienstag ist dein freier Tag, vielleicht warst du ja nicht da. Du fährst ja auch manchmal weg.«

»Nein, nein, ich war den ganzen Tag hier, und Wilhelm nicht«, sagte Riecker bestimmt.

»War denn Flugbetrieb?«

»Nein, war nicht«, knurrte Riecker.

»Warum fragst du eigentlich so komisch?«

»Jemand hat Wilhelm, kurz bevor er umgebracht wurde, den Weg vom Flugplatz herauskommen sehen, und ich versuche, den Abend zu rekonstruieren«, erklärte Holten.

Riecker stand auf, drehte sich um und wandte sich wieder dem Flugzeug zu.

»Bist du jetzt wieder Bulle, oder was? Hast du schon was herausgefunden?«

»Nein, ich fange gerade erst an, darum bin ich ja hier«, musste Holten zugeben.

»Dann lass mich jetzt weitermachen, ich muss bis zum Dunkelwerden fertig sein.«

Er verschwand wieder unter dem Flugzeugrumpf und gab so eindeutig zu erkennen, dass er jetzt nicht mehr zu sprechen war.

Holten wunderte sich, dass Riecker das Gespräch so unvermittelt abbrach, normalerweise war er keinem Plausch, speziell über ein so interessantes Thema, abgeneigt.

Holten blieb noch einige Minuten neben dem Flugzeug stehen, als aber nichts mehr von Riecker kam, schwang er sich auf seinen Drahtesel und machte sich auf den Rückweg. Unterwegs grübelte er über das heute Gehörte nach, konnte sich jedoch keinen Reim darauf machen: Mullemann hatte Lehmberg gesehen, als dieser vom Flugplatz kam. Das konnte stimmen oder auch nicht. Aber Holten hielt es für unwahrscheinlich, dass er log. Warum sollte er das tun? Sich wichtig zu machen, hatte er nicht nötig, er war ein offener junger Mann mit gesundem Selbstbewusstsein, soviel hatte Holten festgestellt. Wenn Lehmberg jedoch am Flugplatz gewesen war, warum hatte Riecker ihn nicht gesehen? Das hielt Holten eher für unwahrscheinlich, denn Riecker war fast immer draußen, auf dem Platz oder an den Maschinen, und ihm entging nichts. Oder er log, und er hatte Lehmberg doch gesehen; aber warum sollte er das verschweigen?

Als er am Richtweg vorbeiradelte, bog er links in den Sandweg ein und fuhr auf die Stelle zu, an der der Mord geschehen war. Jetzt konnte man auf dem Weg fahren, da es in der Zwischenzeit geregnet hatte und der Sand jetzt fest und eben war. Am Tatort selbst deutete nichts mehr auf das schreckliche Geschehen hin, keine Spur war zurückgeblieben. Holten hielt an, stieg vom Fahrrad und lehnte es an einen Baum. Dann trat er einige Schritte in das benachbarte kleine Gehölz, von wo er die Stelle überblicken konnte, und setzte sich auf den Stamm eines umgestürzten Baumes. Er versuchte, das bis jetzt Erfahrene in irgendeinen Zusammenhang zu bringen, konnte aber keine Lösung finden.

Zu dieser Tageszeit, kurz vor der Dämmerung, war es still und friedlich in diesem Waldstück. Es war in etwa die gleiche Tageszeit, zu der Lehmberg ermordet worden sein musste, und Holten versuchte sich die Szene vorzustellen, die sich hier abgespielt hatte. Vielleicht war Lehmberg hinter der Kurve versehentlich angefahren worden, nur leicht, und er hatte den Unfallverursacher erkannt. Es hatte eine Auseinandersetzung gegeben, die sich aufgeschaukelt hatte, im Zorn und um einer Bestrafung zu entgehen, hatte der Mörder ihn überrollt.

So würde auch Bernd Kasing wieder ins Spiel kommen.

Gab es noch andere Möglichkeiten?

Holten wollte gerade eine Zigarette aus der Packung in seiner Jackentasche ziehen, als er im rechten Augenwinkel plötzlich eine Bewegung wahrnahm, und als er vorsichtig den Kopf drehte, erblickte er im Halbdunkel des Waldes ein kleines braunes Wesen. Er kannte sich in der heimischen Fauna recht gut aus und wusste sofort, dass es sich um einen kleinen Beutegreifer, einen Baummarder, handelte. Man hatte selten Gelegenheit, ihn ungestört so nah zu beobachten. Das Tier bewegte sich recht vorsichtig von Ast zu Ast, und es war offensichtlich, dass er auf der Suche nach einer guten Abendmahlzeit war. Plötzlich schien es Holten, dass der hübsche Räuber ein Opfer erspäht hatte, denn seine Bewegungen wurden noch behutsamer und heimlicher. Wenn Holten nicht gewusst hätte, dass er da war, er hätte ihn jetzt nicht mehr entdecken können. Nun konnte er auch die vorgesehene Beute ausmachen. Auf der anderen Seite des Eichenstammes saß eine Schwarzdrossel und war intensiv und völlig arglos mit der Abendtoilette beschäftigt, bevor sie den Kopf unter die Flügel stecken und einschlafen würde. Der Marder schmiegte sich eng an den Stamm, und dass er erfolgreich und der Vogel verloren sein würde, war nur eine Frage der Zeit. Holten wartete gespannt auf den tödlichen Angriff. Doch plötzlich durchfuhr eine blitzschnelle Bewegung die Amsel.

Sie hatte ihren Feind entdeckt und saß von einem Moment zum anderen fünf Meter entfernt auf einem benachbarten Baum und stimmte ein lautes Warngeschrei an. Die nächste Amsel fiel ein, und als der Marder sich aufrichtete, weil seine vorgesehene Beute nicht mehr vorhanden war, wurde er von einem Eichelhäher entdeckt, der noch lauter warnte. Der Marder saß einen Moment lang still auf dem Ast, dann trollte er sich und verschwand im nahen Gebüsch, verfolgt von einer lärmenden Vogelschar in gebührendem Abstand. Für ihn war die Jagd in diesem Gebiet nun vorbei, hier konnte er sicherlich nicht mehr erfolgreich sein. Hätte die Schwarzdrossel ihn nicht gesehen und hätte er sie töten können, so hätte er seinen Beutezug sicherlich ungehindert fortsetzen können.

In diesem Moment kam Holten Nases Bemerkung in den Sinn: »Ich glaube, der hat irgendetwas gesehen, was er nicht hätte sehen sollen.«

Auch die Amsel hatte gesehen, was sie nicht sehen sollte. Sie war mit Glück davongekommen, Wilhelm Lehmberg hatte dieses Glück nicht gehabt.

Holten beschloss, die Möglichkeit eines folgenschweren Unfalles zunächst als zweitrangig einzustufen. Es ging offensichtlich um vorsätzlichen Mord.

Für ihn war jetzt klar, dass er am Flugplatz weiterermitteln musste, denn dort gab es Widersprüche. Wilhelm Lehmberg war dort gewesen, Riecker hatte ihn angeblich nicht gesehen, und wenig später war er gestorben. Holten nahm sich vor, noch einmal mit Riecker zu sprechen.

Als er wieder auf sein Fahrrad stieg und sich auf den Heimweg machte, wurde es bereits dunkel.

Am nächsten Tag, pünktlich um Viertel vor neun, stellte Holten sein Fahrrad an den Jägerzaun, der die Grenze zwischen öffentlichem und Flugbetriebsbereich bildete. Er hatte ›Dienst‹, wie es im vereins- und familieninternen Jargon hieß.

Der Flugplatz wurde von einem Verein betrieben, und alle Vereinsmitglieder hatten die Möglichkeit, sich das Fliegen zu verbilligen, wenn sie für den Verein arbeiteten. Holten hatte das auch getan, und obwohl seine finanzielle Situation ihn inzwischen nicht mehr dazu zwang, war er im Regeldienst ›Flugleitung‹ geblieben. Das hieß für ihn, im Turnus von sechs oder sieben Wochen ein ganzes Wochenende als Flugleiter im Tower zu sitzen. Das war im Sommer recht anstrengend, mindestens dreizehn Stunden konzentrierte Arbeit am Tag in einem kleinen Glaskasten mit fast wirkungsloser Klimaanlage. Dennoch erledigte er diese Aufgabe gern, weil hier oben alle Fäden zusammenliefen und man immer über alles, was im Verein geschah, informiert war.

Holten schloss die Tankstelle auf, holte den Startwagen aus der Garage und fuhr die Landebahn ab, um eventuelle Hindernisse festzustellen, dann öffnete er die Hangars und ging zum Tower hinauf, um Startlisten und Kasse zu prüfen. Pünktlich um neun Uhr stellte er das Telefon und das Funkgerät an. Der Flugbetrieb konnte beginnen.

Als Flugleiter hatte er dafür zu sorgen, dass alle Bewegungen am Platz, in der Luft und auf den Flugbetriebsflächen reibungslos, geordnet und sicher abliefen. Weiterhin hatte er die Charterungen der Flugzeuge zu organisieren, Gastflüge zu verkaufen und die Kasse zu führen. Im Großen und Ganzen war der Flugleiter während der Betriebszeit für alles zuständig, außer der Technik und der Restauration.

Holten hatte ursprünglich vorgehabt, heute noch einmal in Ruhe mit Riecker zu sprechen, doch es war bereits abzusehen, dass daraus nichts werden konnte. Der Wetterbericht hatte für den heutigen Tag bestes Flugwetter prognostiziert, wenige, hohe Wolken, Wind auf der Bahn, Sichten von Pol zu

Pol, und das bedeutete viele Anrufe, viele Flugschüler, viele Piloten, viele Gastflüge und viele Fremdflugzeuge.

Unten wurden die Schul- und Reisemaschinen auf die ersten Flüge vorbereitet, als das erste Fremdflugzeug sich im Funk meldete. Fremdmaschinen wurden die Flugzeuge genannt, die nicht am Platz stationiert waren. Holten informierte den Piloten über die Landerichtung. Heute, bei Nordwind, in Richtung Norden, die Drei-Sechs. Er merkte schnell, dass der Pilot ein Sonntagsflieger und schlecht vorbereitet war, denn er flog die Platzrunde, die vorgeschriebene Anflugroute, auf der falschen Seite des Platzes. Als der Pilot auf dem Tower erschien, um die Landegebühren zu entrichten und die Landezeit zu erfragen, machte Holten ihn auf seinen Fehler aufmerksam, und der Pilot versprach, sich beim nächsten Mal besser zu informieren.

Der Flugbetrieb und damit die Arbeit auf dem Tower nahmen zu. Holten musste viele an- und abfliegende Maschinen gleichzeitig im Auge behalten. Er fühlte sich wie ein Towerlotse in Frankfurt. Der erste Besucher, der beim Anflug Probleme gehabt hatte, wollte wieder starten, und Holten versäumte es, ihn noch einmal auf die vorgeschriebene Abflugroute hinzuweisen. So trat ein, was eigentlich nicht hätte passieren sollen. Er startete in Richtung Norden und stieg geradeaus und mit voller Motorleistung direkt über den bebauten Gebieten von Hellwege. Hier wohnten einige Mitbürger, die den Fliegern nicht unbedingt wohlgesonnen waren. Der Verein war im Ort wohlgelitten, doch einige Einwohner gab es doch, die sich sogar beim Überflug eines Segelflugzeuges über Lärm beschwerten. Holten wusste bereits, was kommen würde, und wenig später ging auch prompt das Telefon.

»Flugplatz Weser-Wümme, Holten.«

»Pauschen, Hellwege.«

Es war nicht das erste Mal, dass Pauschen anrief. Er war Rentner und hatte sein Einfamilienhaus nördlich des Platzes in Verlängerung der Startbahn gebaut. Aus diesem Grunde war das Grundstück dort wahrscheinlich auch etwas preisgünstiger gewesen. Pauschen beobachtete den Flugbetrieb sehr genau und beschwerte sich bei jeder sich bietenden Gelegenheit.

»Herr Holten, es ist nicht das erste Mal, dass ich anrufe, und ich habe mich immer wieder beschwichtigen lassen. Aber am Samstagmorgen ein so lautes Flugzeug so tief über unserem Haus kann und darf nicht sein! Nicht nur dass ...«

»Entschuldigen Sie, Herr Pauschen«, Holten versuchte es zunächst beschwichtigend mit der Standardantwort, »die Maschine, die Sie meinen, stammt nicht von unserem Platz. Sie wissen, dass unsere Piloten für diese Thematik sensibilisiert sind und nicht in der Weise abfliegen.«

»Ja, ja, das weiß ich ja, ich kenne inzwischen ja auch Ihre Maschinen«, er war schon etwas ruhiger geworden, »es sind ja diese fremden Flugzeuge, gegen die Sie endlich etwas unternehmen müssen!«

»Aber wir können keinem Piloten verbieten, unseren Flugplatz anzufliegen, wenn der Platz geöffnet ist.«

Dass es auch andere Möglichkeiten gab, einen Landeplatz zu betreiben, wollte er ihm nicht unbedingt auf die Nase binden.

»Wir haben Betriebspflicht.«

»Und warum landen hier fremde Maschinen auch außerhalb Ihrer sogenannten Betriebszeit?«

»Ja, das kommt auch vor«, sagte Holten ruhig, »aber die Piloten werden alle vorher telefonisch über unsere An- und Abflugverfahren belehrt.«

»Na, dann haben Sie das wohl am vorletzten Dienstag völlig vergessen«, erwiderte Pauschen unwirsch. »Da ist einer so laut gewesen, dass ich das Fernsehen nicht mehr verstehen konnte. Ich werde mir wohl langsam andere Maßnahmen überlegen müssen, wenn diese Probleme per Telefon nicht zu lösen sind.«

Holten wollte protestieren, denn am vorletzten Dienstag, dem Tag von Lehmbergs Ermordung, war nach Rieckers Aussage keine Maschine hier am Platz geflogen, aber Pauschen hatte schon unvermittelt aufgelegt.

Holten hätte diesen Sachverhalt sofort in den abgehefteten Startlisten prüfen können, aber er hatte durch das Gespräch mit Pauschen bei der Niederschrift der Starts und Landungen fast den Anschluss verloren und musste sich auf seine Pflichten konzentrieren. Dadurch vergaß er das Gespräch zunächst.

Kurz vor der Mittagspause bekam er an seinem Arbeitsplatz Besuch. Frank Mullemann stand hinter ihm, um sich den gesamten Flugbetrieb einmal von erhöhter Warte aus anzuschauen.

»Hallo, Herr Holten«, grüßte er freudig, »ich wusste gar nicht, dass Sie hier arbeiten.«

»Naja, alle sechs Wochen muss ich hier Dienst schieben, wir sind ja schließlich ein Verein. Und, hast du dich schon als Flugschüler angemeldet?«

Er duzte den jungen Mann, unter Fliegern im Verein wurde nicht so sehr auf Förmlichkeit geachtet.

»Nein, noch nicht, aber ich glaube, ich werde es bald tun. Ich muss aber zuerst noch meine Freundin Nicole überzeugen, die hat mehr Angst vorm Fliegen als vor einem Kind.«

Er grinste.

»Kannst -«, er zögerte kurz, »du nicht einmal einen Rundflug mit uns machen?«

»Natürlich, gern. Ich bin immer froh, wenn ich Menschen vom Fliegen überzeugen oder sie sogar für das Fliegen begeistern kann. Nur heute geht es nicht. Du siehst, was hier los ist, ich habe keine Zeit.«

Holten konnte dem jungen Mann die Enttäuschung ansehen.

»Aber wir können einen Termin für das nächste Wochenende machen. Ich kann gleich eine Maschine für uns eintragen.«

Mullemanns Miene hellte sich wieder auf.

Inzwischen war es dreizehn Uhr geworden, Mittagspause, und der Flugbetrieb war zur Ruhe gekommen. Unten aus dem Clubraum hörte Holten das Geschirr klappern. Er streckte sich, legte die Beine auf seinen Arbeitstisch und griff zum Charterbuch.

»Wann würde es denn für euch passen?«

»Einen Moment, bitte«, bat Mullemann.

Er zog sein Handy aus der Brusttasche seiner Jacke und rief seine Freundin an.

»Ich will zuerst fragen.«

Es kostete ihn einige Minuten männlicher Überredungskunst, aber schließlich vereinbarten sie einen Termin für den nächsten Sonntag, neun Uhr.

Glücklich verabschiedete sich der junge Mann, und Holten genoss seine wohlverdiente Mittagspause.

Der Rest des Tages verlief anstrengend und hektisch, jedoch ohne unangenehme Zwischenfälle. Erst nach Beendigung des Flugbetriebes und Kassenabschluss dachte Holten wieder an Pauschens Bemerkung. Er nahm den Ordner mit den Startlisten zur Hand und blätterte zurück bis zum angesprochenen Datum. Für diesen Dienstag war kein Blatt eingeheftet, also hatte auch keine Flugbewegung stattgefunden.

Wollte dieser Pauschen ihn nur verunsichern oder unter Druck setzen?

Es hatte immerhin schon Beschwerden gegen Fluglärm hier in Weser-Wümme gegeben, wenn Bundeswehrjets den

Platz und den Ort überquert hatten.

Holten hatte nicht vor, diese Sache auf sich beruhen zu lassen. Er würde Pauschen noch einmal befragen. Womöglich würde sich herausstellen, dass er sich nur wichtig machen wollte und den Flugbetrieb am Dienstag nur erfunden hatte. Dann wäre er unglaubwürdig, und der Verein hätte Ruhe vor ihm. Sollte er jedoch seine Bemerkung belegen können, konnte Holten sicher sein, dass an dem besagten Dienstag etwas am Platz vorgegangen war, das im Dunkeln bleiben sollte.

Er beschloss, auf Riecker zu warten. Als der aber nach zwei Gläsern Saft und zwei Zigaretten immer noch nicht erschienen war, machte er sich auf den Heimweg.

Später, zu Hause, hatte er nur das dringende Bedürfnis, auf dem Sofa die Beine auszustrecken.

Am Montagmorgen frühstückte Holten allein. Susanne war bereits im Kindergarten, hatte ihm jedoch den gedeckten Frühstückstisch hinterlassen. So war alles für ihn vorbereitet. Eigentlich nahm er die erste Mahlzeit des Tages lieber in Gesellschaft ein, doch nach dem anstrengenden Wochenende hatte er etwas länger schlafen müssen.

Nachdem er gefrühstückt und den Tisch abgeräumt hatte, steckte er sich eine Zigarette an und nahm sich bei seinem zweiten Becher Kaffee die Zeitung vor.

Er hatte ja leider nicht zum sonntäglichen Fußballspiel gehen können. Er wusste zwar, wie die Mannschaft seines Ältesten gespielt hatte – sie hatte gewonnen –, aber die anderen Spiele und die Tabelle waren jetzt interessant.

Als es an der Tür läutete, vermutete er zunächst den Postboten. Vor der Tür stand jedoch schon wieder von Taten.

»Ich war gerade in der Gegend und hätte jetzt Lust auf einen Tee«, war seine Begrüßung.

Er grinste dabei.

Heute war sein Duft wieder einmal umwerfend, und die Knickerbocker präsentierten sich in Dunkelgrün.

Holten bat ihn herein, und von Taten warf sich auf das Sofa, als ob er hier zu Hause wäre.

»Und, was gibt es Neues in unserem Fall?«, erkundigte sich Holten, als er das verlangte Getränk servierte.

Von Taten winkte ab.

»Lass mich doch damit in Ruhe. Ich bin zum Teetrinken gekommen.«

Er umfasste den Becher mit beiden Händen und prüfte so die Temperatur.

»Es gibt wenig. Mit Kasing bin ich noch nicht weitergekommen, aber ich halte ihn nach wie vor für unseren Mann«, fuhr er fort und schlürfte an seinem Heißgetränk.

»Allerdings hat Tessmann noch etwas gefunden. Ihm hat keine Ruhe gelassen, dass wir in dem trockenen Sand keine Reifenspuren finden konnten, und er hat noch einmal gesucht, in weiterem Umkreis. An der Stelle, wo der Weg in die Straße mündet, war noch eine etwas feuchtere Stelle. Dort hat er Reifenspuren gefunden, von einem größeren Wagen, und hat Abdrücke gemacht. Der Wagen kam aus oder fuhr in Richtung Flugplatz.«

›Schon wieder der Flugplatz‹, ging es Holten durch den Kopf.

»Und passen sie zu Kasings Transporter?«, erkundigte er sich dann laut.

»Nein, leider ein ganz anderes Profil.«

Von Taten machte einen niedergeschlagenen Eindruck.

»Aber das muss ja nichts bedeuten. Die Spuren müssen ja auch nichts mit unserem Fall zu tun haben.«

›Wahrscheinlich doch‹, dachte Holten und überlegte, ob er von Taten seine ersten Ermittlungsergebnisse und etwas von seinen Überlegungen mitteilen sollte. Es würde gar nichts einbringen, das wusste er, aber es würde von Taten womöglich ein wenig von Kasing ablenken und ihm so etwas mehr Zeit für eigene Nachforschungen einbringen.

Holten erzählte also von dem, was er in der Zwischenzeit herausgebracht hatte und welche Schlussfolgerungen er daraus gezogen hatte.

»Du spinnst«, kommentierte von Taten erwartungsgemäß.

Er hatte sich in Kasing festgebissen.

»Immer, wenn du irgendwo ein Flugzeug oder einen Flugplatz siehst, muss alles natürlich damit zu tun haben. Ein Hobby ist ja auch wirklich etwas Schönes, aber bei dir wird das Fliegen ja regelrecht zu einer Manie. Und mit deiner Musik ist es im Übrigen genauso.«

Hatten die Kollegen so über ihn gedacht?

Holten schwieg überrascht.

Von Taten spielte damit auf die musikalischen Aktivitäten seines Gastgebers an. Holten hatte praktisch sein Leben lang, von seinem fünfzehnten Lebensjahr an, in vielen verschiedenen Bands Musik gemacht, zuerst als Gitarrist, später als Bassist. Er hatte jede Möglichkeit genutzt, mit anderen zusammen zu musizieren, und hatte einen großen Teil seiner freien Zeit damit verbracht. Manchmal hatte sich das auch richtig gelohnt, denn für gute Musik wird auch gutes Geld bezahlt.

Holten dachte kurz an seine Frau, die bei all dem ohne größere Beschwerden mitgespielt hatte: Sie hatte einen Ehemann, der viel arbeitete und in seiner Freizeit nichts anderes im Kopf hatte als zu musizieren oder in die Luft zu gehen.

Er hatte richtig Glück gehabt.

Dann kehrten seine Gedanken zum Thema ihres Gespräches zurück.

»Du meinst also nicht, dass zumindest die Möglichkeit besteht, dass du in diese Richtung erfolgreich ermitteln könntest?«

»Nein, überhaupt nicht. Und wozu auch?«, war von Tatens Gegenfrage, und er bekräftigte:

»Ich bin sicher, dass dieser Kasing es war. Über kurz oder lang haben wir auch die Beweise, mit denen wir ihn festsetzen können. Und dann wird er schon irgendwann weich werden und reden.«

Holten machte keinen weiteren Versuch, von Taten von der Richtigkeit seiner Überlegungen zu überzeugen. Er kannte ihn gut. Von Taten war in gewisser Weise wie ein Geschoss: Wenn das eine Richtung hat, kann nichts es aus der Bahn bringen, und es landet entweder im Ziel oder daneben. In diesem Fall würde es das Ziel nicht treffen.

Holten war sich allerdings nicht sicher, ob er selbst mit seinen Vermutungen richtiglag.

»Warum musst du eigentlich immer rauchen?«, fragte von Taten plötzlich.

Manchmal konnte Holten die Gedankengänge seines Gegenübers noch schwerer verstehen als sonst. Er antwortete nicht.

Das Schweigen, das nun entstand, dauerte nicht lange. Von Taten war scheinbar tatsächlich nur wegen des Tees gekommen, den er jetzt ausgetrunken hatte.

»Ich muss los«, sagte er und stand auf.

Holten begleitete ihn zur Tür, und nachdem sie einander versichert hatten, sich gegenseitig auf dem Laufenden zu halten, war von Taten verschwunden.

Holten ging zum Telefon. Dass seine Überlegungen durch von Taten so weggewischt wurden, hatte ihn erst recht zum Weitermachen motiviert. Er wählte eine Nummer in Hellwege.

»Pauschen, Hellwege.«

»Holten hier. Herr Pauschen, wir haben gestern telefoniert. Ich bin der Flugleiter an unserem Flugplatz.«

»Ach ja, und jetzt wollen Sie mir mitteilen, dass Sie den Flugbetrieb einstellen«, bemerkte Pauschen sarkastisch.

Der Mann hatte seine Meinung, aber auch Humor.

»Nein, das nicht, aber ich habe alle Piloten noch einmal eindringlich auf das Überflugverbot hingewiesen, und ich glaube, Sie hatten keinen Grund zu weiteren Beschwerden.«

»Na, nach meinem Anruf war ja dann auch Ruhe«, bestätigte Pauschen brummig.

Holten kam gleich zur Sache:

»Herr Pauschen, ich rufe wegen einer Bemerkung an, die Sie gestern während unseres Telefongespräches gemacht haben. Sie sagten, am vorletzten Dienstag sei Flugbetrieb gewesen, der Sie belästigt habe, und...«

»Nicht sei und habe! Es war Flugbetrieb, und er hat uns belästigt«, unterbrach ihn sein Gesprächspartner.

Holten dachte an die Rasenmäher der Einfamilienhausbesitzer. Ob die ihn auch belästigten?

»Ich habe in den Unterlagen des Tages nachgesehen«, fuhr er dann freundlich fort, »und es ist nicht ein einziger Flug verzeichnet. Unseren Startlisten nach haben keine Flugbewegungen stattgefunden.«

»Wollen Sie mich als Lügner hinstellen?«, entgegnete Pauschen entrüstet, und seine Stimme wurde etwas lauter und drohender.

»Es ist ein Flugzeug gestartet! Ein großes und lautes sogar, mit zwei Motoren, und zwar – Moment bitte – um zwölf Minuten vor acht.«

»Woher wissen Sie das so genau?«, fragte Holten.

»Ich notiere mir diese lauten Überflüge immer mit Datum und Uhrzeit.«

›Das wird ja immer schöner‹, dachte Holten, ›unser Platz ist für solche Brummer ja gar nicht geeignet und zugelassen.‹ »Das ist merkwürdig«, sagte er dann ruhig, »das muss ich prüfen. Darf ich Sie vielleicht einmal besuchen?«

Ihm war eine Idee gekommen.

»Wenn´s denn hilft.«

»Wie wäre es mit heute Nachmittag?«, fragte Holten.

»Dann können Sie auch gleich zum Kaffee kommen, um fünfzehn Uhr«, lud Pauschen ihn ein, und Holten dachte, dass auch Flugplatzgegner nett und fair sein können.

Er sagte zu, bedankte sich und beendete das Gespräch.

Holten hatte es sich gerade wieder im Sessel bequem gemacht und die Zeitung auseinandergefaltet, als es erneut an der Haustür läutete. Auch diesmal war es nicht der Postbote.

Draußen stand Elke Lehmberg. Holten war überrascht. Sie war nicht mehr in Schwarz gekleidet und lächelte sogar ein wenig, als er an der Tür erschien.

Holten dachte an die Zeit zurück, als sein Großvater gestorben war. Oma war von diesem Tag an bis zu ihrem Tod nur noch in schwarzen Kleidern gegangen. Aber heute war das anders. Der Tod war nur noch ein temporäres Ereignis.

Er bat sie herein. Als sie sich gesetzt hatten, bot er ihr den obligatorischen Kaffee an. Doch sie lehnte ab.

»Danke, aber ich habe eigentlich gar keine Zeit. Ich wollte dir nur das hier zeigen.«

Sie warf ihm ein Stück Papier auf den Tisch.

»Ich war ganz erschrocken. Aber ich glaube, du kannst mehr damit anfangen als dieser komische von Taten.«

Er faltete das Blatt auseinander. In einer schlechten Handschrift, schnell hingekritzelt, konnte Holten Folgendes entziffern:

Du hast meine Firma und mich kaputt gemacht. Jetzt mache ich dich und deine Familie kaputt.

Ohne ›Freundliche Grüße‹ oder ›Hochachtungsvoll Ihr...‹.

Ein anonymer Drohbrief.

Holten war überrascht. Wem sollte Wilhelm etwas Schlimmes angetan haben? Er warf einen erneuten Blick auf den Brief und stellte beruhigt fest, dass es nicht Bernd Kasings Schrift war. Die kannte er.

»Woher hast du das?«

»Ich habe mich heute Morgen darangemacht, Wilhelms Arbeitsplatz aufzuräumen. In einem Ablagekorb unter einigen Handwerkerrechnungen lag er.«

»Es ist gut, dass du damit gleich zu mir gekommen bist.«

Endlich war etwas Konkretes aufgetaucht.

»Was machen wir damit?«, fragte sie.

Holten reagierte so, als ob er noch im Dienst wäre. Seine Anweisung war eindeutig.

»Du hörst erst einmal mit dem Aufräumen in seinem Arbeitszimmer auf und lässt alles so, wie es ist. Ich komme in Kürze zu euch herüber und schaue, ob ich noch etwas Wichtiges dazu finden kann.«

Erst dann wurde ihm bewusst, dass er ja Privatmann war und nicht einfach in fremder Leute Dinge herumwühlen durfte.

»Das geht doch, oder?«

»Jaja, da hat er sowieso nur die Unterlagen, die mit seinem Job zu tun haben. Die privaten Dinge sind im Wohnzimmer am Schreibplatz.«

Sie zögerte, als ob sie das Wort nicht aussprechen mochte: »Hat das der Mörder geschrieben?«

»Ich weiß es nicht, Elke. Es kann sein, muss aber nicht. Manche Menschen schreiben solche Briefe nur, um ihren

Zorn abzureagieren. Deswegen möchte ich ja gern seine beruflichen Papiere durchsehen. Vielleicht finde ich ja etwas.«

Das schien ihr auszureichen, und sie stand auf.

»Wann bist du bei mir?«

»So schnell ich kann, morgen oder übermorgen. Lass´ bitte niemanden in sein Arbeitszimmer.«

Sie nickte.

»Beeil dich bitte. Es stand auch ›Familie‹ auf dem Blatt«, sagte sie bedeutungsvoll im Weggehen. Holten konnte ihr ansehen, dass sie sich wirklich Sorgen machte.

Nachdenklich studierte er den Drohbrief, den Elke auf dem Tisch liegen gelassen hatte. Er glaubte, dass er den Schreiber identifizieren könnte, wenn es ein Handwerker war, mit dem Lehmberg zu tun gehabt hatte. Das könnte Tessmann sicher auch, denn die Schrift war ziemlich einzigartig. Doch zunächst würde er von Taten nicht informieren.

›Mörder – ein schreckliches Wort‹, dachte er.

Holten war ein Gewohnheitstier. Er setzte sich wieder auf dem Sessel zurecht, um endlich den Sportteil der Zeitung zu studieren. Es läutete wieder. Diesmal war es der Postbote.
Am Nachmittag, um fünf Minuten vor drei, klemmte Holten das Typenhandbuch für zweimotorige Flugzeuge auf den Gepäckträger seines Fahrrades und machte sich auf in die Höhle des Löwen. Alle Mitglieder der Flugsportgruppe kannten den Namen Pauschen. Er war der Wortführer der kleinen Gruppe von Flugplatzgegnern im Ort. Kaum jemand aus dem Verein kannte ihn persönlich, Holten auch nur vom Sehen, aber alle Flugleiter hatten schon das Vergnügen des telefonischen Kontakts mit ihm gehabt, und er hatte schon verschiedene freiwillige Einschränkungen des Flugbetriebes an dem kleinen Flugplatz durchgesetzt.

Pünktlich zur abgemachten Zeit stand Holten vor der Tür des kleinen Einfamilienhauses und klingelte. ›Herzlich Willkommen‹ stand auf der Fußmatte, und Holten hoffte, dass das auch für ihn galt. Der Hausherr persönlich bat ihn herein und führte ihn zu einem für zwei Personen nett gedeckten Kaffeetisch auf der Terrasse.

Zunächst ging das Gespräch natürlich um das Hauptproblem, das Pauschen und seine Mitstreiter mit dem Flugplatz hatten, den Fluglärm. Es war ein höflich und gesittet geführtes Streitgespräch, bei dem jeder seine Argumente ausführlich darlegen konnte. Eine Annäherung der Standpunkte erwies sich dennoch als schwierig. Holten musste wiederholt versprechen, dass er seinen Einfluss geltend machen würde, um die Flugbewegungen allgemein und besonders in der Nähe von Pauschens Haus zu verringern. Im Geiste kreuzte er dabei Zeige- und Mittelfinger hinter seinem Rücken.

Schließlich, nach der dritten Tasse Kaffee, als keine neuen Gesichtspunkte mehr angeführt werden konnten, kam Holten auf den Grund seines Besuches zu sprechen. Inzwischen war er sicher, dass Pauschen kein besessener Eiferer war, der um des Effektes willen zweimotorige Flugzeuge erfand.

»Sie sagten, am vorletzten Dienstag sei hier bei uns am Platz ein großes, lautes Flugzeug gestartet, sogar eines mit zwei Motoren. Ist das Flugzeug denn so tief über Ihr Haus geflogen?«

»So tief nicht, aber recht laut, und dass es zwei Motoren hatte, konnte ich sofort erkennen«, antwortete Pauschen.

»Und auch hören«, fügte er noch hinzu.

Holten hatte wenig Hoffnung, dass er auf die nun folgende Frage eine befriedigende Antwort erhalten würde, aber er stellte sie dennoch:

»Können Sie mir vielleicht sagen, welch ein Flugzeugtyp es war?«

Den Kopf schüttelnd, schaute Pauschen ihn an, als ob Holten nicht ganz bei Trost wäre.

»Wer ist hier der Flugzeugexperte? Sie oder ich? Wie soll ich das denn wissen? Ich konnte die Maschine ganz genau sehen und könnte sie auch beschreiben, aber wie sie heißt, weiß ich natürlich nicht.«

Jetzt zeigte Holten ihm das Buch, das er mitgebracht hatte, und bat Pauschen, das Flugzeug darin zu suchen. Das Buch war zwar kein Bestimmungswerk, es war jedoch ein dicker, teurer Nachschlageband, in dem alle zweimotorigen Flugzeuge der Allgemeinen Luftfahrt zu finden waren, und zwar in detailgetreuer Abbildung. Außer den Daten für jeden Typ mit den technischen Zeichnungen waren viele Fotos abgedruckt, aus verschiedenen Perspektiven und in guter Qualität. Pauschen vertiefte sich in das Buch, und über einen längeren Zeitraum fiel kein Wort. Er nahm seine Aufgabe ernst, blätterte einmal vor, dann wieder zurück, verweilte einmal kurz, ein anderes Mal auch länger. Holten rauchte eine Zigarette und schließlich noch eine. Als Pauschen endlich das Buch, aufgeschlagen bei einem Flugzeugtyp, vor Holten hinlegte, war dieser überzeugt, dass er die richtige Maschine gefunden hatte.

»Es war dieses Flugzeug, ganz ohne Zweifel.«

Holten drehte das Buch zu sich herum und war sich seines Urteils nicht mehr ganz so sicher. Das Flugzeug, das Pauschen identifiziert hatte, konnte in Weser-Wümme eigentlich nicht landen und starten. Es war ein großes zweimotoriges Modell, wog über fünf Tonnen und brauchte eine Startstrecke, die länger war, als die Bahn auf dem Landeplatz lang war. Natürlich konnte ein geschickter Pilot eine solche Maschine auch auf einer kürzeren Strecke landen und auch wieder in die Luft bekommen, aber von einem sicheren Start konnte dabei nicht die Rede sein.

Holten widerstrebten solche Experimente.

Solche Maschinen wurden für gewöhnlich nur auf

Asphalt- oder Betonflächen bewegt.

Was machte eine Mitsubishi Solitaire auf einem kleinen Flugplatz mit einer Grasbahn?

Auch nachdem Holten ihn auf diesen Umstand hingewiesen hatte, blieb Pauschen bei seiner Meinung, es sei dieses Flugzeug gewesen.

Sie hatten sich nicht mehr zu sagen, und da Holten erfahren hatte, was er wollte, bedankte und verabschiedete er sich. Pauschen entließ ihn mit dem eindringlichen Auftrag, sich für eine Verminderung und bessere Kontrolle des Flugbetriebes auf dem Platz einzusetzen. Holten machte gute Miene zum bösen Spiel und versprach es lächelnd, obwohl er sich darüber im Klaren war, dass er dieses Versprechen nicht einhalten würde. Holten lud Pauschen ein, doch einmal den Platz zu besuchen und vielleicht auch das Fliegen zu probieren, und Pauschen sagte freundlich zu, wobei er wusste, dass das nie eintreten würde.

Als Holten nach Hause radelte, begann es zu regnen, und der Wind lebte auf.

Die Vorboten des Herbstes waren zu spüren.

Abends waren Holten und seine Frau mit Anja und Bernd Kasing zum Essen verabredet. Sie wollten sich um halb neun im Lokal »An der Brücke« treffen, einerseits, weil Bernd und Anja Hochzeitstag hatten, andrerseits, weil Bernd wissen wollte, wie es in seinem Fall stand. Er wusste sehr wohl, dass er immer noch der Hauptverdächtige der Polizei war, und setzte seine ganze Hoffnung in Holten.

Bevor die beiden sich auf den Weg machten, versuchte Holten noch, Werner Riecker am Flugplatz telefonisch zu erreichen, um sicher zu sein, ihn am nächsten Tag auf dem Flugplatz auch antreffen zu können. Er musste aufgrund des Gespräches mit Pauschen unbedingt noch einmal mit ihm sprechen. Es nahm jedoch niemand ab, wahrscheinlich war Riecker wieder draußen in einer der Hallen.

Holten spannte den großen schwarzen Regenschirm auf, seine Frau hakte sich bei ihm unter, und dann machten sie sich zu Fuß auf den Weg. Sie sahen dies als bessere Alternative zum Autofahren an, weil Susanne gern einen trockenen Roten und Holten einen trockenen Weißen trank, und meistens nahmen beide mehr als ein Glas.

Die Gaststube in der »Brücke« war gut gefüllt, wohl auch deshalb, weil die Plätze draußen an der Wümme wegen des leichten Regens und der unfreundlichen Temperatur nicht besetzt waren. Im Sommer saß man ansonsten gern im Garten.

Früher war die Gaststätte ein landwirtschaftliches Anwesen gewesen. Man hatte aus dem Wohnteil des kleinen niedersächsischen Bauernhauses die Zwischenwände der drei Räume zum Teil entfernt, und so war ein geräumiger, dreigeteilter Gastraum entstanden. Im vorderen Bereich standen der Tresen und vier kleine Tische, im mittleren der Stammtisch und ein weiterer Esstisch, und im hinteren waren, fast wie in einem Separee, zwei weitere Esstische untergebracht. Durch alle Fenster hatte man einen schönen Blick auf die Wümme. Die Einrichtung war nostalgisch, das Mobiliar bestand aus alten, blanken Tischen, mit Samt gepolsterten Stühlen und alten Plüschsofas. An den Wänden hingen Bilder und Fotos, alle alt und vergilbt. Wenn man die Gaststube betrat, fühlte man sich in die ›gute alte Zeit‹ zurückversetzt. Das alte, fast verkommen wirkende Ambiente passte allerdings nicht zur Küche. Die war modern und perfekt, und was ihre Töpfe und Pfannen hervorbrachten, hatte in weitem Umkreis einen hervorragenden Ruf.

Betrieben wurde die »Brücke« von einem ehemaligen Seemann und seiner Frau, Hermann und Anneliese, für die Küche war der Sohn, Michael, zuständig. Lupo, ein riesengroßer schwarzer Hund, gehörte auch dazu. Er war immer in der Gaststube zu finden, sah bedrohlich aus und war doch gutmütig und harmlos. Er begrüßte jeden Gast persönlich, indem er sich neben ihn stellte und ein Kraulen zwischen den Ohren erwartete, bevor er sich dem nächsten zuwandte. Stammgäste wussten das, neue wurden darauf hingewiesen.

«An der Brücke« war ein bei der Politik-, Kultur- und Wirtschaftsprominenz der umliegenden Städte schon immer gefragtes Lokal gewesen, hatte aber nie den Kontakt zu den Einwohnern Hellweges verloren. Und so konnten die vier auch heute viele Bekannte treffen, die zu Fuß oder mit dem Fahrrad gekommen waren, aber auch einige Unbekannte sehen, die aus einem großen und teuren Wagen gestiegen waren.

Der Stammtisch war heute frei, einige Hellweger hatten dort bereits einen Platz gefunden, und Holtens und Kasings setzten sich ohne zu fragen dazu, denn es war kein weiterer Tisch mit vier freien Plätzen vorhanden – und man kannte sich. Es war nun eine bunte Reihe Hellweger Bürger am Stammtisch versammelt, und die Neuankömmlinge wurden herzlich begrüßt. Neben Holten saß Marie Fermental mit einem Mann, den sie als ihren Bruder Jasper vorstellte, und auf der anderen Seite, neben Anja Kasing, schloss sich Familie Wortmann an, ein Landwirt aus dem Ort mit Frau, Sohn und Schwiegertochter.

»Ist das hier jetzt der Pilotenstammtisch?«, begrüßte sie der alte Hermann, der Wirt, der von der Theke zu ihnen gekommen war, und damit hatte er nicht ganz unrecht. Holten und Kasing waren Vereinsmitglieder der Flugsportgruppe, die sich Vereinsmaschinen charterten, Marie Fermental gehörte auch zum Verein, hatte jedoch eine eigene Maschine im Hangar stehen, und der alte Wortmann war Gründungsmitglied, inzwischen jedoch kein aktiver Pilot mehr.

Er begrüßte die Herren mit Handschlag und die Damen mit Handkuss, ganz nach alter Schule.

»Wenn ihr etwas trinken wollt, mein Weinkeller ist gut gefüllt.«

Alle lachten, denn dass das Haus gar keinen Keller hatte, wussten alle.

Aber Hermann erzählte gern solche Geschichten. Fremden versuchte er weiszumachen, dass das Fleisch, das in der Küche verarbeitet wurde, aus seinem eigenen Stall stammte oder das Gemüse aus seinem Garten.

»Anneliese kommt gleich, um euren Wünschen zu lauschen«, sagte er und verschwand zwinkernd wieder hinter der Theke.

Anneliese kam und nahm die Getränke auf. Eine Speisekarte gab es nicht.

»Wir haben noch Sauerfleisch, Schnitzel und Rumpsteak. Hering und Krabben sind auch noch da. Die Krabben sind ganz prima. Was wollt ihr?«

Sie empfahl pragmatisch immer das Gericht, dessen Zutaten möglichst bald verarbeitet werden mussten.

Sie bestellten, und Holten fragte nach dem Telefon. Als Anneliese das schnurlose Gerät gebracht hatte, versuchte er Riecker zu erreichen, bekam jedoch erneut keine Verbindung.

»Du weißt ja, dass man im Restaurant nicht telefonieren soll?«, sprach Marie Fermental ihn an.

»Mit einem normalen Telefon darf man«, verteidigte Holten sich, »mein Handy habe ich ja auch zu Haus gelassen.«

»Was gibt es denn so Wichtiges? Du bist doch Privatier.«

»Ich muss noch einmal mit Riecker sprechen.«

»Willst du in der Woche fliegen?«

»Nein, das nicht.«

Mehr sagte er nicht. Es musste sich schließlich nicht im ganzen Dorf herumsprechen, dass er sich mit dem Fall Lehmberg beschäftigte.

Die Gespräche kreisten hauptsächlich um ein Thema: das Fliegen. Alle Piloten konnten Geschichten aus ihrer Fliegerlaufbahn erzählen, und jeder versuchte, den anderen zu übertreffen. Die Nichtpiloten saßen mehr oder weniger still daneben, besonders Jasper Fermental, der sich überhaupt nicht an den Gesprächen beteiligte. Einmal wurde auch der Tod Wilhelm Lehmbergs erwähnt, weil Marie Fermental den Vorfall im Zusammenhang mit der Beisetzung ansprach. Doch Kasing lenkte das Gespräch sofort in eine andere Richtung. Er wollte nicht, dass darüber in großer Runde gesprochen wurde, weil der Verdacht, den von Taten hatte, noch nicht in der Öffentlichkeit bekannt war, und Holten wollte niemanden an seinen Gedanken teilhaben lassen. So wurde das grausame Ereignis auch nicht weiter erörtert, und alle waren guter Stimmung, was aber auch ein Verdienst der Kochkunst des Küchenchefs war.

Traditionell wurden als Hauptspeise Bratkartoffeln angeboten, die mit den Beilagen, die Anneliese angesagt hatte, serviert wurden, jeweils mit verschiedenen Salaten und Gemüse der Saison. Die Bratkartoffeln waren stets ein Gedicht und weit über die Region hinaus bekannt.

Im Laufe des Abends versuchte Holten noch einige Male, Werner Riecker zu erreichen, ohne Erfolg allerdings. Schließlich gab er es auf. Er würde am nächsten Tag unangemeldet am Flugplatz erscheinen.

Als sich der Abend dem Ende zuneigte, erschien plötzlich der alte Hermann mit einer Mütze der Luftwaffe auf dem Kopf und einer Gitarre in der Hand in der Gaststube. Er stellte sich zu ihnen an den Tisch und brachte ihnen ein Ständchen, und zwar ›Flieger, grüß‹ mir die Sonne in bester Hans-Albers-Art. Alle waren begeistert, und das gesamte Lokal applaudierte. Für Vorführungen in dieser Art war das

Lokal »An der Brücke« berühmt und berüchtigt.

Der Abend endete mit einem Glas aufgesetzten Schlehenschnaps für jeden, das der Chef persönlich an ihrem Tisch kredenzte.

»Vom Haus«, erklärte er.

»Damit ihr auch Kraft für den Heimweg habt. Die Schwalben tanken auch immer Schlehen, wenn sie in den Süden fliegen. Habt ihr noch nie gesehen, dass die im Herbst immer in den Schlehenbüschen sitzen?«

»Doch, doch.«

Alle nickten zustimmend.

Sie waren die letzten Gäste, und Hermann und Lupo begleiteten sie noch ein Stück, wobei er ihnen noch einige haarsträubende Geschichten aus seiner Seefahrerzeit erzählte.

Sie verabschiedeten sich und waren alle in bester Stimmung. Kasing war so guter Laune, dass er vergaß, Holten nach seinen Fortschritten in seinem Fall zu befragen, und der war froh darüber, denn nach dem Erlebnis mit Cornelius von Taten wollte er im Grunde nur noch seine Frau an seinen Überlegungen und Gedanken teilhaben lassen.

SCHERWIND

Was kann es Schöneres geben als einen beginnenden Spätsommertag draußen in der Natur? Man ist noch im Dunkeln angekommen, damit man nicht beobachtet wird. Um einen besseren Ausblick zu haben, sucht man sich einen Platz auf erhöhter Warte, auf einer Anhöhe, auf einem Baumstamm oder sogar auf einem Hochstand am Waldrand, und beobachtet die langsam erwachende Natur, die sich gemächlich aus dem Zwielicht der Dämmerung erhebt. Alles Pflanzliche erweckt den Anschein von Jungfräulichkeit und Frische, obwohl sich die Phase des Wachstums in dieser Jahreszeit bereits dem Ende zuneigt. Schaut man ein wenig genauer hin, erkennt man bereits die Anzeichen des Welkens und Vergehens, noch genießen jedoch alle Geschöpfe diese wunderbare Zeit. Die Pflanzen zeigen ihre schönsten Blütenfarben oder tragen eine Fülle von Früchten und Samen, die Tiere sind gesund und wohlgenährt.

Noch ist nichts von der Geschäftigkeit des Tages zu bemerken. Man könnte meinen, man wäre der einzige Mensch auf Erden. Kein Traktor auf den Feldern, kein Auto auf den Straßen, kein Flugzeug am Himmel stört die Ruhe. Man selbst ist auch ganz leise, um nicht als menschlicher Eindringling in dieser besonderen Welt, die nur während einer halben Stunde des Tages existiert, erkannt zu werden, und um den Zauber dieser Stunde nicht zu zerstören.

Allmählich wird die Tierwelt wach, ein Bussard schwingt sich von seinem Schlafbaum und fliegt mit schwerem Flügelschlag dicht über dem Boden zu einem Weidepfahl, der ihm als Ansitz dient. Ein Amselhahn beginnt sein Lied, bald ein zweiter, und in den Wipfeln der Fichten ist das feine Stimmchen des Goldhähnchens zu hören. Gegenüber, auf dem abgeernteten Weizenfeld kaum auszumachen, trippelt ein Trupp Rebhühner über den Acker auf der Suche nach übrig gebliebenen Körnern. Nicht weit entfernt hoppelt ein Kaninchen durch das Heidekraut. Von Zeit zu Zeit hält es in der Bewegung inne, macht Männchen und putzt sich mit drolliger Bewegung die Spinnweben aus dem Gesicht, die, mit Tautropfen besetzt, zwischen den Heidepflanzen hängen. Ganz dicht ziehen drei Rehe vorbei, eine Ricke führt ein Kitz, das unbekümmert um die Mutter herumspringt. Die Rinder auf der Weide unterbrechen wie auf Kommando ihr Wiederkäuen und glotzen, denn am Rand des Bruches erscheint ein Fuchs, sichert kurz und schnürt dann über die freie Fläche zum Wald. Seine nächtliche Jagd ist jetzt beendet, und er wird den Tag in seinem Bau verschlafen.

Die Sonne steigt nun höher, vertreibt die letzten Nebelschwaden aus den feuchten Niederungen und taucht den neuen Tag in ein helles, freundliches Licht. Alle Blüten öffnen sich und begrüßen die große Mutter.

Dies ist auch die Stunde des Jägers. Er liebt es, um diese Zeit auf seinem Ansitz zu sein. Er ist der Herr über Leben und Tod, doch niemand ahnt es. Zwar ist er sicher, dass er seine Beute erlegen wird, aber auf welche Weise und wann, weiß er nicht, und dieser Kitzel macht einen solchen Morgen unvergesslich.

Schließlich tritt der Todgeweihte ins Freie, und das unausweichliche, oft ausgeübte Ritual nimmt seinen Lauf: Der Jäger hebt das Gewehr, legt vorsichtig auf, lädt, stellt das Zielfernrohr ein, entsichert, spricht das Ziel an, zielt, sucht den Druckpunkt und drückt ab.

Ein guter Schuss, das Opfer fällt.

Laut schreiend streicht ein Fasanenhahn aus dem nahe liegenden Gebüsch ab. Die Rinder heben kurz die Köpfe und grasen dann weiter. Kiebitze taumeln wie ziellos über dem Gras.

Der neue Tag beginnt.

Am nächsten Morgen stand Holten früh auf.

Er hatte schlecht geschlafen und war einmal mitten in der Nacht aufgewacht, weil er von einem seltsamen Traum aufgeschreckt worden war: Er war mit seinem Fahrrad auf der Landebahn in Weser-Wümme umhergefahren und war dabei von einem Flugzeug verfolgt worden, das er nicht sehen konnte, das jedoch immer hinter ihm gewesen war. Es war eine zweimotorige Maschine gewesen, das hatte er am Geräusch festgestellt. Schließlich hatte er sich mit seinem Rad sogar in der Luft bewegen können, doch das Flugzeug war immer hinter ihm geblieben. Als sein Verfolger immer näher gekommen war, war er aufgewacht. Er hatte schlecht wieder einschlafen können, denn das Grübeln über die Ungereimtheiten zwischen Pauschens, Mullemanns und Rieckers Aussagen, Kasings Unschuldsbeteuerung und den merkwürdigen Drohbrief an Lehmberg hatte ihn nicht zur Ruhe kommen lassen, doch zu einer Lösung hatte er nicht kommen können.

Irgendwann, als die Vögel im Garten ihr Konzert begonnen hatten, war er dann doch wieder eingeschlafen.

Als er morgens aufwachte, hatte er leichte Kopfschmerzen, wie immer, wenn er mehr als ein Glas Wein getrunken hatte. Doch nach einem Kaffee, einer Kopfschmerztablette und einer Fahrradtour zum Flugplatz in frischer Luft sollten sie verschwunden sein.

Sie frühstückten gemeinsam, denn Susanne hatte geplant, zwei Tage lang einen Lehrgang zu besuchen, und daher verließ sie das Haus später als gewöhnlich. Nach einem intensiven Abschiedskuss starteten sie, Susanne zu ihrer Tagung und Holten zum Flugplatz.

Als er den Fahrtwind spürte, bedauerte er, dass er sich nicht wärmer angezogen hatte, denn der Morgen war zwar schön und sonnig, aber noch recht kühl.

Holten war sich sicher, dass er Riecker antreffen würde, obwohl er ihn telefonisch nicht erreicht hatte. Riecker pflegte früh aufzustehen, und bei einem solchen Wetter arbeitete er für gewöhnlich immer draußen auf dem Platz. Holten hatte sich vorgenommen, ihn intensiver zu befragen als bei ihrem letzten Gespräch, ihn mit den Aussagen Pauschens zu konfrontieren und ihm mit ›Zuckerbrot und Peitsche‹ die Wahrheit zu entlocken. Er vermutete, dass Riecker aus einem ihm noch unbekannten Grund bei ihrem ersten kurzen Gespräch gelogen hatte.

Auf der gepflasterten Fläche vor den Flugzeughallen stieg er vom Rad, ließ seinen Blick über Vorfeld, Rollwege und Landebahn streifen, konnte Riecker jedoch nicht entdecken. Als er in den Clubraum gehen und mit seinem Schlüssel, den er als Flugleiter ja besaß, aufschließen wollte, bemerkte er, dass die Tür unverschlossen war. Riecker musste also schon aufgestanden sein und sich irgendwo auf dem Gelände herumtreiben. Er hätte die Vereinsräume nicht unverschlossen gelassen, wenn er weggefahren wäre. Nachdem Holten den Keller, die Hallen, die Werkstatt und das Büro abgesucht hatte, ging er zu Rieckers Wohnung hinauf, die sich über der Werkstatt im ersten Stock befand. Die Wohnungstür war unverschlossen, und in der Küche stand noch das Frühstücksgeschirr auf dem Tisch, von Riecker jedoch keine Spur. Holten beschloss, nicht weiter zu suchen und auf dem Tower zu warten. Er konnte sich die Zeit mit dem Studium der Startlisten vertreiben. Vielleicht hatte er da doch etwas übersehen.

Vom Tower aus konnte man das gesamte Flugplatzgelände überblicken, und Holten ließ seinen Blick noch einmal in die

Runde schweifen, als er Riecker entdeckte. Holten war merkwürdigerweise kaum überrascht oder erschrocken.

›Du bist wieder im Dienst‹, dachte er und fühlte sich nicht wohl dabei.

Riecker lag hinter dem Absperrzaun, der das Publikum vom Betriebsgelände fernhalten sollte und der zum Teil mit Sträuchern abgepflanzt war, auf der Landebahnseite vor dem Signalfeld. Holten erkannte aus Erfahrung sofort, dass er dem armen Mann nicht mehr helfen konnte, eilte jedoch trotzdem sofort hinunter. Ausgestreckt auf dem Rücken, Arme und Beine vom Körper abgespreizt und von einer Kugel in die Brust getroffen, bot der Körper den Anblick eines erlegten Stück Wildes. Neben Riecker lag eine Hacke. Wahrscheinlich hatte er dem Kraut zu Leibe gehen wollen. Holten legte seine Finger an die Halsschlagader und spürte seine Vermutung bestätigt. Riecker war tot, jedoch noch nicht sehr lange, er fühlte noch ein wenig Körperwärme.

Er beeilte sich, wieder auf den Tower zu kommen, tätigte die erforderlichen Anrufe und ging wieder hinunter zu dem Toten. Dabei hatte er es nicht eilig. Er setzte sich auf eine der Bänke, die in der Nähe für die Besucher aufgestellt waren, und wandte sich dem Tatort zu, um ungestört alle Einzelheiten in sich aufnehmen zu können. Nähere Untersuchungen verboten sich vor dem Eintreffen der Spurensicherung sowieso.

Nach Holtens erster Einschätzung war Riecker durch einen einzigen gezielten Schuss getötet worden, und zwar durch eine Kugel größeren Kalibers, und, da der Ermordete sehr viel Blut verloren hatte, vermutlich durch einen Treffer ins Herz. So wie der Tote lag, musste er von vorn erschossen worden sein, entweder aus der Nähe mit einer Pistole oder mit einem Gewehr aus größerer Entfernung. Holten tippte auf das Gewehr, denn das Opfer erweckte den Eindruck, als sei es vom Tod überrascht worden. Ein Pistolenschütze hätte bei einem so genauen Schuss an diesem Ort in der Nähe sein müssen, sodass Riecker ihn gesehen, die Gefahr erkannt und versucht hätte, noch davonzukommen.

Holten war mit sich selbst unzufrieden. Früher wäre ihm das nicht passiert. Er hätte Riecker sofort besucht und das weitergehende Gespräch mit ihm nicht aufgeschoben. Wie und wo sollte er nun weitermachen? Er kam kein Stück voran. Seine Hoffnung, durch das Gespräch mit Riecker einen weiteren Schritt vorwärts zu tun, hatte sich unvermittelt zerschlagen.

Der dünne Faden, an dem er sich entlanghangeln wollte, begann sich aufzulösen.

Die zuständigen Einsatzfahrzeuge rollten nun in der gewohnten Reihenfolge die Zufahrt zum Flugplatz hinauf: Zuerst der Krankenwagen mit dem Notarztfahrzeug, dann der erste Streifenwagen, bald darauf der zweite, viel später dann der Wagen der Spurensicherung und ein Zivilfahrzeug mit Tessmann und Nase, und zum Schluss traf von Taten in seinem Privatwagen ein, wie immer als Letzter und in dem bekannten Aufzug – Knickerbocker grün. Es war Zufall, dass das gleiche Team Dienst hatte wie bei dem ersten Mord in Hellwege, aber Holten begrüßte diesen Umstand, denn für ihn war klar, dass beide Fälle zusammenhingen.

Man begrüßte sich wie alte Bekannte, und während die Beamten ihre Pflicht taten, setzten sich von Taten und Holten in den Clubraum. Holten kannte sich aus, er wusste, wo sich die Getränke befanden, wo man bei Selbstbedienung den Preis für das Verzehrte notierte und wo das Geld deponiert werden musste. Er stellte zwei Flaschen Cola auf den Tisch und erklärte auf von Tatens fragenden Blick:

»Wie das hier mit dem Tee geht, weiß ich nicht.«

Nachdem er seine Jacke ordentlich aufgehängt hatte,

wurde von Taten recht schnell offiziell.

»Du weißt, dass ich dich jetzt befragen muss«, begann von Taten das Gespräch. Und als Holten nickte, fuhr er fort:

»Also, wer ist der Tote?«

»Werner Riecker, Platzwart hier an unserem Flugplatz. Er wohnt auch hier.«

Von Taten machte sich natürlich keine Notizen. Das würde Tessmann später sowieso machen.

»Was machst du hier so früh am Flugplatz?«

Holten konnte es nicht lassen:

»Ich sitze hier herum, trinke Cola und unterhalte mich mit einem Bullen.«

Man konnte von Taten ansehen, dass er nicht zu Scherzen aufgelegt war.

»Hör auf, Max, hör auf.«

»Ach, Cornelius, du weißt doch, dass ich, was den Fall Lehmberg betrifft, ganz anderer Meinung bin als du. Ich wollte Riecker noch einmal dazu befragen.«

»Und welche Fragen wären das gewesen?«

»Das willst du ja doch nicht wissen.«

»Jetzt aber.«

Von Taten wirkte jedoch nicht sehr interessiert.

»Also, Cornelius, hier am Platz ist irgendetwas vorgegangen.«

Holten machte eine Pause, um zu überlegen, was und wie viel er von Taten erzählen sollte.

»Ich habe – und das habe ich dir auch schon erzählt – einen Zeugen, der wirklich glaubwürdig aussagt, dass Lehmberg hier am Flugplatz war, und einen anderen, der bezeugt, dass hier an dem besagten Dienstag ein großes Flugzeug, eine Mitsubishi Solitaire, gestartet ist. Ich hatte Riecker bereits befragt, zwar nicht explizit nach dem Flugbetrieb an diesem Abend, aber nach Lehmberg. Er hat damals behauptet, Lehmberg sei nicht am Platz gewesen und es habe keinen Flugbetrieb gegeben. Warum hat er abgestritten, dass Lehmberg am Platz war, und mir nichts von diesem besonderen Flugzeug erzählt, und warum sind die Landung, die ja viel Gebühren eingebracht hätte, und der Start nicht in die Startliste eingetragen? Ich hatte vor, die ganze Geschichte mit ihm zu klären.«

»Anscheinend wollte jemand, dass du die Sache eben nicht mit ihm besprichst«, bemerkte von Taten leichthin.

›Du willst es ja auch nicht wissen‹, dachte Holten, doch er sagte laut:

»Das könnte so richtig sein. Das wirst du herausbekommen müssen. Aber selbst wenn wir es nicht klären können, ich meine, der Mord hier entlastet Kasing doch.«

Holten versuchte, Bernd Kasing aus der Schusslinie zu bringen. Doch er hatte von Tatens Dickkopf unterschätzt. Der hatte sich an Kasing festgebissen und wollte nicht loslassen.

Er zog die Augenbrauen hoch und äußerte eine neue und abenteuerliche Theorie:

»Sagtest du nicht, dass Kasing auch Pilot ist und hier am Platz fliegt? Und Lehmberg war auch Flieger in Weser-Wümme. Vielleicht hat dieser Riecker ja irgendetwas gewusst oder gesehen, was Kasing mit Lehmberg gemacht hat, und dir nichts erzählt, um diesen Kasing zu schützen. Und jetzt ist ihm dieser Mitwisser zu gefährlich geworden. Vielleicht hat Riecker auch versucht, ihn zu erpressen, oder ihn bedroht, und Kasing hat sich seiner entledigt. Ich werde ihn nach seinem Alibi für heute Morgen fragen müssen. Und Schusswaffen sind auch in seinem Haus, das wissen wir.«

Holten winkte ab und schwieg.

›Der liest zuviel Kriminalromane‹, dachte er, obwohl er wusste, dass solche Dinge durchaus auch außerhalb von Kriminalromanen passierten.

So konnte er mit von Taten nicht weiterkommen. Ihn bedrückte der Gedanke, dass nach wie vor eine – wenn auch kleine – Möglichkeit bestand, dass von Taten recht hatte. Holten war nicht wohl bei der Tatsache, dass er sich im Moment einzig und allein auf sein Gefühl stützen konnte, denn noch hatte er nichts Konkretes in der Hand und musste unbedingt Beweise finden, um dieses unbestimmte innere Wissen in eine handfeste Entlastung für Kasing zu verwandeln. Allerdings hatte auch von Taten noch keine zwingenden Beweise für Kasings Schuld.

Von draußen näherte sich entschlossen ein Mann mit einem Fotoapparat der Tür zum Clubraum. Holten erkannte in ihm einen Reporter der Lokalzeitung und beeilte sich, die Eingangstür abzusperren. Einen Pressemann, dem von Taten sicher mit Begeisterung seine neuesten Gedanken mitteilen würde, konnte Holten nicht gebrauchen.

»Du wolltest die Presse doch jetzt noch nicht dabeihaben?«, fragte er scheinheilig.

Von Taten fuchtelte mit den Händen herum, was Holten als Zustimmung deutete.

Um von der Anwesenheit des Journalisten abzulenken, brachte er das Gespräch auf das Thema ›Fliegen‹.

»Bist du eigentlich schon einmal mit so einer kleinen Maschine geflogen?«, erkundigte er sich.

»Nein«, gab sein Gegenüber zurück, »noch nicht, obwohl ich es eigentlich immer schon einmal versuchen wollte.«

Das Thema schien bei von Taten auf Interesse zu stoßen.

»Sag mal, Max, kannst du eigentlich überall hinfliegen, und niemand weiß, wohin?«, fragte er nach einer kleinen Pause.

»Das kommt darauf an, wie man fliegt und wohin man will«, erklärte Holten.

»Was soll das heißen?«

»An und für sich kann man überall hinfliegen und braucht niemandem Rechenschaft abzulegen, wenn man nicht gerade in verbotene Lufträume eindringt. Wenn man sich allerdings wie die großen Jets im Blindflug bewegt, muss man sehr wohl so fliegen, wie es die Flugsicherung vorschreibt. Und wenn man ins Ausland fliegt, muss man den Flug bei der Flugsicherung anmelden. Zum einen zur Kontrolle, zum anderen aber auch aus Sicherheitsgründen. Wenn man nämlich nicht zur vorgeplanten Zeit ankommt, wissen die, dass man dich suchen muss.«

Von Taten schaute interessiert, rieb mit der rechten Hand sein Kinn und verzog dabei seinen Mund.

»Dann lass´ uns doch gleich einmal eine Runde machen«, schlug er vor. Ihm war es anscheinend gleichgültig, dass er als Leiter einer Mordermittlung hier am Flugplatz war.

»Nun ja, einen Flugleiter braucht man schon, wenn man auf einem Landeplatz wie diesem starten will, und unserer liegt draußen, tot«, bremste Holten ihn.

»Also ganz ohne Kontrolle geht es dann doch nicht«, bemerkte der Kurze.

»Ja, leider. Ebenso wenig dürfen wir auf irgendeiner Wiese oder einem Acker landen. Diese Vorschriften stammen, glaube ich, noch aus dem Dritten Reich, und niemand will sie ändern, weil es niemanden interessiert«, bedauerte Holten. »In anderen Ländern geht das«, fügte er noch an.

Tessmann und Nase klopften an die Tür, und Holten schloss wieder auf. Der Reporter wartete nun in seinem Wagen, weil Nase ihm klargemacht hatte, dass derzeit noch keine Ergebnisse zu erwarten waren und er seine Fotos später machen müsse. Die beiden setzten sich mit an den Tisch, und nachdem Holten etwas zu trinken gebracht und Tessmann sich eine Zigarette angezündet hatte, begann er seinen ersten Bericht:

»Tja, viel haben wir nicht, nicht eine brauchbare Spur.«

Er klang enttäuscht, denn meistens fand er zumindest irgendeine verwertbare Kleinigkeit.

»Der Arzt sagt, viel länger als eine Stunde hat er dort noch nicht gelegen, es muss also so zwischen sieben und halb acht geschehen sein. Die Kugel ist ein großes Kaliber, wahrscheinlich aus einem Gewehr abgeschossen, aber das werden wir sicher noch herauskriegen. Das Projektil haben wir noch nicht gefunden, es hat seinen gesamten Brustkorb durchschlagen. Doch auch das finden wir noch. Der Schuss muss ungefähr aus süd-östlicher Richtung gefallen sein.«

Er nahm einen Schluck Cola.

»Tja, und das ist es schon.«

Nachdenklich nahm er einen weiteren Schluck und schwieg. Von Taten blätterte in einer Fliegerzeitschrift.

»Können Sie uns noch etwas über den Toten erzählen? Sie kennen ihn doch«, fragte Tessmann und zog einen Block und einen Stift aus der Innentasche seiner Jacke.

Holten hatte nie privaten Kontakt zu Riecker gehabt und wusste nur das, was allen im Verein bekannt war. Das berichtete er jetzt, und Tessmann schrieb alles mit: Der Platzwart war als Hausmeister bei einer großen Wohnungsbaugesellschaft angestellt gewesen und hatte nach seiner Entlassung vor sechs Jahren hier seine Arbeit aufgenommen. Vor vier Jahren war seine Frau gestorben, und seitdem war er so gut wie immer am Platz gewesen, selbst an seinen freien Tagen. Er hatte seine Arbeit immer gern, fleißig und zuverlässig erledigt, ›seinen‹ Platz immer in Ordnung gehalten und während der Woche, außer dienstags, den Flugleiterdienst übernommen. Er hatte ein kleines Gehalt bezogen und mietfrei in der vereinseigenen Wohnung am Platz gelebt. Das war alles, was Holten erzählen konnte. Er wusste noch nicht einmal, wie alt Riecker war.

»Also nichts Besonderes«, sagte Nase, die aufmerksam zugehört hatte. »Dann können wir uns ja gleich mal seine Wohnung ansehen. Vielleicht ist dort etwas zu finden, was uns weiterbringen kann.«

Holten konnte nun seine Ortskenntnis zur Verfügung stellen: »Die Wohnung ist unverschlossen, ich war vorhin schon drin. Ich habe ihn dort gesucht, als ich angekommen bin, und sie sieht nicht aufgebrochen aus.«

»Sollte zuerst nicht vielleicht doch die Spurensicherung...«, meldete sich Tessmann.

»Ach was, die können später kommen«, winkte von Taten ab.

»Ich geh mal voran«, bot Holten an.

Holten war froh, dass er sich noch einmal in der Wohnung umsehen konnte, bevor sie polizeilich versiegelt wurde. Vielleicht würde er etwas erfahren, was ihm helfen könnte.

Damit die Pressevertreter nicht mitbekamen, wohin sich die Ermittlergruppe nun begab, führte Holten die drei Polizisten durch den zweiten Ausgang des Vereinsheimes in Rieckers Wohnung, die aus Wohn- und Schlafzimmer, Küche, Bad, Flur und Abstellraum bestand und im ersten Geschoss über der Flugzeugwerkstatt lag. Genauso wie der Flugplatz, den er betreut hatte, machte sie einen gepflegten und aufgeräumten Eindruck. Die drei nahmen alle Räume genau in Augenschein, etwas Besonderes war jedoch nicht zu finden. Von Taten stand am Fenster und blätterte in einem Bildband über Oldtimer. Eine genaue und systematische Durchsuchung überließ er gern der Spurensicherung.

Als die Beamten sich zum Schluss in der Küche umsahen, hob Nase einige ältere Illustrierte vom Esstisch und entdeckte darunter ein Sparbuch. Sie hob es hoch und winkte von Taten, der nun gedankenverloren aus dem Fenster auf die Landebahn blickte, damit zu.

»Chef, ein Sparbuch, wahrscheinlich seines.«

»Ja, schön, schaut doch mal hinein.«

»Gut zweiunddreißigtausend Euro«, verkündete Nase und fügte nach einer kurzen Pause nachdenklich hinzu:

»Nicht schlecht für einen armen Rentner.«

Sie trat mit dem Sparbuch zu von Taten hinüber.

»Vielleicht war er sparsam«, war von Tatens einziger Kommentar.

»Darf ich einmal sehen?«, fragte Holten und schnappte, ohne eine Erlaubnis abzuwarten, das Heftchen aus Nases Hand und schlug es neugierig auf.

Das Sparkonto war erst im letzten Jahr angelegt worden und enthielt erstaunlicherweise nur Einzahlungen. Offensichtlich war Riecker wohl tatsächlich sparsam gewesen, er hatte anscheinend kein Geld für größere Anschaffungen benötigt. Auffällig war jedoch, dass stets die gleiche Summe vermerkt worden war, und zwar immer fünfhundert Euro als Bareinzahlung. Als noch merkwürdiger fiel Holten auf, dass immer der gleiche Zeitabstand zwischen den Einzahlungen lag. Riecker hatte regelmäßig, fast ohne Ausnahme, einmal in der Woche Geld zur Bank gebracht.

An der Wand über dem Küchentisch hing ein Jahreskalender, und Holten ging hinüber und verglich die Daten. Die Tage der Einzahlungen waren jedes Mal ein Mittwoch, und vor jedem Einzahlungstag, an den Dienstagen, entdeckte er ein kleines, mit Bleistift markiertes Kreuzchen.

Er behielt diese Entdeckung für sich, warum sollte er von Taten damit belasten? Der Kurze glaubte ja schließlich, für diesen Fall die Lösung bereits zu haben.

Holten stellte sofort einen Zusammenhang mit Lehmbergs Todestag, einem Dienstag, her, und bei ihm verstärkte sich der Verdacht, dass an diesem Tag hier etwas passiert sein musste, was Lehmberg gesehen hatte und nicht in die Öffentlichkeit bringen sollte.

Pauschen hatte vom Start eines großen Flugzeuges an jenem Dienstag erzählt. Aber illegaler Flugbetrieb an einem kleinen Flugplatz war sicherlich kein Motiv für einen, vielleicht sogar für zwei Morde.

Dennoch würde er als Nächstes Genaueres über den Flugbetrieb in ihrem Luftraum an den Dienstagen der vergangenen Zeit, und ganz besonders an diesem besagten Tag, herausfinden müssen.

Wie er dies anstellen sollte, wusste er noch nicht.

Die ganze Gruppe begab sich nun wieder hinunter in den Clubraum, wo der Arzt gerade den Totenschein ausfüllte und die Herren der Spurensicherung, die Holten bereits kannte, auf der Suche nach etwas Trinkbarem waren. Holten bediente sie mit Apfelsaft, Wasser und Cola und wurde im Gegenzug mit Informationen versorgt. Von Taten hatte einen Weinbrand verlangt.

Allerdings erfuhr Holten nicht viel mehr als das, was er selbst bereits beobachtet und von Tessmann erfahren hatte.

»Das Kaliber des Gewehrs werden wir allerdings erst feststellen können, wenn wir das Geschoss gefunden haben, es steckt nicht im Körper«, sagte Doberling, »und den Standort des Schützen können wir erst bestimmen, wenn wir den Schusskanal kennen.«

Hierüber hatte Holten sich bereits Gedanken gemacht, und er glaubte zu wissen, von wo der Schuss abgefeuert worden war.

»Ich kenne die Gegend hier und habe schon eine Vermutung, wo er gesessen haben könnte. Vielleicht sollten wir mal hinschauen«, schlug er vor.

Er war schon wieder ganz der alte Kriminalist, begierig auf jeden Hinweis, jedes Indiz.

»Ich komme mit«, knurrte Tessman und stand widerwillig auf, weil niemand sonst Anstalten machte, Holten zu begleiten.

Nachdem sie nochmals den Reporter abgewimmelt hatten, überquerten die beiden die Start- und Landebahn und suchten dann nach einem Übergang über den breiten Abzugsgraben, der am Rande des Flugplatzes entlangführte. Im Sommer floss in ihm nicht viel Wasser, sodass Holten schnell einen geeigneten Übergang finden und den Polizisten ohne Probleme zu einem Hochsitz führen konnte, der etwa zweihundert Meter südöstlich der Vereinsgebäude an der Ostseite der Bahn versteckt am Waldrand stand. Er war nicht allzu hoch und vor einigen Jahren vom Jagdpächter, Klaus Fermental, errichtet worden, hauptsächlich um auf Wildschweine anzusitzen, die in regelmäßigen Abständen die Grasbahn und -rollwege des Platzes verwüsteten. Sie pflügten mit ihren Rüsseln die Grasnarbe auf, um im Boden die Larven der Wiesenschnaken und andere Leckerbissen zu erbeuten. Doch auch ein Wildschweinbraten schmeckte wiederum sehr lecker, und seitdem Fermental einige Schweine erlegt hatte, hatten die schlauen Schwarzkittel erkannt, dass der Flugplatz ein gefährliches Pflaster für sie war, und die Schäden waren zurückgegangen.

Als sie am Fuß des Hochstandes angekommen waren, stellte sich heraus, dass Holten recht gehabt hatte. Vor der Leiter war das hohe Gras niedergetreten, und das Türchen zum Ansitz oben stand offen. Bis zum Waldweg, der in ungefähr zwanzig Metern Entfernung vorbeiführte, konnte man noch Spuren feststellen, da sich das lange, feuchte Gras noch nicht wieder aufgerichtet hatte. Auf dem Weg hatte vermutlich ein Wagen gestanden, doch leider war an keiner Stelle auf dem kurzen unterwüchsigen Gras des Weges ein Profil auszumachen. An einigen Stellen hatten die ortsansässigen Landwirte auf dem Weg Bauschutt abgeladen und verdichtet, um Löcher einzuebnen, doch der Wagen war nur auf dem bewachsenen Untergrund gefahren. Somit bestand keine Möglichkeit, weitere Fuß- oder Wagenspuren zu finden.

Tessmann war bereits eilig unterwegs, um die Herren der Spurensicherung herbeizuholen. Holten trottete hinterher und überlegte, wer diesen kleinen versteckten Hochsitz wohl kennen mochte: Vereinzelte Spaziergänger, die zufällig vorbeigekommen waren, die meisten Mitglieder der Flugsportgruppe, weil sich manche Fliegerfrauen an schönen Sommertagen an diesem geschützt liegenden Platz unbekleidet dem Sonnenbaden hingaben, einige Bauern, die Fermentals als Jagdpächter natürlich und die Firma Kasing, die ihn gebaut hatte. Es waren zu viele, um alle auf eine Verbindung zu Riecker hin zu überprüfen, aber dass der Name Kasing auf dieser gedanklichen Liste auftauchte, verwunderte Holten schon nicht mehr.

Im Clubraum herrschte nun reger Betrieb, wie an einem Wochenendtag.

Zwei Herren des Vorstandes waren eingetroffen, mehrere Reporter machten Interviews und Fotos, und die ermittelnden Polizisten gönnten sich eine Pause im Vereinslokal.

Holten war dieser ganze Rummel zuwider. Er konnte hier nichts mehr ausrichten, und deshalb verabschiedete er sich und trat den Heimweg an.

Außerdem war er hungrig.

Weil Susanne nicht da war, musste er für sich und seinen Sohn, der bald mit ebenfalls knurrendem Magen von der Schule kommen würde, das Mittagessen zubereiten. Er hatte nicht mehr viel Zeit und wusste noch nicht, was er kochen sollte.

Warum nicht Nudeln mit Tomatensoße?

Der Wind kam natürlich von vorn, und während er angestrengt in die Pedale trat, drehten sich seine Gedanken andauernd um die eine Frage: Warum tauchte nur immer wieder der Name Kasing auf?

Am nächsten Tag stand Holten am Vormittag gegen zehn Uhr vor Lehmbergs Haustür und klingelte. Er hatte tags zuvor immer wieder versucht, irgendein mögliches gemeinsames Motiv für die beiden Morde zu finden. Da ihm dies jedoch nicht gelungen war, hatte er beschlossen, sich zunächst näher mit der Drohbriefangelegenheit zu beschäftigen.
Elke Lehmberg öffnete.

»Hallo, Max, schön, dass du da bist.«

»Morgen, Elke. Passt es dir , wenn ich mich jetzt einmal in Wilhelms Arbeitszimmer umsehe?«

»Ja, natürlich. Mir ist nicht ganz wohl in meiner Haut mit diesem Brief im Haus, und ich möchte die Sache geklärt haben.«

Sie führte ihn ins Haus und öffnete die zweite Tür, die von der Diele abging. Holten bot sich der Anblick eines normalen Arbeitszimmers eines allein arbeitenden Architekten. Der Raum hatte zwei große Fenster. Vor dem einen befand sich ein Schreibtisch aus Glas mit einem großen Computerbildschirm auf der linken Seite, davor ein Ledersessel. Rechts davon an der Wand stand das Zeichenbrett. Vor dem zweiten Fenster gab es einen kleinen Besprechungstisch mit zwei Sesseln, an den Wänden waren Regale und Schränke mit Aktenordern und Büchern angeordnet. Hinter einem Regal, das als Raumteiler diente, entdeckte Holten noch Drucker, Kopierer und Plotter. An den freien Wänden hingen einige moderne Bilder und große Bauzeichnungen.

Mit einer ausladenden Handbewegung sagte Elke:

»Bitte sehr, sein Reich. Ich kann dir leider nicht helfen. Ich habe diesen Raum eigentlich immer nur zum Saubermachen betreten.«

Entschuldigend zog sie die Schultern hoch.

»Brauchst du mich noch?«

»Nein, Elke, wenn du dich ohnehin nicht auskennst, will

ich dich nicht von deiner Arbeit abhalten.«

Sie verschwand, war jedoch nach kurzer Zeit, als Holten auf dem Schreibtischsessel Platz genommen hatte, mit einer Tasse Kaffee und einem Aschenbecher wieder da.

Mit den Worten »Ich weiß ja, was du brauchst«, stellte sie beides auf den Schreibtisch und schloss dann die Tür hinter sich, als sie den Raum verließ.

Holten wusste bereits, wie er vorgehen musste. Zwar hatte er keine Ahnung von Lehmbergs Schreibtischordnung und seinem Ablagesystem, doch Elke hatte gesagt, sie habe das Schreiben in einem Ablagekorb an seinem Arbeitsplatz gefunden. Daraus konnte er schließen, dass die Sache noch recht aktuell sein musste. Länger zurückliegender Schriftverkehr wäre bestimmt schon abgeheftet. Holten war der Meinung, dass der Brief von einem Handwerksbetrieb kommen musste, der an einem Bauvorhaben Lehmbergs tätig gewesen war. Nur dort konnte Lehmberg Einfluss auf finanzielle Transaktionen nehmen und hätte die Möglichkeit, eine Firma ›kaputt zu machen‹. Da der Drohbrief mit der Hand geschrieben war, musste er also zunächst in Bauakten nach handschriftlichen Notizen von Handwerkern suchen, die bei aktuellen Bauvorhaben beschäftigt waren. Die sollte er in den Ablagekörben auf dem Schreibtisch finden.

Die drei Körbe waren gut gefüllt mit Mappen, Klarsichtordnern und großen Briefumschlägen. Alle waren mit Aufklebern versehen, die den Namen des Bauvorhabens und das Gewerk anzeigten. Wilhelm Lehmberg war offensichtlich ein ordentlicher Mensch gewesen.

Holten legte das anonyme Schreiben zum Vergleich auf die Schreibtischplatte und nahm sich die Mappen vor:

Benz – Tischler

Er fand darin ein Leistungsverzeichnis, ein Angebot, ein geändertes Angebot mit handschriftlichen Bemerkungen

Lehmbergs und des Unternehmers, den Auftrag mit der Unterschrift des Bauherrn und eine geprüfte Rechnungskopie. Die Schrift des Handwerkers stimmte nicht mit der des Drohbriefes überein. Der erste Ablagekorb schien nur Unterlagen über den Bau ›Benz‹ zu enthalten.

Unter der dritten Mappe lag ein großer, gelber Umschlag, der keine Beschriftung trug. Holten öffnete ihn und fand einige Schreiben, von denen er eins herausfingerte. Es war kein Schriftstück, das mit einem Bauvorhaben zu tun hatte. Er las es zwei Mal, so überrascht war er.

Es war das Bestätigungsschreiben einer Anwaltskanzlei, in dem Herrn Lehmberg mitgeteilt wurde, dass der Anwalt gem. Gespräch vom und bez. des etc. und aus den und den Gründen in seinem Namen den Antrag auf Scheidung von seiner Ehefrau Elke einreichen werde.

Hätte Holten nicht bereits gesessen, er hätte sich hingesetzt.

Wilhelm Lehmberg hatte sich von seiner Frau scheiden lassen wollen!

Neugierig holte er ein weiteres Blatt aus dem Umschlag. Es war der Brief einer gewissen Doris.

Mein lieber starker Bär,

ich muss Dir nicht mehr schreiben, wie sehr Du mir fehlst, Du weißt es.
Immer, wenn ich an Dich denke, fängt mein Bauch, und nicht nur der, an zu kribbeln.
Lass jetzt bitte, bitte, bitte, bitte, bitte, bitte alles stehen und liegen und komm sofort zu, bei oder in mir.
Du weißt, ich bin zu Hause.

Deine wilde Katze

Über dem Wort ›stehen‹ war die eindeutige Zeichnung eines bestimmten männlichen Körperteils platziert, und mitten auf dem Brief prangte ein mit knallrotem Lippenstift gestempelter Kussmund.

Es befanden sich noch einige Briefe, in ähnlicher Weise geschrieben, in dem Umschlag, außerdem enthielt er noch eine Reihe Fotos, die die Liebhaberin zeigten, meistens in sexy und eindeutigen Posen. Auf zwei Bildern war auch Wilhelm im Liebesspiel mit der Frau abgebildet.

Holten kannte diese Dame. Es war eine Pilotin aus ihrer Flugsportgruppe, die in Posthausen wohnte.

Er konnte das alles kaum glauben.

Konnte ein lebenserfahrener, etablierter, knapp fünfzigjähriger Mann mit einer intakten Familie in einer solch leidenschaftlichen Beziehung stecken?

Ihm fiel ein, dass einer seiner Sportkameraden, als sie nach anstrengender sportlicher Betätigung in »Beckmanns Gasthof« beim Bier gesessen und über Lehmberg gesprochen hatten, erwähnt hatte, dass er ihn Hand in Hand mit einer attraktiven Frau in Bremen gesehen hatte. Doch Holten hatte nicht länger darüber nachgedacht, da er für gewöhnlich nicht viel darauf gab, wenn man sich über das Privatleben anderer ausließ.

Als hätte er etwas Verbotenes angefasst, steckte er alles schnell wieder in den Umschlag und schob ihn zuunterst in den dritten Ablagekorb. Wusste Elke von dieser Beziehung?

Ein Gedanke schoss ihm durch den Kopf: Wilhelm Lehmberg hatte als Architekt einen Geländewagen gefahren, und er war von einem Wagen mit großen Reifen überfahren worden. Elke benutzte den Wagen auch manchmal – und sie konnte gut schießen. Sie war Mitglied im Schützenverein, und die Hellweger Damenriege, zu der sie gehörte, hatte vor einigen Jahren sogar schon einmal den Landesmeisterschaftstitel erkämpft.

Hatten sie es mit einem Mord aus Eifersucht zu tun, und bestand zwischen beiden Fällen doch kein Zusammenhang? Oder noch schlimmer: Hatte Elke auch Riecker umgebracht, weil sie eine belastende Aussage von ihm befürchtete?

Holten kannte die Statistiken und wusste nur allzu gut, dass die Schuldigen bei Tötungsdelikten häufig im engsten Familienkreis zu suchen waren.

Wenn Elke von der Affäre gewusst hatte, musste er auch von dieser Möglichkeit ausgehen und mit ihr ein ernstes Gespräch führen.

Er schob diese Gedanken jedoch zunächst zur Seite und fuhr mit der Suche fort. Der erste Ablagekorb brachte kein Ergebnis, aber schon bei der ersten Klarsichthülle des zweiten wurde er fündig:

Auf dem Aufkleber stand:

Benz

Betonarbeiten

Holten fand zunächst den üblichen Schriftwechsel, doch steckte unmittelbar hinter dem Vertrag mit der Firma Setter die Kopie eines Briefes an den Unternehmer mit einer Mängelrüge. Lehmberg hatte ihm hierin mitgeteilt, dass die von der Firma Setter hergestellte Betonsohle nicht abgenommen und bezahlt werden könne, weil sie nicht richtig eingebaut sei, und hatte die Abstellung des Mangels verlangt. Trotzdem fand er als nächstes Schriftstück eine recht hohe Abschlagsrechnung des Handwerkers mit einem handschriftlichen Aufmaß. Holten konnte die Schrift eindeutig identifizieren; sie stimmte mit der des Drohbriefes überein. Aus weiteren Dokumenten ging hervor, dass der Baumangel nicht beseitigt und die Rechnung vom Bauherren somit auch nicht bezahlt worden war. Holten konnte sich durchaus vorstellen, dass dies einer kleinen und finanziell nicht auf sicherem Fundament stehenden Firma schon den Garaus machen könnte.

Es handelte sich um Firma Setter mit Sitz in Hassendorf. Holten hatte noch nie von ihr gehört.

Er stand auf, legte die Klarsichthülle mit dem Vorgang ›Benz – Betonarbeiten –‹ in einen großen, leeren Umschlag, den er auf dem Schreibtisch fand, und steckte den jetzt nicht mehr anonymen Brief dazu. Nach langem Zögern fingerte er den Umschlag mit den Beweisen von Wilhelm Lehmbergs Liebesaffäre aus dem Ablagekorb heraus und schob ihn dazu.

Wenn Elke die Briefe und Fotos kannte, hätte sie sie bestimmt schon vernichtet. Falls sie nichts davon wusste, wollte Holten ihr den Anblick und damit zusätzliches Leid ersparen. Ein ungutes Gefühl hatte er trotzdem.

Er trat mit den Unterlagen in der Hand auf den Flur.

»Elke?«

Er hörte ihre Stimme aus der Küche:

»Max, bist du fertig?«

Ehe er antworten konnte, stand sie bereits im Flur.

»Hast du etwas gefunden?«

»Ja, genug. Ich weiß, wer der Schreiber war.«

»Wer war es?«, fragte sie erwartungsvoll.

»Setter aus Hassendorf.«

»Wer ist das?«

»Ein Handwerker, der für ein von Wilhelm betreutes Bauvorhaben gearbeitet hat.«

»Und wird er uns etwas antun?«, drängte sie und schaute ihn mit bangen Augen an.

»Das nehme ich nicht an«, winkte er gelassen ab.

»Ich glaube, der wollte nur mal seinen Frust ablassen. Ich werde bei nächster Gelegenheit einmal bei ihm vorbeifahren und mit ihm sprechen.«

So sicher, wie er tat, war er nicht. Die Briefe Setters waren nicht eben der Inbegriff der Höflichkeit gewesen.

Als Holten aus der Haustür trat, hob er den dicken Briefumschlag in die Höhe und sagte beiläufig:

»Das nehme ich leihweise mit, wenn du nichts dagegen hast.«

Sie nickte.

»Nimm alles mit, was du brauchst.«

Er sah ihr lange prüfend in die Augen und versuchte dann den ältesten Polizistentrick der Welt:

»Hast du eigentlich davon gewusst?«

Er spürte mehr als dass er sah, wie ein Schleier über ihre Augen huschte. Sie schüttelte den Kopf.

»Nein.«

Als er bereits auf dem Weg zur Straße war, rief sie ihm hinterher:

»Was meinst du eigentlich?«

Er winkte ihr zu und antwortete nicht. Er war sich sicher, sie hatte es gewusst.

Den gesamten Nachmittag über versuchte Holten, die Gedanken an den Fall Lehmberg abzuschütteln und an etwas anderes zu denken. Wieder einmal war ihm nicht klar, wie und wo er weitermachen sollte. Er hatte es jedoch oft erlebt, dass es für ihn häufig hilfreich war, wenn er sich auf einem gänzlich anderen Gebiet betätigte, um die festgefahrenen Gedanken zu einem bestehenden Problem zu lockern.

Deshalb kam es ihm sehr gelegen, dass für heute ein musikalischer Übungsabend mit seiner Band eingeplant war, und er hatte genug damit zu tun, sich vorzubereiten. Er musste die nötigen Unterlagen und Aufnahmen zusammenbringen und brauchte einige Stunden, um die nötigen Abläufe, Texte, Stimmen und Fingersätze einzuüben.

Um neunzehn Uhr verließ er das Haus, und wenige Minuten vor Mitternacht war er zufrieden und entspannt wieder daheim.

Sein Fall holte ihn jedoch wieder ein.

Seine liebe Susanne war von ihrem Lehrgang zurückgekehrt, und er war sehr erstaunt, dass sie noch wach war. Sie saß, eine Illustrierte lesend, im Wohnzimmer, und auf dem Tisch sah Holten zwei leere Rotweingläser stehen. Bis vor kurzer Zeit musste also noch Besuch da gewesen sein.

»Anja war heute Abend noch hier, sie ist eben erst gegangen«, begrüßte sie ihn, als hätte sie seine Gedanken gelesen.

»Und hattet ihr einen netten Abend?«, fragte er und nahm sie in die Arme.

»Eigentlich nicht. Was sie erzählt hat, war nicht gerade nett. Willst du mal raten?«

Was sollte schon sein? Hatte der Älteste die Schule geschmissen, war die Große schwanger und wusste nicht von wem, oder war die Kleine beim Ladendiebstahl erwischt worden? Seine Musikerkollegen und er hatten hart gearbeitet, er war einigermaßen erschöpft und war nicht zu Ratespielen aufgelegt, also zuckte er nur mit den Schultern, bevor er sich auf das Sofa warf und die Beine lang ausstreckte.

»Ich brauche jetzt etwas Erfrischendes.«

»Das hat noch einen Moment Zeit«, erhielt er als Antwort.

Das klang irgendwie merkwürdig, und sie fuhr fort:

»Bernd ist verhaftet worden.«

Das saß. Er setzte sich wieder auf.

»Bernd ist verhaftet worden? Warum?«

Ihm war zwar klar, dass von Taten Kasing als Hauptverdächtigen betrachtete, doch gerade weil dies von Tatens Idee war, hatte er eigentlich nicht damit gerechnet, dass noch irgendjemand anders dieser Meinung sein könnte und er einen Haftbefehl bekommen würde.

»Na, wegen Mordverdachts ja wohl. Von Taten war heute Mittag wieder einmal bei Kasings. Er hat noch einmal das Haus und das Büro durchsucht, Bernd und Anja verhört und die Gewehre mitgenommen. Nach Feierabend haben sie ihn abgeholt.«

»Idioten«, entfuhr es Holten.

»Anja war ganz aufgelöst und hat sich erst einmal ausgeweint. Dann hat sie sich erkundigt, ob du nicht irgendetwas gefunden hast, um ihn zu entlasten«, berichtete sie.

»Ich konnte sie nur mit einem großen Quantum Rotwein beruhigen. Und, hast du nun?«

Er zögerte mit der Antwort. Zu viel hatte er in der Zwischenzeit erfahren.

»Ja, gefunden habe ich schon etwas. Für mich. Ich weiß, dass ich auf dem richtigen Weg bin, wenn ich in Richtung Fliegerei weiterermittle. Aber jetzt haben sich noch zwei neue Möglichkeiten aufgetan.«

»Was heißt das nun wieder? Sprich nicht in Rätseln.«

Er stand auf, ging zum Schreibtisch und warf ihr wortlos den Umschlag, den er von Lehmbergs mitgenommen hatte, auf den Tisch. Sie holte einige Briefe und Fotos aus dem Umschlag und bekam große Augen, während er ihr erzählte, was er am Vormittag und in den vergangenen Tagen erfahren hatte.

Susanne schaute schweigend und fasziniert auf die auf dem Tisch ausgebreiteten Fotos, und als sie sich nicht äußerte, klagte Holten:

»Aber als Entlastung für Bernd reicht es nicht, und in von Tatens Augen erst recht nicht. Wenn ich es nicht besser wüsste, würde auch ich Bernd verdächtigen. Ich befürchte fast, er wird eine Zeit lang nicht zu Hause sein.«

Er stand auf, holte sich den letzten Kaffee aus der Küche und überlegte dabei, was er überhaupt wusste. Zurück im Wohnzimmer fasste er dann laut für seine Frau zusammen:

»Erstens: Wilhelm war Dienstag am Flugplatz, das wissen wir von Mullemann. Riecker behauptet, ihn nicht gesehen zu haben, obwohl er nach eigener Aussage den ganzen Tag am Platz war. Dann wird Wilhelm umgebracht und von Bernd gefunden. Ein großes Flugzeug ist an dem Tag gelandet und gestartet, das sagt Pauschen. In den Startlisten ist nichts aufgezeichnet, obwohl Riecker am Platz war, und er behauptet, es sei den ganzen Tag kein Flugbetrieb gewesen. Riecker zahlt seit längerer Zeit jeden Mittwoch fünfhundert Euro auf sein Sparbuch ein, und an jedem Dienstag davor ist ein Kreuzchen in seinem Kalender. Auch an Wilhelms Todestag. Riecker wird dann ebenfalls ermordet. Von Taten nimmt an, dass Bernd Wilhelm überfahren und anschließend auch Riecker erschossen hat, und ich kann nichts dagegensetzen. Das ist alles. Punkt.«

Er stützte seinen Kopf in seine Hand.

»Und dienstags ist Rieckers freier Tag, an dem kein Mensch zum Platz kommt, um zu fliegen«, fügte er dann noch hinzu.

»Dann wäre es doch vorstellbar, dass an jedem Dienstag ein zweimotoriges Flugzeug in Riedauer Heide gelandet ist. Weil das nicht zulässig ist, hat Riecker dafür gesorgt, dass es niemand erfährt und hat dafür jedes Mal fünfhundert Euro bekommen«, sagte seine kluge Frau.

Holten steckte sich eine Zigarette an.

»Das habe ich auch schon vermutet, aber wenn Lehmberg ein Flugzeug, das hier nicht landen darf, bemerkt hat, musste er nicht zum Schweigen gebracht werden. So etwas gibt vielleicht ein bisschen Aufregung, sonst nichts. Außerdem ist es unmöglich, dass ein so dicker Bomber fast ein Jahr lang jeden Dienstag auf unserem Platz landet und niemand etwas bemerkt.«

»Aber wenn es schon länger und ziemlich regelmäßig so passiert wäre, wären es bestimmt wichtige Landungen«, bemerkte Susanne.

»Wenn wichtige Dinge in aller Heimlichkeit getan werden,

handelt es sich erfahrungsgemäß um Weihnachtsgeschenke oder um Verbrechen.«

Sie schwiegen.

»Aber es kann nicht sein. Es ist einfach völlig undenkbar, dass eine Maschine von diesem Kaliber ein Jahr oder länger jeden Dienstag auf unserem Platz landet und es niemandem auffällt, besonders, da wir mit einem Luftraumbeobachter namens Pauschen gesegnet sind.«, wiederholte Holten.

»Das ist alles ziemlich unwahrscheinlich.«

Holten streckte sich wieder auf dem Sofa aus, er war zu müde zum Nachdenken und murmelte vor sich hin:

»Zweite Möglichkeit: Wilhelm hat ein heißes Verhältnis mit der scharfen Doris vom Flugplatz. Er trifft sich hin und wieder dort mit ihr. Elke hat irgendwie davon erfahren. Sie folgt ihm am Dienstag mit dem Geländewagen, als er gegen Abend mit dem Fahrrad losfährt. Sie beobachtet die beiden am Flugplatz und überfährt Wilhelm in einem Anfall von Eifersucht. Sie vermutet, dass Riecker davon etwas mitbekommen hat, und ermordet ihn kaltblütig als eventuellen Mitwisser, der ihr gefährlich werden könnte.«

»Nun mach aber mal einen Punkt! Das ist völlig unmöglich!«, protestierte seine Frau.

»Lass uns von etwas anderem sprechen.«

Holten ließ sich nicht ablenken.

»Dritte Möglichkeit: Setter hat mit Freundlichkeit und Drohungen versucht, Geld von Wilhelms Bauherrn Benz zu bekommen. Wilhelm gibt die Zahlung nicht frei, weil die Arbeit nicht mängelfrei ist. Setter bekommt kein Geld, und seine Firma geht in Konkurs. Er ist natürlich wütend auf Lehmberg, nicht auf sich selbst, weil er schlecht gearbeitet hat. Zufällig sieht er Wilhelm bei seiner abendlichen Tour auf dem Fahrrad und bringt ihn um, und weil es ihm Spaß gemacht hat, erschießt er auch noch Riecker.«

»Nun werd nicht komisch. Wer ist denn Setter?«

»Ein Bauunternehmer aus Hassendorf, der für einen Kunden von Wilhelm gearbeitet hat.«

Weil Holten nicht weiterwusste, wurde er von einer Welle des Galgenhumors erfasst:

»Oder es war der autofahrende Schimpanse aus dem Zirkus, der neulich in Sottrum war und bei seinem abendlichen Ausflug aus Versehen Wilhelm erwischt hat. Riecker hat ihn gesehen, und damit der Affe nicht verhaftet wird, hat ihn der Kunstschütze aus der Westernshow erledigt.«

»Pass auf, ich lache gleich.«

Sie steckte alles wieder in den Umschlag und schüttelte den Kopf.

»Das ist unglaublich.«

Er hatte die Augen geschlossen und sagte nur noch einen Satz:

»Womöglich war es aber auch ganz anders.«

»Lass uns ins Bett gehen«, sagte seine Frau.

Holten überlegte, ob sie nur müde war oder ob sie überhaupt nicht müde war.

TURBULENZEN

Holten wollte Kasing nicht länger als unbedingt notwendig in Untersuchungshaft schmoren lassen, deshalb war jetzt Eile geboten. Er hatte erlebt, dass Menschen, die in Untersuchungshaft waren, die unglaublichsten Taten, auch Kapitalverbrechen, gestanden hatten, nur damit sie dem täglichen grauen Einerlei ihrer Lage entkommen konnten und ihr Fall endlich weiter behandelt wurde.

Nach wie vor waren für ihn die Ungereimtheiten im Zusammenhang mit ihrem Flugplatz als Erstes aufzuklären.

Die einzige Möglichkeit, unter Umständen etwas über einen ungewöhnlichen Flugverkehr herauszubekommen, waren Informationen von der Flugsicherung, und die einzige Verbindung, die Holten zu dieser Stelle hatte, war Jan-Ole Wing. Holten kannte ihn, weil er auch Pilot und Vereinsmitglied war. Jan hatte schon im Towerdienst in Frankfurt gearbeitet und war jetzt in der Regionalkontrolle in Bremen. Er kannte den ganzen Betrieb ziemlich gut.

Gerade als er zum Telefon ging, um Wing anzurufen, läutete es an der Tür, und von Taten winkte ihm durch das Glas der Haustür zu. Er hatte heute rotbraune Knickerbocker an. Holten begrüßte ihn nicht gerade überschwänglich, bat ihn aber trotzdem herein.

»Was verschafft mir die Ehre, wenn es nicht gerade Teedurst ist?«

»Der ist es auch, aber nicht allein«, sagte der Kurze und machte sich in Siegerpose im Sessel breit. »Ich wollte dir eigentlich nur die neusten Ermittlungsergebnisse mitteilen.«

»Das ist nett von dir«, entgegnete Holten höflich, obwohl ihn von Tatens ›Ergebnisse‹ und die sich daraus ergebenden

Konsequenzen nicht besonders interessierten.

Er bereitete den gewünschten Becher Tee, stellte den Zucker und die Milch dazu und steckte sich eine Zigarette an, bevor er sich von Taten gegenüber auf das Sofa setzte.

Von Taten fing sofort an:

»Du hast mich ja am Montag selbst auf die Idee mit Kasing gebracht. Wir sind also hingefahren und haben ihn gefragt, wo er am Montagmorgen gewesen ist. Er hat gesagt, er ist gleich nach Arbeitsbeginn, also um sieben Uhr, nach Sottrum gefahren, um dort irgendetwas auf einer Baustelle zu erledigen. Nun hat aber der zweite Firmenwagen, der noch in der Firma ist – der andere ist ja noch beschlagnahmt -, einen Fahrtenschreiber, und wir haben uns die Scheibe geholt. Daraus geht hervor, dass er nur drei Minuten gefahren ist, dann gut eine Stunde nicht, und dann wieder drei Minuten. In drei Minuten fährt niemand in einem Transporter von Hellwege nach Sottrum, wohl aber bis zum Hochsitz.«

Holten schwieg. Von Taten sah ihn erwartungsvoll an.

»Und was hat er dazu gesagt?«, fragte er schließlich, um von Taten einen Gefallen zu tun.

»Nichts mehr. Er wurde dann etwas verstockt. Er hat darauf bestanden, dass er in Sottrum war, das könnten wir nun glauben oder nicht. Dann hat er uns stehen lassen und ist in die Werkstatt gegangen. Wir waren alle sicher, dass er lügt.«

»Und dann habt ihr ihn verhaftet.«

»Was hättest du denn gemacht? Ja, ich weiß schon, was du fragen willst. Natürlich haben wir kein Geständnis, aber wir haben genug Indizien. Ich habe einen Haftbefehl beantragt, ihn bekommen und Kasing dann festgesetzt.«

Holten saß still auf dem Sofa und blickte nachdenklich zu von Taten hinüber, der sich mit dem stolzen Lächeln des Siegers zurücklehnte. Er spielte nach dieser Nachricht schon mit dem Gedanken, die ganze Sache hinzuwerfen. Was konnte er noch tun? Aber vielleicht war es dieses Grinsen, das ihn anspornte, nicht aufzugeben und von Taten zu beweisen, dass er, wie immer, falsche Schlüsse gezogen hatte.

»Du bist auf der falschen Fährte, mein Lieber, verrenn dich nicht.«

Das war ziemlich schwach und nicht überzeugend, Holten wusste das, doch etwas Besseres war ihm nicht eingefallen. Die Gedanken und Überlegungen, die er zu diesem Fall hatte, wollte er von Taten noch nicht preisgeben, er hätte ohnehin nur ein noch spöttischeres Grinsen geerntet.

»Ich weiß, dass du gute Beziehungen zu Kasing hast, aber das macht ihn nicht unverdächtiger als andere. Und dieses Mal habe ich recht, es spricht zu viel gegen ihn. Die Jagdgewehre seines Vaters haben wir übrigens mitgenommen. Ich nehme an, wir werden die Mordwaffe darunter finden, wir untersuchen das gerade.«

»War der Waffenschrank denn nicht gesichert?«

»Das sollte er gewesen sein, ja, als wir aber nach den Gewehren gefragt haben und zum Schrank gegangen sind, war er unverschlossen, und der Alte sagte, er hätte den Schlüssel verloren.«

So viele Zufälle konnten nicht sein, und wäre von Taten nicht so ausgesprochen sicher gewesen, hätte Holten aufgegeben. Wo war der Fehler in von Tatens Indizienkette?

Es war das Motiv!

Von Taten hatte einige Beobachtungen gemacht und daraus Folgerungen gezogen, die wohl zueinander passen mochten. Doch bei dem Motiv konnte er auf nichts anderes als auf Spekulationen zurückgreifen. Allein aus diesem Grunde war Holten entschlossen, weiterzuforschen.

Von Taten hatte seinen Tee ausgetrunken und ausreichend triumphiert. Er klemmte seine Jacke unter den Arm und ging zur Tür.

»Lass die Sache laufen und mach dir einen schönen Tag.«

Und damit war er verschwunden.

›Du mich auch‹, dachte Holten.

Er fragte sich, wie lange er diese Besuche noch würde ertragen müssen.

Er ließ sich wieder aufs Sofa fallen, lehnte sich zurück und blieb in dieser Haltung lange unbeweglich sitzen. Jetzt hieß es schnell und taktisch klug handeln, denn auf einen Indizienprozess, und darauf würde es wahrscheinlich hinauslaufen, sollte man es nicht ankommen lassen. Kasing würde hoffentlich nichts gestehen, wenn er nichts verbrochen hatte, aber von Taten könnte seine Theorie sicher überzeugend darlegen und mit Indizien untermauern. Das Ende wäre offen und womöglich fatal.

Leider standen Holten nicht die Mittel zur Verfügung, die er als Kriminalpolizist gehabt hatte, und so musste er die Beziehungen, die er hatte, nutzen.

Er ging zum Telefon und wählte die Nummer von Jan-Ole Wing. Nach dem dritten Rufzeichen sprang der Anrufbeantworter an, und Holten konnte lediglich um Rückruf bitten. Er hoffte, dass Wing nur im Dienst war und nicht in Urlaub.

Am späten Nachmittag meldete Wing sich. Er war meistens guter Dinge und hatte die seltene und beneidenswerte Gabe, immer gute Laune um sich herum zu verbreiten.

»Hi, Max, was verschafft mir die Ehre? Du hast mich ja noch nie angerufen.«

»Jaja, irgendwann ist immer das erste Mal«, brachte Holten den alten Spruch, »und ich habe auch einen Grund. Ich hoffe, dass du mir helfen kannst.«

»Ja, jederzeit gern«, sagte Wing fröhlich, »was darf´s denn sein?«

Holten druckste ein wenig herum, denn sein Ansinnen war zugegebenermaßen schon recht ungewöhnlich, und sein

Gesprächspartner wollte auch sicher den Grund für seine Nachforschungen wissen. Deswegen war es besser, wenn Holten ihm gleich den Wind aus den Segeln nehmen würde.

»In einem ganz bestimmten Fall muss ich Ermittlungen anstellen. Ich kann dir aber im Moment leider nicht sagen, worum es geht. Frag mich bitte nicht, ich werde dir später alles erklären.«

»Na, dann fragen Sie bitte jetzt!«

Das klang schon nicht mehr ganz so überschwänglich, aber immerhin interessiert. Wing schwieg nun gehorsam und stellte keine weiteren Fragen, und so fuhr Holten fort:

»Bei der Flugsicherung gibt es doch sicher irgendwo ein Archiv, in dem alle Flugbewegungen, die in eurem Bereich abgelaufen sind und mit denen ihr etwas zu tun gehabt habt, dokumentiert sind.«

»Ja, das haben wir, natürlich.«

»Dann möchte ich dich bitten, etwas über den gesamten Flugverkehr in unserer Region an einem ganz bestimmten Tag herauszubringen. Geht das? Es würde mir sehr helfen.«

»Naja, das ginge schon, aber was meinst du mit ›gesamtem Flugverkehr‹?«

»Damit meine ich den gesamten Traffic, den ihr bei euch abgewickelt habt, also Regionalkontrolle, Informationsdienst, Tower, Anflugkontrolle, eben alles«, erklärte Holten und fügte großzügig hinzu: »Naja, die Rollkontrolle kannst du dir sparen.«

»Oha.«

Wing bekräftigte diesen kurzen Kommentar mit einem bedeutungsschweren Pfeifen, und dann war es eine längere Zeit still in der Leitung.

»Möglich ist das schon«, sagte Wing schließlich, »aber das ist ein Haufen Arbeit. Machen könnte ich das trotzdem.«

Dann lachte er leise.

»Was bekomme ich denn dafür?«

»Ich könnte dich zum Beispiel zum Essen einladen.«

»Ah, so viel hatte ich ja gar nicht erwartet«, war die fröhliche Antwort. »Na, dann los! Um welchen Tag geht es denn nun, du fragst doch sicherlich nicht nur rein theoretisch«, und, als Holten ihm das Datum genannt hatte, »und was interessiert dich da besonders?«

»Übrigens, war das nicht der Tag, an dem Wilhelm Lehmberg umgekommen ist?«, fügte er nach einer Pause noch nachdenklich hinzu.

»Ja, das war der Tag«, bestätigte Holten und fuhr dann schnell fort:

»Im Grunde geht es mir um alle besonderen Vorfälle, ob zum Beispiel ein Notruf eingegangen ist, ob vielleicht irgendein Sonntagsflieger die Orientierung verloren hat, ob es Luftraumverletzungen gab oder so etwas. Und ganz besonders möchte ich wissen, falls du etwas findest, ob vielleicht eine Mitsubishi Solitaire daran beteiligt war.«

»Roger, das ist verstanden. Ich frage auch nicht weiter, ich kann mir jetzt ohnehin schon denken, worum es geht. Sag mal, diese Geschichte am Flugplatz, glaubst du, dass Bernd etwas damit zu tun hat?«

Natürlich hatte sich Kasings Verhaftung inzwischen unter den Vereinsmitgliedern herumgesprochen. So etwas ließ sich nicht geheim halten.

»Natürlich hat er das nicht!«, entgegnete Holten, wobei ihm der Gedanke kam, dass er wahrscheinlich der Einzige war, der das glaubte.

»Was meinst du, wann du mir etwas sagen kannst?«, fragte er.

»Eine Woche brauche ich mindestens, bis ich alles durchgeackert habe. Ich werde womöglich auch einige Kollegen mit einschalten müssen, allein ist mir das zu viel. Aber Ende nächster Woche werde ich mich wohl melden«, antwortete Wing.

Holten bedankte sich und legte auf. Jetzt konnte er nichts anderes tun als warten.

Die Sonne schien, als Holten sich am nächsten Vormittag auf seinen Drahtesel schwang und sich in Richtung Hassendorf aufmachte.

Da er ohnehin auf Wings Informationen warten musste, hatte er in der Zwischenzeit Gelegenheit, zu prüfen, was es mit seinen Entdeckungen über Setter, aber auch über Elke Lehmberg auf sich hatte.

Heute wollte er klären, ob Setter etwas mit Lehmbergs Tod zu tun haben konnte.

Es waren ungefähr zehn Kilometer bis Hassendorf, Holten ließ sich Zeit und den Wind um die Nase wehen. Der kühle Fahrtwind ließ seine Gedanken klar werden. Er glaubte im Grunde nicht, dass Setter etwas mit dem Fall zu tun hatte, da zu viele Indizien in Richtung Flugplatz wiesen. Und doch wollte er sichergehen.

Er kannte sich in Hassendorf nur wenig aus und wusste nicht, wo er die Rosenstraße finden sollte, in der Setters Firma gemäß Briefkopf ansässig sein sollte. Im Garten des zweiten Hauses hinter dem Ortsschild arbeitete ein älteres Ehepaar an den Beeten im Vorgarten. Das Haus und der Garten sahen so aus, als ob sie sich jeden Tag dort beschäftigten. Holten hielt an.

»Guten Morgen«, grüßte er freundlich.

»Moin, Moin«, war die Antwort.

Die Frau machte einige Schritte in Richtung Gartenpforte.

»Ich suche die Rosenstraße, können Sie mir helfen?«

»Ja, das kann ich«, antwortete sie, »Sie fahren einfach bis zur nächsten Straße, die rechts abzweigt, und biegen bei der nächsten Möglichkeit wieder rechts ab. Dann ist die Rosenstraße die zweite links.«

Holten bedankte sich und wollte gerade wieder losfahren, als sie ihm zuwinkte, sodass er wieder stehen blieb.

»Sagen Sie mal, wo wollen Sie denn da hin?«

Sie war neugierig. Jetzt hörte auch ihr Mann auf zu harken und blickte ihn aufmerksam an.

»Ich will zur Firma Setter, wenn Sie nichts dagegen haben.«

»Na, das habe ich mir gedacht.«

»Warum haben Sie sich das gedacht?«

»Naja, Hassendorf ist nicht so groß, und wenn etwas passiert, weiß man es gleich«, erklärte sie.

»Und was ist passiert?«

»Der ist pleite. Was wollen Sie denn von ihm? Geld? Sind Sie der Gerichtsvollzieher?«

»Nein, nein, das zum Glück nicht. Aber was ich von ihm will, kann ich Ihnen leider nicht sagen. Das ist ein Geheimnis.«

Sie schwieg überrascht.

Holten war sicher, dass das Schweigen nicht lange anhalten würde, nutzte den Moment und trat in die Pedale.

»Danke schön«, rief er noch über die Schulter zurück.

Er fand das Haus und Grundstück Setters wegen der guten Beschreibung sofort.

Die Immobilie machte wirklich nicht den Eindruck eines Sitzes einer gut gehenden Firma. Auf dem vorderen Teil stand in einem ungepflegten Vorgarten ein renovierungsbedürftiger, eingeschossiger Bungalow, auf dem hinteren Teil standen und lagen ohne erkennbare Ordnung Baugeräte, -werkzeuge und Material. Er konnte nicht beurteilen, was davon noch zu verwenden war – viel konnte es jedenfalls nicht sein. Das gesamte Grundstück war von einem ungefähr zwei Meter hohen Zaun umgeben, der an einigen Stellen beschädigt war.

Auf der Einfahrt stand, wie Holten sofort bemerkte, ein Pritschenwagen mit Reifen, die durchaus die gefundenen Spuren verursacht haben könnten.

In Holten keimte ein unangenehmer Verdacht auf, der bestätigt wurde, als er an der Eingangspforte das kleine Schild

HIER WACHE ICH !

mit der Abbildung eines Schäferhundes entdeckte.

Holten hatte eine merkwürdige Beziehung zu Hunden: Er mochte sie, aber sie mochten ihn nicht. Er war schon einige Male gebissen worden und war inzwischen vorsichtig geworden.

Doch heute musste er in den sauren Apfel beißen. Er schob die Pforte auf und näherte sich dem Haus, immer in der Erwartung, von einem großen Hund überrascht zu werden. Aber es schien so, als ob niemand daheim sei.

Er war überrascht, dass die Türklingel funktionierte, und als er sie betätigt hatte, meldete sich im Innern mit heiserem Bellen ein Hund. Kurz darauf öffnete ein Mann die Haustür und hielt einen Schäferhund zurück, der sich wohl gern auf Holten gestürzt hätte. Der Mann war zwischen dreißig und vierzig Jahre alt, mittelgroß und kräftig gebaut. Er trug eine fleckige Hose, ein zerknittertes Hemd und einen Lederhut. Das Gesicht war unrasiert.

»Was wollen Sie?«

»Wenn Sie Herr Setter sind, möchte ich mit Ihnen sprechen.«

»Ich aber nicht mit Ihnen.«

Damit zog er den Hund am Halsband ins Haus zurück, um die Tür zu schließen.

»Du hast meine Firma und mich kaputt gemacht. Jetzt mache ich dich und deine Familie kaputt«, rief Holten durch die schon halb geschlossene Tür in den Flur.

Setter zuckte zusammen.

»Wer sind Sie?«

Holten entschloss sich, ein wenig zu flunkern.

»Holten ist mein Name. Ich komme von der Polizei.«

Dabei zog er seinen Personalausweis hervor, den er in einem aufklappbaren Etui bei sich trug, das er jetzt kurz aufklappte.

»Kommen Sie rein«, sagte der Mann mürrisch.

»Ich wusste ja, dass ihr irgendwann kommt.«

»Wenn Sie den Hund wegnehmen.«

Setter sperrte den Hund hinter eine Tür, die vom Flur abging. Holten folgte ihm dann in eine Art Büro. Setter räumte einige Aktenordner von einem Stuhl und bot Holten dort Platz an. Dann fragte er sogar, ob er einen Kaffee haben wollte. Als Holten ablehnte, setzte er sich hinter den Schreibtisch und stützte den Kopf in die Hände. Setter bot einen erbärmlichen Anblick.

Er begann zu sprechen, bevor Holten auch nur eine Frage stellen konnte.

»Ja, ich wusste, dass ihr kommt, und ich habe auch«, er zögerte kurz, »den Brief geschrieben. Aber ich hab´s natürlich nicht so gemeint.«

Plötzlich richtete er sich auf und schlug mit der Faust auf den Tisch. »Aber arbeiten Sie mal jahrelang, jeden Tag, ohne Pause, ohne Urlaub, weil Sie eine gut gehende Firma haben wollen. Und trotzdem geht immer irgendetwas schief.«

Im Nebenraum begann der Schäferhund zu bellen und an der Tür zu kratzen.

»Einmal zahlt der eine Kunde nicht, dann will das Finanzamt Geld haben. Und dann auch noch die Sache mit Benz. Der war in Ordnung, wirklich, und ich hätte mich mit ihm auch einigen können, aber dieser Lehmberg hat ja dazwischengefunkt. Ich habe kein Geld gekriegt. Da war es dann vorbei, und ich hatte kein Geld mehr. Meine Freundin ist abgehauen, als die Zeiten schlecht wurden. Tja, und dann hab´ ich am Sonntag den Brief geschrieben und nachts in seinen Briefkasten geworfen, weil ich wütend war. Und dann wird der am Dienstag auch noch umgebracht.«

Er wurde leiser.

»Aber ich hätte ihm natürlich nie etwas getan. Glauben Sie mir das?«

Und dann noch einmal:

»Glauben Sie mir das?«

Holten neigte dazu, ihm das abzunehmen. Hier saß ein verzweifelter Mensch vor ihm, der seine Existenz verloren und aufgegeben hatte. Andererseits hatte Setter sich auf das Erscheinen der Polizei vorbereiten und sich ein passendes Schauspiel zurechtlegen können.

»Ich will das einmal so zur Kenntnis nehmen«, sagte Holten ruhig.

»Was haben Sie denn an diesem Dienstag zwischen siebzehn und zwanzig Uhr gemacht?«, fragte er dann.

»Was soll ich schon gemacht haben. Ich hab´ hier herumgesessen, ein Bier getrunken und ferngesehen. Den Fernseher hat mir der Kuckuckskleber ja noch gelassen.«

»Kann das jemand bezeugen?«

»Nein, bei meinem Glück natürlich nicht. Höchstens Gozilla.«

»Wer ist das?«

Holten kannte diesen Namen nur aus japanischen Filmen zweifelhafter Qualität.

Trotz der für ihn nicht angenehmen Situation grinste Setter jetzt.

»Mein Hund. Prima Name, oder?«

Er stand auf, ging auf den Flur und öffnete die Tür zu

dem Raum, in dem das Monster eingesperrt war. Der Hund stürzte durch die Tür auf Holten, der zurückgezuckt war, los und stoppte dann jedoch kurz vor ihm, um ihn nach Hundeart zu beriechen. Die Prüfung schien zu seiner Zufriedenheit ausgefallen zu sein, denn er setzte sich jetzt artig neben den Stuhl und versuchte, seinen Kopf unter Holtens Arm zu schieben, um gestreichelt zu werden.

»Der tut immer nur so, wie er heißt«, sagte Setter, »aber er ist ein lieber Kerl.«

Er zog das Tier zu sich herüber und klopfte ihm lobend auf den Kopf. Der Hund legte sich ruhig auf den Boden und wedelte mit dem Schwanz.

Setter wandte sich wieder Holten zu und sprach weiter:

»Und angerufen hat mich auch niemand, wenn Sie das fragen wollen. Mein Telefon ist abgemeldet.«

Tatsächlich hatte Holten vorgehabt, sich danach zu erkundigen.

»Muss ich jetzt meine Sachen packen? Verhaften Sie mich jetzt?«, fragte er dann.

›Der Mann hat schon viele Krimis im Fernsehen angeschaut‹ dachte Holten und schüttelte den Kopf.

»Nein, fürs Erste ist es genug.«

Schwanzwedelnd kam Gozilla auf ihn zu, als er aufstand.

»Wenn ich Sie mitnähme, müsste ich ja Ihren Hund versorgen.«

Er ging zur Tür, und Setter folgte ihm.

Mit den Worten »Sie werden aber noch von uns hören«, verabschiedete er sich von Setter und ging, von Gozilla eskortiert, die Einfahrt hinunter.

Als er an der Pforte stand, pfiff sein Herr, und der Hund sauste zurück zum Haus.

Auf dem Rückweg musste Holten sich kräftig abstrampeln, weil der Wind natürlich wieder von vorn kam.

Er konnte nicht ausschließen, dass Setter etwas mit Lehmbergs Tod zu tun hatte. Er konnte leicht aufbrausen, das hatte er festgestellt, und in der entsprechenden Situation wäre er wahrscheinlich unberechenbar. Er musste Tessmann überreden, einen Profilabdruck der Reifen von Setters Pritschenwagen zu nehmen, ohne dass von Taten etwas davon erfuhr. Ansonsten war er so schlau wie vorher.

Holten konnte und wollte das Gespräch mit Elke Lehmberg nicht länger hinauszögern. Es machte ihn nervös, dass er nicht weiterkam und dass er immer noch im Nebel herumstocherte. Das Gespräch mit Setter hatte nichts Konkretes gebracht, also stand er am nächsten Tag zur Kaffeezeit vor der Eingangstür von Lehmbergs Haus.

Elke begrüßte ihn nicht, als sie ihm öffnete.

»Komm rein«, war das Einzige, was sie sagte.

Sie war allein zu Haus. Ihr älterer Sohn Markus wohnte seit einem Jahr in Hamburg, weil er dort einen guten Job hatte. Christian, der jüngere, studierte, in die Fußstapfen seines Vaters tretend, Architektur in Berlin.

Irgendwie war Elke heute anders als gewöhnlich. Sie trug ein weites Baumwollkleid, das ihr bis kurz über die Knie reichte, vielleicht war es auch ein übergroßes T-Shirt? Holten, der in Fragen der Haute Couture nicht sonderlich bewandert war, vermutete, dass es auch hierfür sicherlich eine richtige modische Bezeichnung gab. So lässig hatte er Elke allerdings noch nie gesehen. Selbst wenn sie im Sommer im Garten arbeitete, trug sie normalerweise keine derart luftige Kleidung. Sie war ungeschminkt und sagte nichts, als sie vorausging. Auch das war eigentlich nicht ihre Art.

Als er ins Wohnzimmer trat, entdeckte er den Grund für ihre Wandlung. Auf dem Tisch stand eine fast geleerte Rotweinflasche und ein volles Glas daneben. Sie war angetrunken.

»Wenn du keine Zeit hast und etwas anderes vorhast, komme ich später noch einmal vorbei«, sagte Holten entschuldigend, denn irgendwie hatte er das Gefühl, dass er nicht im richtigen Moment erschienen war.

»Nein, nein«, antwortete sie gedehnt und ließ sich langsam auf dem Sofa nieder.

»Na, gut.«

Er setzte sich ihr gegenüber auf einen Sessel und fühlte sich unbehaglich.

»Kaffee?«

Natürlich kannten die Nachbarn seine Vorliebe für das schwarze Getränk. Weil er nicht länger als unbedingt nötig bleiben wollte, schüttelte er den Kopf. Die Atmosphäre gefiel ihm überhaupt nicht.

»Dann trink einen Schluck Wein mit mir. Ich muss mir immer allein zuprosten, und das macht keinen Spaß.«

Mit einer verneinenden Kopfbewegung lehnte er wieder ab, aber sie nippte an ihrem Glas. Holten wusste nicht so recht, wie er einen Anfang finden sollte, sie machte es ihm jedoch leicht, indem sie gleich zum Thema kam.

»Ich war mir ganz sicher, dass du irgendwann kommen und mir noch Fragen stellen würdest.«

Alle wussten anscheinend, dass er sie befragen wollte. Sie blickte ihm in die Augen, und er konnte den Anflug eines kleinen Lächelns in ihrer Miene entdecken, dessen Bedeutung ihm jedoch verborgen blieb.

»Natürlich hab´ ich´s gewusst. Ich bin ja nicht blöde. Als du gefragt hast, wusste ich sofort, was du meinst, und habe nur aus alter Gewohnheit ›Nein‹ gesagt.«

Sie nahm einen Schluck und lehnte sich zurück, bevor sie weitersprach.

»Kann ein Mann so dumm sein, sich so von diesem Flugplatzluder einwickeln zu lassen? Rennt wie ein Hund einer läufigen Hündin hinterher!

Und dabei habe ich gedacht, das interessiert ihn alles nicht mehr. Seitdem ich mit Christian schwanger war, hat er mich nicht mehr angerührt.«

Plötzlich stand sie auf und hob ihr Kleid bis zum Hals hoch. Sie trug nichts darunter. Holten bot sich der angenehme Anblick einer Mittvierzigerin, die auf ihren Körper geachtet und sich gut gepflegt hatte. Trotzdem senkte er seinen Blick. Elke stand da wie eine Statue.

»Da, schau her! Ist das nichts? Seit gut zwanzig Jahren hat mich kein anderer Mann mehr so gesehen. Ich habe gedacht, Wilhelm kann aus irgendwelchen Gründen nicht, aber er wollte mich nicht mehr!«

Den letzten Satz hatte sie herausgeschrien.

Sie blieb in dieser Haltung stehen und sagte kein Wort mehr. Holten kam es wie eine Ewigkeit vor.

Er war froh, als sie endlich den Vorhang wieder herunterließ und sich hinsetzte, denn er wusste, dass ihr dieser Auftritt später peinlich sein würde.

Jetzt sprach sie leise weiter:

»Die ganze Zeit habe ich gute Miene zum bösen Spiel gemacht und bin ihm immer eine gute Ehefrau gewesen – und immer treu. Und dann verrät er mich so!«

Holten hatte dieser emotionale Ausbruch zunächst die Sprache verschlagen.

»Ich habe ihn immer geliebt – manchmal aber auch gehasst.«

Trotzig schaute sie ihn an.

Sie tat ihm leid. Aber trotzdem und auch gerade wegen ihres Auftrittes konnte er ihr einige Fragen nicht ersparen. Er zündete sich eine Zigarette an.

»Wie lange hast du denn von dieser Geschichte gewusst?«

»Fast die ganze Zeit.«

Sie strich ihr Kleid glatt.

»Vor ungefähr einem halben Jahr erzählte er, dass er wegen eines Entwurfes einen Termin in Bremen hätte. Er musste dann ziemlich häufig dorthin, manchmal zwei Mal in der Woche. Dann habe ich in seiner Hemdtasche Kondome gefunden, die er wohl vergessen hatte herauszunehmen. Das hat mich stutzig gemacht. Du weißt jetzt ja, warum.«

Sie lächelte verächtlich.

»Irgendwann habe ich gefragt, wie er weiterkommt und ob der Entwurf bald fertig sei, und er hat irgendetwas von ›schwieriger Bauherr‹ gemurmelt. Dann bin ich eines Abends einfach hinter ihm hergefahren.«

Holten warf ihr einen kritischen Blick zu.

»Ja, ja, das habe ich gemacht. Er hat sie abgeholt, sie sind im Restaurant gewesen und dann zurück zu ihr gefahren. Ich habe gewartet, und er ist nicht wieder nach draußen gekommen. Er war um drei Uhr nachts zu Haus und roch, als er zu mir ins Bett gekrochen kam, nach einer fremden Frau. Da wusste ich es ja.«

»Haben die Jungs es gewusst?«

»Nein, bestimmt nicht, wenn er es ihnen nicht gesagt hat. Ich habe den Mund gehalten, und sie sind ja ohnehin fast nie zu Haus.«

Er drückte seine Zigarette aus. Auch an sie musste er die Frage stellen, die immer einen Verdacht impliziert. Die Ausrede ›Routinefrage‹ beruhigte niemanden.

»Elke, wo warst du, als Wilhelm umgebracht wurde?«

Sie antwortete nicht sofort und stellte nach einem Moment Stille eine Gegenfrage:

»Du verdächtigst also auch mich?«

»Nein, Elke, ich muss nur alles wissen. Also, wo warst du?«

»Ich war einkaufen. Als er losgeradelt ist, war ich im Garten. Dann bin ich losgefahren.«

»Und wo hast du eingekauft?«

»Na, wo wohl schon? In Posthausen.«

»Wann warst du zurück?«

»Das weiß ich nicht genau. Irgendwann vor acht. Ich habe die Tagesschau gesehen und mich gewundert, warum Wilhelm noch nicht zurück ist. Vor acht war eigentlich noch keine Rendezvouszeit.«

Sie lächelte gequält und nahm noch einen Schluck vom Roten. Dabei wies sie einladend mit dem Zeigefinger auf die Flasche.

Plötzlich stand sie auf, kam um den Tisch herum und setzte sich auf die Armlehne des Sessels, wobei der Saum ihres Kleides nach oben rutschte.

»Und du, bist du glücklich verheiratet?«

Holten wand sich an ihr vorbei und stand auf.

»Ich denke, bis jetzt ja. Ich kann mich nicht beklagen.«

Er wandte sich zur Tür, um weiteren unkontrollierbaren Entwicklungen, die ihr später sicher peinlich waren, einen Riegel vorzuschieben.

»Ich will jetzt los«, sagte er bestimmt und stoppte damit alle weiteren Versuche ihrerseits.

Sie war auf dem Sessel sitzen geblieben und wirkte jetzt wieder so teilnahmslos wie bei seinem Eintreffen.

»Du findest den Weg ja allein.«

Das war alles, was sie noch sagte.

Als er den gepflasterten Weg zur Gartenpforte hinunterging, sah er den Geländewagen auf der Einfahrt stehen und warf einen Blick auf die Reifen.

»Hier muss Tessmann auch noch Abdrücke nehmen«, murmelte er vor sich hin.

Klüger war Holten auch jetzt nicht. Auch Elke hatte Motiv

und Möglichkeit gehabt, ihren Mann ins Jenseits zu befördern, und nach ihrem unkontrollierten Auftreten traute er es ihr auch zu. Wer war diese Frau? Eine trauernde Witwe, eine sexuell frustrierte Nachbarin oder eine tief in ihrem Innern verletzte Frau, die in einem Verzweiflungsakt zur Mörderin geworden war?

Der Flugbetrieb in der Weser-Wümme begann an den Wochenenden im Winter morgens um zehn, im Sommer um neun. Holten wusste jedoch, dass die Technik und die Flugleitung immer bereits so rechtzeitig am Platz waren, dass das Fliegen pünktlich beginnen konnte.

Er war deshalb zeitig um halb neun mit dem Fahrrad losgefahren, sodass er die Cessna 172 D-ELPA, eine viersitzige Maschine, selbst aus der Halle rangieren und auf einen Ausflug vorbereiten konnte.

Diesen Schulterdecker, der vom Verein als luxuriöse Reisemaschine ausgestattet worden war, flog er am liebsten. Das Flugzeug besaß Langstreckentanks, die bei normaler Leistungseinstellung eine Flugdauer von fast acht Stunden ermöglichten. Die Instrumentierung war auf dem neuesten Stand der Technik, und sogar ein Autopilot war eingebaut. Natürlich hatte dieser Komfort seinen Preis, die Charterkosten waren die höchsten von allen Vereinsmaschinen, aber das musste Holten ja nicht mehr kümmern.

Das Wichtigste, was er prüfen musste, war die Betankung. Mit drei Personen besetzt, durften die großen Tanks nur zum Teil befüllt sein, weil die Maschine sonst zu schwer zum Abheben gewesen wäre. Doch der Pilot, der das Flugzeug zuletzt geflogen und dann betankt hatte, hatte mitgedacht und richtig – also nicht voll – getankt. Schließlich holte er das Bordbuch vom Tower und überprüfte die Eintragungen. Alles in Ordnung.

Die Flugschüler begannen ihre Platzrunden, und Holten gönnte sich im Clubraum noch einen Kaffee und eine Zigarette.

Kurz darauf erschienen seine Fluggäste. Frank Mullemann, dem die Vorfreude anzusehen war, und seine Freundin Nicole mit sorgenvollem Gesicht. Sie begrüßten sich herzlich und gingen sofort zum Flugzeug. Auf dem Weg dorthin musste er viele Fragen beantworten, wie es immer war, wenn er Passagiere hatte, die zum ersten Mal flogen. Frank interessierte hauptsächlich, wohin, wie hoch und wie schnell sie fliegen würden, während Nicole im Grunde nur wissen wollte, was alles schiefgehen und ob man auch abstürzen konnte.

Holten führte einen ausführlichen Außencheck durch und erklärte den beiden genau, was er tat und warum. Er hatte sich dieses Vorgehen zur Gewohnheit gemacht, um Fluggästen, die für das Fliegen begeistert werden sollten, mehr Sicherheit zu geben und ihnen die Flugangst zu nehmen. Dann stiegen sie in die Maschine, Nicole auf einen der hinteren Sitze, die beiden Männer vorn.

Beim Innencheck ging Holten ebenso vor. Obwohl er den Ablauf in- und auswendig kannte, machte er diese Vorflugprüfung immer nach der Checkliste und zeigte den beiden dabei alle Instrumente, Hebel und Schalter und ihre Funktion. Auf eine Kursberechnung hatte er allerdings verzichtet, denn es sollte ja ein Ausflug ›ins Blaue‹ werden, im wahrsten Sinne des Wortes. Das Wetter war hervorragend, sie hatten eine außergewöhnlich gute Sicht, und Holten kannte wegen seiner vielen Gastflüge im Umkreis von zweihundert Kilometern jeden Baum und jeden Strauch aus der Luft.

Er hatte sich vorgenommen, mit den beiden einige Runden über Nicoles Heimatort, Hintzendorf, zu drehen und dann, wenn es beiden gut ging, bis zur Nordseeküste zu fliegen und einige der ostfriesischen Inseln von oben zu betrachten. Die zwei Stunden, für die er die Maschine gechartert hatte, sollten dafür gut ausreichen.

Er meldete den Flug über Funk an und rollte zum Startpunkt, dann schob er den Gashebel nach vorn, und nach kurzer Zeit waren sie in der Luft. Der Motor der D-ELPA schnurrte zuverlässig wie immer, doch kurz nach dem Start stellte Holten fest, dass der Transponder nicht richtig funktionierte. Er hatte den richtigen Code eingestellt und das Gerät eingeschaltet, trotzdem zeigte es das Auftreffen von Radarstrahlen nicht an, was es normalerweise mit einem kurzen Aufblinken der grünen Kontrolllampe tun musste. Einen Flug wie den heute geplanten konnte man jedoch problemlos auch ohne Transponder machen. Seinen Fluggästen verschwieg er diesen kleinen Funktionsfehler, nahm sich allerdings vor, einen Zettel mit einem entsprechenden Hinweis ins Bordbuch zu legen, wenn sie zurückgekehrt waren.

Holten war glücklich wie immer, wenn er im Flugzeug saß, und im Verlauf ihres luftigen Ausfluges verstärkte sich bei ihm zusehends der Eindruck, dass er zwei Menschen für die Fliegerei begeistert hatte. Nicoles Unruhe und Nervosität nahmen ab, das Interesse für das Fliegen und die begeisterten Ausrufe nahmen zu, und kurz bevor Holten sich zur Landung zurückmeldete, flog er noch einige steile Kurven, in denen sich seine Passagiere durchaus als lufttüchtig erwiesen.

Als sie schließlich zurück zum Platz kamen, demonstrierte Holten den beiden noch eine Landung ohne Motorhilfe, eine Notlandeübung, und setzte die ›PA‹ punktgenau und butterweich an den Anfang der Landebahn.

Seine Mitflieger waren begeistert und applaudierten, als wären sie im Jet gelandet.

Als er die Maschine zur Tankstelle gerollt hatte und sie ausgestiegen waren, platzte es aus Nicole heraus:

»Toll, toll, toll! Warum bin ich nur nicht vorher darauf

gekommen, dass das Fliegen so wunderbar sein kann? Aber Frank hat es ja zum Glück gewusst. Er hat die Idee gehabt.«

Der so Gelobte stand stolz daneben und wurde von seiner Lieben sogleich in die Arme genommen.

Holten ließ sich von den beiden noch beim Betanken des Fliegers helfen, putzte die Scheiben und rollte das Flugzeug zum Abstellplatz. Auf dem Rückweg zum Vereinsheim war Nicole in ihren begeisterten Äußerungen über das Fliegen und ihren Frank nicht zu stoppen. Es sprudelte nur so aus ihr hervor:

»Und wenn ich daran denke, dass er mich auch noch überreden musste! Immer hat er so tolle Ideen. Letztes Jahr zum Beispiel, zu meinem Geburtstag, hat er zu mir gesagt, wir wollen zum Italiener gehen, und als wir ankamen, waren alle meine Freunde mit Geschenken da, oder neulich, an einem ganz normalen Dienstag, hat er mir einen großen Strauß Kornblumen mitgebracht, weil er weiß, dass ich die ganz besonders gern habe.«

Bei dem Wort ›Dienstag‹ klingelte es bei Holten. An einem Dienstag vor knapp drei Wochen war viel passiert.

»Welcher Dienstag war das denn?«, fragte er, aus alter Gewohnheit ziemlich beiläufig.

»Naja, neulich eben.«

»Aber Sie sagten Dienstag.«

»Ja, ja.«

Sie blieb stehen und dachte nach. Man konnte erkennen, dass sie angestrengt versuchte, sich zu erinnern. Ihr Gesicht wurde plötzlich ernst, als sie sagte:

»Es war, glaube ich, der Tag, an dem Herr Lehmberg umgekommen ist. Aber das kann ich bestimmt genau sagen, wenn ich in meinem Tagebuch nachsehe, ich schreibe nämlich Tagebuch, wissen Sie.«

»Und wann hat er die Blumen mitgebracht?«

»Als er von zu Hause gekommen ist natürlich. Er hat sie bestimmt unterwegs gepflückt.«

Sie strahlte bereits wieder über das ganze Gesicht.

»Ja, da haben Sie wirklich Glück gehabt, Nicole, Ihr Frank ist schon ein feiner Kerl.«

Frank kam hinter ihnen hergelaufen. Er hatte sich noch die anderen Flugzeuge auf dem Abstellplatz angesehen und war ganz außer Atem.

»Ich mache meinen Pilotenschein, das ist ganz klar. Was muss ich tun?«, fragte er keuchend.

Man stellte Holten diese Frage nicht zum ersten Mal, und gerade war er im Begriff, die Voraussetzungen für die Ausbildung und deren Verlauf herunterzubeten, als er von einem Flugschüler unterbrochen wurde:

»Max, du müsstest kurz einen Rundflug machen, es ist kein anderer Pilot mit Gastflugberechtigung da, und die Fluglehrer sind alle unterwegs. Dort drüben stehen die Leute, sie warten schon ziemlich lange.«

Holten freute sich, dass er bei diesem Wetter noch einmal in die Luft kommen konnte.

»Passt auf, ihr beiden, ruft mich heute Abend doch einfach an, dann kann ich euch alles erklären. Ich muss jetzt fliegen«, verabschiedete er sich schnell von Frank Mullemann und seiner Liebsten.

›Bei diesem Gespräch muss er mir noch etwas über die Kornblumen erzählen‹, dachte er.

»Ja, das mach´ ich«, rief Frank ihm hinterher.

»Und vielen Dank«, hörte er Nicole noch.

Als er mit seinen Fluggästen abhob, standen die beiden vor dem Tower und schauten ihm sehnsuchtsvoll nach.

Am Nachmittag hatte Holten einen zwingenden Termin am Fußballplatz in Sottrum, denn Martin, sein großer Sohn, musste in einem Pokalspiel antreten. Er hatte sich gut in die Mannschaft eingefunden, war inzwischen im offensiven Mittelfeld unverzichtbar, und eigentlich lag sein erstes Tor in der Luft. Holten wollte das natürlich nicht verpassen. Er versprach seiner Susanne, sie und Robert nach dem Spiel zu einem großen Eisbecher in die Eisdiele einzuladen, und so erklärten sich beide bereit, mitzukommen, besonders auch, weil für sie ein Sonntagnachmittag mit einem solchen Wetter ohne eine Fahrradtour ein vertaner Tag war.

Als die Spieler aufliefen, waren die Holtens am Stadion, und pünktlich zum Anpfiff hatten sie einen guten Platz auf der alten Holztribüne gefunden.

Die erste Halbzeit lief gut, denn die Heimmannschaft legte ein flottes Spiel hin, und als der Schiedsrichter die erste Spielhälfte abpfiff, lag sie 2 : 0 in Führung.

Das schöne Fußballwetter hatte viele Zuschauer und Fans ins Stadion gelockt. In der Halbzeitpause schwärmten alle aus, einige zu den Toiletten, um Erleichterung zu finden, die Ersatzspieler zu den Toren, um sich für den zweiten Durchgang aufzuwärmen, die Durstigen zum Bierstand, um Erfrischungen zu erstehen, und die Eltern mit ihren kleinen Kindern auf die Aschenbahn, um dem Bewegungsdrang der Kleinen Rechnung zu tragen.

Susanne stieß Holten an und zeigte ihm eine dreiköpfige Familie, die sich auf die lange Reise um das Oval der Aschenbahn gemacht hatte. Es handelte sich scheinbar um einen Wettlauf zwischen Vater und Sohn. Der Große lief voraus, der ungefähr fünfjährige Sohn mit pendelnden Beinen hinterher, und auf dem Gras des Fußballplatzes, die Strecke abkürzend, die junge Mutter, die ihren Sprössling anfeuerte. Der Vater kannte jedoch keine Gnade, und schnell hatte er einen großen Vorsprung. Doch plötzlich, auf der Gegengeraden, stoppte er und setzte sich ins Gras. Provozierend zog er eine

Packung Kekse aus der Tasche, aß in aller Ruhe und ließ den Kleinen vorbeiziehen. Erst als der kleine Renner fast schon in die Zielgerade einbog, stand er auf und rannte los. Er passte seinen Wiederstart gut ab, denn er konnte, wie es sich für einen anständigen Vater gehört, diesen Vorsprung nicht mehr aufholen. Der Kleine fiel als Sieger keuchend, aber glücklich in die Arme seiner Mutter, und für den überlegenen Vater blieb, knapp zwar, aber auch froh, nur der zweite Platz.

»Machst du das auch einmal mit deinem großen Sohn?«, fragte Susanne, die das Schauspiel gespannt verfolgt hatte.

»Kein Problem, sehr gern, ich warte nur, bis er mal wieder an Krücken geht«, antwortete ihr unsportlicher Gatte.

Nach dem Wiederanpfiff wendete sich das Blatt, die Sottrumer ruhten sich auf ihrem Vorsprung aus, die Gastmannschaft wurde stärker, und bald fiel der Anschlusstreffer. Kurz vor Schluss schossen die Gäste sogar noch das Ausgleichstor. Das hieß Elfmeterentscheidung. Martin war als dritter Schütze an der Reihe, verwandelte sicher, und schließlich siegten die Sottrumer mit einem Tor Vorsprung.

»Na, Gott sei Dank hat er sein Tor noch geschossen«, bemerkte Holten, als sie sich auf den Weg zum Eiscafé machten. Er war stolz auf seinen Ältesten.

Einen Tag wie diesen hatte er gebraucht, um die Seele wieder einmal durchschnaufen lassen zu können. Ein schöner Sonnentag, am Vormittag ein ausgedehnter Ausflug durch die Luft, nachmittags eine Fahrradtour, ein erfolgreiches Fußballspiel seines Sohnes und schließlich ein Tête-à-Tête mit der lieben Gattin in der Eisdiele.

Eigentlich brauchte er keine Mordfälle, um sich wohlzufühlen, doch leider brauchte Bernd ihn, um seine Unschuld nachzuweisen. Das erinnerte ihn daran, dass Frank Mullemann noch anrufen wollte, und er drängte zum Aufbruch.

Sie waren noch nicht lange zu Hause, als das Telefon läutete. Es war tatsächlich Frank, der es nicht aushalten konnte, die Planung seiner Pilotenlaufbahn noch länger hinauszuschieben. Holten ließ sich in den Ledersessel fallen, steckte sich noch eine Zigarette an und hob den Hörer auf.

»Ah, hallo, Herr...äh, Maximilian, hier ist Frank Mullemann. Du wolltest mir doch noch etwas über die Pilotenausbildung in eurem Verein erzählen. Hast du jetzt Zeit?«

»Ja klar, natürlich. Aber ich erzähle dir nur kurz die wichtigsten Punkte, die kompletten Unterlagen dazu musst du dir im Verein abholen.«

Eigentlich musste er zuerst mit Nicole sprechen.

»Du kannst nur fliegen, wenn du gesund bist. Ob du's bist, sagt dir der Fliegerarzt. Zu dem musst du zuerst. Dann solltest du das Funksprechzeugnis erwerben, und danach wird, theoretisch und praktisch parallel, bei uns am Platz geschult. Wenn du fleißig bist, hast du den Schein nach einem halben Jahr in der Tasche. Übrigens, könnte ich kurz mit Nicole sprechen?«

»Ja, gleich. Also gehe ich zuerst zum Fliegerarzt.«

»Ja, ja, das wäre am besten. Ist Nicole denn da?«

»Ja. Was ist das eigentlich für ein Arzt?«

»Einer, der deine Fliegertauglichkeit bestätigt und das auch von Amts wegen machen darf. Und jetzt möchte ich bitte kurz Nicole sprechen.«

Holten wurde allmählich ungeduldig.

»Und wenn ich bei dem gewesen bin, komme ich zum Flugplatz und melde mich an.«

Er dachte nur an seinen Pilotenschein.

»Ja, wie ich schon sagte«, versicherte Holten ihm, »aber nun gib mir endlich deine liebe Freundin.«

»Na gut, warte kurz.«

Einen Moment lang war es still in der Leitung.

»Nach wem muss ich im Verein denn fragen?«

Holten wollte schon verärgert lospoltern, hielt sich aber zurück.

»Irgendeiner, der sich auskennt, wird schon da sein, am besten ein Fluglehrer. Du musst dich durchfragen.«

Jetzt bat er nicht mehr:

»Bring mir jetzt Nicole an den Apparat!«

Endlich legte Mullemann den Hörer hin und rief sie, und als sie sich meldete, merkte man ihr die Verwunderung an, dass Holten sie sprechen wollte.

»Nicole, ich muss noch einmal auf Ihre Bemerkung zurückkommem, die Sie vorhin am Platz gemacht haben. Haben Sie in Ihr Tagebuch geschaut, wann Frank Ihnen die Kornblumen mitgebracht hat?«

»Ach das. Ja, ich habe nachgesehen. Es war der Tag, an dem der Lehmberg umgebracht wurde«, bestätigte sie.

»Ist das wichtig?«

»Ja, für mich ist das sehr wichtig. Vielen Dank, Nicole, aber jetzt muss ich Frank wieder sprechen.«

»Gern geschehen«, sagte sie, etwas verwirrt, weil Holten das Gespräch so prompt beendete.

»Frank?!«

Der junge Mann war sofort am Apparat, er hatte wohl neben seiner Freundin gestanden.

»Hallo, hier ist Frank noch mal. Hast du noch etwas Wichtiges für meinen Flugschein vergessen?«

»Nein, jetzt will ich dich noch etwas fragen, und ich möchte, dass du dich genau erinnerst. Wie war das, als du Nicole neulich die Kornblumen verehrt hast? Wie, wo und wann genau hast du sie gepflückt?«

Nach einer kleinen überraschten Pause fragte Mullemann zunächst erstaunt zurück:

»Hat sie dir das erzählt?«

Als Holten bejahte, berichtete er gehorsam. Er wusste, dass Holten Polizist gewesen war, und an den Pausen, die er während seines Berichtes machte, konnte Holten feststellen, dass er wirklich ganz exakt sein wollte.

»Ungefähr einen Kilometer hinter der Einmündung des Weges zum Flugplatz fangen ja hinter dem Wald die Felder an. Da lag ein Weizenfeld, das fast abgeerntet war. An eine Stelle konnten sie wohl nicht mit dem Drescher hinkommen, weil eine große, alte Birke ins Feld gestürzt war. An der Stelle standen noch viele Kornblumen auf dem Acker im Weizen. Ich hab´ das gesehen, habe gebremst, bin rückwärts gefahren, angehalten, ausgestiegen und zu der Stelle gegangen. Da habe ich die schönsten ausgesucht, habe sie gepflückt, einen Strauß daraus gemacht, bin zum Auto gegangen, eingestiegen und wieder losgefahren. Das hat wohl ungefähr eine Viertelstunde gedauert. Und Nicole hat sich gefreut.«

Er schwieg, und als Holten nichts sagte, fügte er hinzu:

»War das genau genug?«

»Ja, das war es«, lachte Holten, »du hast dir viel Mühe gegeben, vielen Dank. Ich freue mich schon auf den Tag, wenn du bei uns Flieger bist.«

Er legte auf.

Wirklich ein schöner Tag!

Jetzt hatte er endlich die Bestätigung, dass Kasing mit der ganzen Sache nichts zu tun haben konnte. Er hätte es ja schon fast selbst nicht mehr geglaubt, doch jetzt konnte die von ihm errechnete Zeitschiene nicht mehr stimmen. Weil Mullemann sich mit dem Blumenpflücken aufgehalten hatte, hatten Kasing und Mullemann sich ungefähr fünfzehn Minuten später gesehen. Somit war Kasing auch eine Viertelstunde später am Tatort eingetroffen, als er angenommen hatte. Das war genug Zeit für den Mörder, seine Tat auszuführen und unbeobachtet mit seinem Fahrzeug zu verschwinden. Doch mit dieser Überlegung, das war ihm auch klar, würde er von Taten nicht überzeugen können, er selbst war jetzt jedoch viel stärker motiviert, seine Recherchen fortzusetzen. Es würde ihm nichts anderes übrig bleiben: Er musste von Taten den Schuldigen auf einem Silbertablett präsentieren.

Bernd war mit Sicherheit unschuldig, und das würde er beweisen können.

VEREISUNG

Am Dienstag wurde Riecker auf dem Hellweger Friedhof zu Grabe getragen. Die Zusammensetzung der Trauergemeinde war völlig anders als bei der letzten Beerdigung, an der Holten teilgenommen hatte. Außer dem Pastor und dem Organisten waren nur wenige Personen gekommen, die in entfernter Beziehung zu dem Toten gestanden und in der ersten Reihe Platz genommen hatten: ein Vertreter der Firma, in der Riecker die letzten Jahre vor seinem Rentnerdasein gearbeitet hatte, der erste und zweite Vorsitzende der Flugsportgruppe sowie von Taten und Holten. Ansonsten waren drei Neugierige aus Hellwege erschienen. Augenscheinlich hatte Riecker keine Kinder oder weitere nähere Verwandte gehabt.

Draußen allerdings warteten diverse Pressevertreter, um von der Trauerfeier zu berichten und Fotos zu machen. Es war eine kleine Sensation, dass in einem verträumten Ort auf dem flachen Lande in kurzer Zeit zwei Morde geschehen waren. Natürlich war auch über die Verhaftung des Verdächtigen Bernd K. (43) ausreichend berichtet worden. Es erschienen noch immer Berichte in der Presse, wenn auch nicht in so großer Aufmachung wie in den ersten Tagen.

Heute allerdings war sogar ein Kameramann eines lokalen Privatsenders vor Ort.

Die Zeremonie in der Kapelle war kurz.

Nachdem der Sarg in der Erde verschwunden war, verließ die kleine Gruppe der Trauergäste den Friedhof und wurde dabei von einem Reporter, der ein Mikrofon in der Hand hielt und den Kameramann an seiner Seite hatte, angesprochen.

Holten hatte nicht zum ersten Mal mit solchen Medienvertretern zu tun. Wichtig war für die die Sensation, und für diese Art der Berichterstattung hatte er nichts übrig.

»Meine Damen und Herren, wir berichten heute von der Beisetzung des zweiten Opfers der Mordserie in Hellwege.«

Er trat auf Holten zu, der mit von Taten voranging.

»Wenn ich richtig informiert bin, sind Sie der ermittelnde Beamte. Hat der Inhaftierte schon ein Geständnis abgelegt?«

Holten stach der Hafer.

»Ja, wenn«, antwortete er.

Der Mann war sichtlich verwirrt, und sein geschmeidiger Redefluss stockte.

»Wie, was ja wenn?«

Holten sah, dass der Kameramann grinste.

»Wenn Sie richtig informiert wären.«

Sie gingen langsam weiter, die beiden Pressevertreter folgten.

»Darf ich Ihnen einige Fragen stellen?«

»Gern.«

Das war von Taten. Er war stehen geblieben.

»Ungern«, entgegnete dagegen Holten und schlenderte weiter.

Die Journalisten überholten ihn jetzt mit eiligen Schritten und stellten sich vor ihm auf. Holten musste stehen bleiben. Da der Anfang des Gespräches sowieso geschnitten werden würde, begann der mit dem Mikrofon noch einmal:

»Wenn ich richtig informiert bin, sind Sie der ermittelnde Beamte. Hat der Inhaftierte schon ein Geständnis abgelegt?«

Und wieder kam die Antwort:

»Ja, wenn.«

Holten war sich schnell im Klaren darüber, warum sie ihn als leitenden Kriminalbeamten auserkoren hatten. Die beiden Vereinsrepräsentanten und der Firmenvertreter waren schnell verschwunden, und von Taten hatte selbst bei diesem Anlass nicht auf seinen für ihn typischen Aufzug verzichten können. Er sah wirklich nicht wie ein Polizist aus. Die Farbe der Knickerbocker war allerdings dem Ereignis angepasst. Sie war schwarz. Holten hatte sich schon bei von Tatens Ankunft gefragt, wo er diese Hosen wohl gekauft haben mochte.

Er ging um die beiden herum und setzte seinen Weg fort. Der Reporter ließ sein Mikrofon sinken, und schließlich stellte er, im Gehen, die richtige Frage:

»Sind Sie Hauptkommissar von Taten?«

»Nein.«

»Ist Herr von Taten hier?«

»Ja.«

Er mochte aufdringliche Reporter nicht.

»Wer ist denn, in Gottes Namen, von Taten?«

Jetzt war der Gesuchte herangekommen und stellte sich vor. Er hingegen liebte Reporter, ob aufdringlich oder nicht, und freute sich über jedes Gespräch mit ihnen. Holten vermutete, dass die Presse auf seine Information hin hier aufgekreuzt war.

Im Weitergehen hörte er noch:

»Wenn ich richtig informiert bin, sind Sie der ermittelnde Beamte. Hat der Inhaftierte schon ein Geständnis abgelegt?«

Mehr konnte und wollte Holten auch nicht hören.

Er konnte sich nicht vorstellen, was von Taten den Pressevertretern, von denen sich jetzt einige um ihn versammelt hatten, Neues mitteilen wollte. Es gab nichts. Aus Kasing war nichts herauszuholen, der sagte wenig oder nichts, und er selbst hatte sich noch nicht dazu durchringen können, Tessmann zu den Fahrzeugen von Setter und Lehmberg zu schicken.

Warum, wusste er selbst nicht genau.

Der Raum, in dem er saß, war wirklich nicht gemütlich. Er war viereckig, ungefähr fünfzehn Quadratmeter groß, der Fußboden war mit Nadelfilz belegt, Wände und Decke eierschalenfarben gestrichen. Man konnte ihn durch eine einzige, von außen abschließbare, massive Tür betreten oder verlassen. Gegenüber der Tür lag ein bodengehendes Fenster ohne Vorhänge, das von außen vergittert war, mit zwei Blumentöpfen, mit Kakteen bepflanzt, davor. An der einen Wand stand ein halbhohes Regal, in dem sich nichts befand, und gegenüber an der anderen hing ein Bild des Bundespräsidenten. In der Mitte stand ein kleiner Tisch, ohne Tischdecke, mit vier Holzstühlen. Außen war ein Schild angebracht, auf dem

BESUCHERRAUM

stand.

Das kleine Zimmer befand sich im Gerichtsgebäude im Trakt für Untersuchungshäftlinge.

Holten wartete darauf, dass ein des Mordes Verdächtigter gebracht wurde. Er hatte die Genehmigung bekommen, ihn zu sprechen.

Er kannte diesen Raum, hatte allerdings während seiner Zeit als Kriminalbeamter selten hier gesessen. Meistens hatte er sich die Untersuchungshäftlinge in sein Büro bringen lassen, um sie zu befragen oder zu verhören. Heute war er Privatier, und er musste um Erlaubnis nachsuchen, um einen Gefangenen sprechen zu dürfen. Ein junger Beamter, der ihn aus seiner aktiven Zeit nicht mehr kennen konnte, hatte ihn kontrolliert und sogar auf Waffen, Rauschgift oder ähnliche verbotene Mitbringsel untersucht.

Holten war das unangenehm gewesen, und wieder einmal bedauerte er, dass er in diese Sache hineingerutscht war und nicht die Mittel und Möglichkeiten hatte, die ihm früher als Polizist zur Verfügung gestanden hatten.

Er hatte seinen Stuhl zurückgeschoben, die Beine unter dem Tisch ausgestreckt und betrachtete eingehend seine

Schuhe. Durch das geöffnete Fenster hörte er draußen einen Sperling schimpfen.

Er fragte sich, warum es so lange dauern musste, bis man seinen Gesprächspartner brachte. Er wartete bereits länger als eine Viertelstunde, obwohl er sein Gespräch und die gewünschte Zeit angekündigt hatte.

Endlich hörte er Schritte auf dem Flur, und die Tür wurde geöffnet. Als Bernd Kasing in Begleitung eines Beamten den Raum betrat, sah Holten sofort, dass es ihm nicht gut ging. Er war blass und hatte Ringe unter den Augen.

»Ich lasse Sie jetzt allein. Wenn Sie fertig sind, klopfen Sie an die Tür«, verkündete der Aufsichtsbeamte laut. Er drehte sich um, schloss die Tür, und man hörte den sich drehenden Schlüssel.

»Hallo, Max«, lächelte Kasing verlegen.

Holten erhob sich, ging ihm entgegen und schüttelte ihm die Hand. So förmlich begrüßten sie sich normalerweise nicht.

»Wie geht es dir?«, fragte Holten als Erstes, als Kasing sich ihm gegenüber hingesetzt hatte.

Kasing zuckte nur mit den Schultern und schaute gequält zu ihm hinüber.

»Wunderbar. Ich muss nicht arbeiten, bekomme gut zu essen, habe Zeit zum Lesen und kann viel schlafen. Was will ich mehr? Billiger als Urlaub«, antwortete er mit einem Anflug von Galgenhumor.

»Na, dann kann ich die Schokolade ja wieder mitnehmen«, scherzte Holten zurück. Er wusste, dass Bernd fast süchtig nach Schokolade war, und hatte deswegen zwei Tafeln mitgebracht.

»Gib schon her! Danke.«

Er nahm die zwei Tafeln, die Holten ihm hinhielt, und riss eine gleich auf.

»Aber ich darf nicht anfangen nachzudenken.«

Holten konnte Kasing kaum verstehen, weil der bereits den ersten Riegel kaute.

»Dann denke ich an meine Familie zu Hause und an den Betrieb, und dann könnte ich platzen. Ohne mich läuft da nichts.«

Er ballte die Fäuste auf dem Tisch.

»Ich habe gute Nachrichten für dich«, sagte Holten ruhig.

Er erzählte ihm ausführlich von seinen ersten Recherchen, den Gesprächen mit Frank Mullemann und Nicole. Außerdem erwähnte er den Nachforschungsauftrag an Wing. Von den Gesprächen mit Setter und Elke Lehmberg berichtete er nicht.

»Ich weiß jetzt aber, dass du mit der ganzen Sache nichts zu tun hast. Vorher habe ich das ja nur geglaubt.«

Er lächelte ihn zuversichtlich an.

»Aber was nützt mir das jetzt?«, fragte Bernd, nachdem zwei weitere Schokoladenstücke in seinem Mund verschwunden waren.

»Im Moment nützt es dir nichts, von Taten denkt ja nur in deine Richtung, falls es aber zum Prozess kommen sollte, werde ich zumindest das anführen können, und es wird dich entlasten. Außerdem bin ich ganz sicher, dass ich auf dem Flugplatz noch etwas finden werde. Lass uns erst einmal abwarten, was Wing herausfindet.«

»Jetzt hilft mir das alles gar nichts. Ich muss weg hier.«

Sie schwiegen, Kasing dachte an einen Prozess, Holten brannte noch eine Frage auf der Seele.

»Eins musst du mir noch sagen: Was hast du in der Zeit gemacht, als Riecker erschossen wurde? Du bist doch gar nicht in Sottrum gewesen.«

Bernds Augen wanderten auf der Tischplatte hin und her, er zögerte mit der Antwort.

»Du glaubst mir ja doch nicht.«

»Du weißt, dass ich dir glaube.«

Nach einer weiteren Pause:

»Na gut. Ich habe geschlafen.«

Holten wollte seinen Ohren nicht trauen. Er kannte Kasing als fleißigen Handwerker, der seine Arbeit um sieben Uhr in der Früh begann und nicht vor sechs Uhr am Abend an Feierabend dachte.

»Habe ich dich richtig verstanden? Du hast geschlafen?«

»Siehst du, du glaubst mir nicht.«

»Doch, doch. Aber erklären musst du mir das schon.«

»Du weißt ja, dass wir an dem Montag, an dem wir mit euch in der ›Brücke‹ waren, unseren Hochzeitstag hatten. Es war ja auch ein netter Abend mit euch und den anderen.«

Er hielt einen Moment inne, als wüsste er nicht, wie er weitererzählen sollte.

»Naja, und Hochzeitstag ist eben Hochzeitstag. Als wir zu Hause waren, haben wir noch ein wenig Sekt getrunken, und als wir ins Bett gegangen sind, sind wir auch nicht gleich eingeschlafen.«

Er machte eine Pause. Obwohl die beiden sich gut kannten, war ihre Beziehung nicht so eng, dass sie sich intime Einzelheiten aus ihrem Eheleben erzählen würden. Kasing suchte nach der richtigen Formulierung.

»Wir waren richtig in Form. Zweiter Frühling oder so was. Wir sind also ganz spät eingeschlafen.«

Holten konnte sich ein Grinsen nicht ganz verkneifen.

»Herzlichen Glückwunsch, alter Knabe. Man freut sich immer, wenn man so etwas hört. Aber du willst mir jetzt nicht erzählen, dass ihr bis morgens um acht im Bett gelegen habt.«

»Dass ich morgens immer um Viertel nach sechs aufstehen muss, weil wir um sieben Uhr im Betrieb anfangen, ist dir ja bekannt. Ich hatte also nicht allzu viel Schlaf gehabt, und nachdem ich um sieben die Leute eingewiesen hatte, war ich total erledigt. Da bin ich eben noch in den Wald gefahren und habe noch ein Stündchen im Auto geschlafen.«

Verschämt schaute er zur Seite.

»Oh, what a night«, sang Holten leise vor sich hin. Dann wurde er wieder ernst.

»Warum hast du das nicht von Taten erzählt?«, fragte er.

»Hätte der mir geglaubt? Ich denke nicht, ich glaub´s ja selbst kaum. Ich habe so was auch noch nie gemacht, aber ich war einfach zu müde. Wahrscheinlich werd´ ich alt.«

Er grinste verlegen.

»Und was sollen die Kunden und meine Leute im Betrieb von mir denken, wenn das bekannt wird? Ich bin der Chef und muss ein Vorbild in allen Dingen sein – und lege mich um halb acht morgens zum Schlafen nieder. Das darf und kann nicht sein. Dann sage ich schon lieber gar nichts.«

Holten dachte an Susannes Bemerkung vor einigen Wochen, dass Kasing immer sehr ökonomisch dachte. So konnte der letzte Satz einen Sinn bekommen.

Kasing schnaufte tief durch, als er seine Beichte beendet hatte.

Holten glaubte ihm, denn die Geschichte war so unwahrscheinlich, dass sie wahr sein musste.

Um Bernd ein wenig aufzuheitern, erzählte er ihm noch von dem wunderschönen Flug vom vergangenen Wochenende und die Episode mit dem Reporter bei Rieckers Beisetzung, erreichte damit aber nur das Gegenteil.

›Ich muss hier raus!‹ war der Gedanke, der Bernd beherrschte.

»Kannst du denn gar nichts machen, dass ich hier herauskomme?«

Holten schüttelte den Kopf.

»Das muss dein Anwalt schon fertigbringen.«

»Aber du kennst hier doch alle und weißt, wie man das machen muss!«

»Ich bin aber kein Richter, kein Wunderanwalt und im Übrigen noch nicht einmal mehr Kriminalbeamter.«

»Verdammt, verdammt!«

Kasing war aufgestanden und wanderte im Raum hin und her. Er war schließlich so weit, dass er Holten, wenn auch nicht offen, die Schuld dafür gab, dass er hier einsitzen musste und Holten zu wenig zu seiner Entlastung beitrug.

Der hatte jedoch nichts Konkretes in der Hand, mit dem er Kasing Hoffnung machen konnte. Also erhob er sich und klopfte an die Tür.

Holten hatte am Tag zuvor wieder einmal einen Auftritt mit der Band gehabt und war spät, also früh am Sonntagmorgen, ins Bett gekommen. Er pflegte dann bis ungefähr mittags zu schlafen, und meistens hörte seine mitfühlende Gattin, wenn er nach dem Aufwachen ins Badezimmer schlurfte. Sie brachte ihm dann oft ein Frühstück mit Kaffee, Marmeladenbrötchen und Zeitung ans Bett. Zigaretten, Feuerzeug und Aschenbecher musste er sich allerdings immer selbst holen, weil sie nicht erbaut davon war, wenn er im Schlafzimmer rauchte – doch sie duldete es.

Sie stellte das Tablett auf ihre Seite des Bettes, in dem sie ja nun nicht mehr lag, er hob es auf seine Knie, und sie setzte sich zu ihm auf die Bettkante.

»Guten Morgen, mein Schatz.«

Wie ein zufriedener Kater schnurrend, nahm er seinen Guten-Morgen-Kuss auf die Wange entgegen, und bevor er ihr von ihren überwältigenden Erfolgen auf der Bühne berichten konnte, fügte sie hinzu:

»Jan-Ole Wing hat angerufen. Er wollte dich sprechen.«

Auf diesen Anruf hatte er bereits einige Tage gewartet.

»Warum hast du mich nicht geweckt?«

»Es war erst halb neun, ich habe gedacht, das sei zu früh für dich. Und dass es so wichtig war, habe ich nicht gewusst.«

Er versuchte, das Tablett von seinen Knien zu nehmen, ohne etwas von dem Kaffee zu verschütten. Natürlich gelang ihm das nicht, und so lief der Kaffee in einem dünnen Rinnsal über das Holz. Susanne riss ein Stück von der Küchenrolle und schüttelte, milde lächelnd, den Kopf.

»Was machst du?«, fragte sie irritiert.

»Ich will mir das Telefon und Wings Nummer von unten holen.«

Er wollte seine Neugier befriedigen, gleichzeitig aber in Ruhe zu Ende frühstücken. Er liebte das Frühstück im Bett, besonders, wenn es ihm so liebevoll serviert wurde.

»Bleib nur liegen.«

Sie war schon unterwegs.

Kurz darauf erschien Susanne wieder im Schlafzimmer und hatte das schnurlose Telefon und das Telefonbuch in der Hand. Er suchte die Nummer heraus und wählte. Sofort hatte er Wing am Apparat.

»Maximilian Holten, hallo. Du hattest angerufen?«

»Ja, Max, entschuldige, ich wusste nicht, dass du Musik machen warst. Jetzt hast du aber Glück gehabt, ich wollte gerade zum Essen fahren.«

Holten war bereits ungeduldig.

»Keine langen Förmlichkeiten, das konntest du ja auch nicht wissen. Viel wichtiger ist: Was hast du herausgefunden?«

»Tja, ich glaube nichts«, war die enttäuschende Antwort, »jedenfalls nichts, was für dich von Interesse sein könnte. Natürlich haben wir ein paar kleine Vorfälle gehabt, das gehört ja zum Tagesgeschäft, aber nichts mit einer Mitsubishi Solitaire.«

»Erzähl mal,« verlangte Holten.

»Das Aufregendste war ein Go Around einer Boeing 737, weil ein Flugschüler entgegen unserer Anweisung auf die Bahn gerollt ist. Die Boeing hat dann eine Platzrunde geflogen und ist dann gelandet. Nichts Schlimmes. Dann hat sich noch der Captain eines Airbus darüber beschwert, dass wir ihn angeblich zu eng zu einer Cessna 150 gestaffelt hätten. Das stimmte natürlich nicht, wahrscheinlich braucht der eine neue Brille. Und dann haben die Kollegen auf der Informationsfrequenz sich noch mindestens eine halbe Stunde mit einem Motorsegler aus Süddeutschland herumgeplagt, weil der trotz des schönen Wetters seinen Zielflugplatz nicht finden konnte. Aber das war's.«

Mit einer schwungvollen Bewegung wischte Holten einen Krümel vom Bettlaken. Er war enttäuscht, denn er hatte fest damit gerechnet, dass auf irgendeiner Frequenz der Flugsicherung die Mitsubishi aufgetaucht wäre.

»Hast du überall gefragt?«

»Bei allen Kollegen, die an dem Tag Dienst hatten, und in allen Abteilungen. Ich habe auch sämtliche Listen eingesehen, ganz sicher.«

»Vielleicht ist der Vogel ja nur durchgeflogen und hat sich aus irgendeinem Grunde nicht gemeldet«, murmelte Holten leise vor sich hin.

»Hast du auch die Flugpläne geprüft, die bei euch nur durchgelaufen sind?«, fragte er dann laut.

»Nein, das nicht, du hast mich erwischt«, kam die Antwort leise nach einer kurzen Pause, »aber danach hast du auch nicht gefragt, und leider hast du mir die Checkliste für kriminalistische Ermittlungen nicht zugehen lassen.«

»Ich will dich ja nicht nerven, aber könntest du das vielleicht noch nachholen?«, fragte Holten.

»Wenn es unbedingt sein muss, kann ich das. Aber die Kollegen fragen schon, ob ich wohl neuerdings für die Kriminalpolizei arbeite.«

»Nur noch das«, bettelte Holten.

»Jaja, schon gut. Aber dann muss es ein Essen mit Vorspeise und Dessert sein.«

Holten schmunzelte, als Wing seine Forderung stellte. Auch er hatte wieder einmal Lust auf einen Besuch in einem guten Restaurant.

»Roger«, bestätigte er also gern.

»Ich rufe dich dann an«, verabschiedete Wing sich schnell, als hätte er die Befürchtung, dass ihm noch weitere investigative Aufgaben übertragen werden sollten.

»Danke, Jan«, sagte Holten noch, doch sein Gesprächspartner hatte bereits aufgelegt.

Nachdenklich widmete er sich wieder seinem Frühstück. Der Kaffee war inzwischen nur noch lauwarm.

Holten musste diesmal nicht so lange auf Wings Anruf warten. Entweder waren seine Recherchen einfacher gewesen oder er wollte die Wartezeit auf sein opulentes Mahl verkürzen. Drei Tage später, am frühen Abend gegen sechs Uhr, meldete er sich.

»Hallo, Max, hier ist Jan.«

»Ja, Jan, hast du etwas für mich?«

»Vielleicht schon, aber ich kann es dir hier am Telefon nicht erzählen«, antwortete er listig.

Es dauerte einen Moment, bis Holten begriffen hatte.

»Wo treffen wir uns?«, war seine folgerichtige Frage.

Sie einigten sich auf ein feines und teures Restaurant in Bremen, in dem Holten selten und der Fluglotse erst ein Mal gewesen waren.

»Ich habe um sieben Uhr hier Dienstschluss und muss noch einige Kleinigkeiten einkaufen. Treffen wir uns doch um halb neun dort.«

Man konnte ihm anmerken, dass er sich freute.

Holten bestätigte, dass ihm die Uhrzeit recht war, und legte auf.

Er reservierte telefonisch einen Tisch für zwei Personen und zog sich dann um.

Obwohl er reichlich Zeit gehabt hatte, war er, wie eigentlich immer, zu spät, und sein Gast hatte bereits an ihrem Tisch an einem Fenster Platz genommen, von wo sie einen schönen Blick über den parkartig angelegten Garten hatten. Sie begrüßten sich mit Handschlag und nahmen in den angenehm gepolsterten Sesseln Platz.

Der Gastraum, teuer und gediegen ausgestattet, war nur wenig besetzt, und sie konnten sich der ungeteilten Aufmerksamkeit mehrerer Kellner erfreuen. Deshalb kamen sie zunächst auch nicht dazu, über den eigentlichen Anlass ihres Treffens zu sprechen, denn sie wurden von den Bediensteten umschwärmt, die verschiedene Karten brachten, nach gewünschten Getränken fragten oder Bestecke und Blumen in die richtige Anordnung brachten. Außerdem waren beide konzentriert damit beschäftigt, das richtige Menü für ihr Mahl zusammenzustellen.

Als jeder schließlich die gewünschte Speisefolge für sich gefunden hatte, wurden die ersten Getränke gebracht, Aschenbecher ausgewechselt und die Bestellungen für das Essen aufgenommen.

Endlich kehrte Ruhe am Tisch ein.

»So, jetzt leg los. Erst das Geld, dann die Ware«, wandte Holten sich an seinen Gast.

»Was meinst du?«

Wing grinste verständnislos, obwohl er natürlich genau wusste, dass Holten ungeduldig auf seine Ausführungen wartete.

»Na, wenn du auf meine Kosten schlemmen willst, musst du schon etwas liefern. Nun rück schon raus mit deinen

Neuigkeiten. Was hast du gefunden?«

»Ja, du hattest recht, der von dir gesuchte Vogel ist tatsächlich aufgetaucht. Ich weiß zwar nicht, ob du damit etwas anfangen kannst, aber er war da«, eröffnete sein Gegenüber ihm mit einem Anflug von Stolz in der Stimme.

»Sprich!«

»Also, ich habe in den protokollierten Flugplänen für den besagten Dienstag tatsächlich eine Mitsubishi Solitaire gefunden, und es ist dazu noch etwas Besonderes daran. Sie ist im Verband geflogen, mit einer Cessna 172, und das finde ich so erstaunlich. Die Solitaire ist viel größer, mindestens doppelt so schnell und fast fünfmal so schwer wie die Cessna, aber die war als Verbandsführer eingetragen. Wirklich ein merkwürdiges Gespann. Ich wusste gar nicht, dass dieser dicke Bomber so langsam fliegen kann.«

Holten erinnerte sich an die Zeit, als er noch Flugschüler gewesen war und Theorie pauken musste:

Wenn zwei oder mehrere Maschinen zur gleichen Zeit einen flugplanpflichtigen Flug vom gleichen Startflugplatz zum gleichen Ziel machen wollen, muss der Pilot jedes Flugzeuges einen Flugplan für seinen Trip abgeben. Es besteht jedoch auch die Möglichkeit, nur einen Flugplan abzugeben, und zwar für einen Verband, in den jede teilnehmende Maschine eingetragen wird. Allerdings hat dann nur der Verbandsführer, der an erster Stelle steht, als Primus, Kontakt mit den zuständigen Flugverkehrskontrollstellen und wird auch von diesen angesprochen. Alle Übrigen haben keine Meldepflicht zu beachten, sondern nur Hörbereitschaft aufrechtzuerhalten.

Holten bekam allmählich Appetit und steckte sich eine Zigarette an. Aus Erfahrung wusste er, dass dies die beste Methode war, das Servieren des Essens zu beschleunigen. Seine Frau pflegte zu behaupten, dass es Unsinn sei, aber sie sagte ja auch, es sei Zufall, dass Holten immer als Erster vor einer roten Ampel stand.

»Welche Strecke sind sie denn geflogen?«, fragte Holten.

»Von Warschau nach Amsterdam. Startzeit so um 14^{00} Uhr, Landezeit ungefähr 19^{00} Uhr.«

Holten rechnete kurz nach.

»Das passt so ziemlich, jedenfalls für die Cessna. Aber warum ist die Mitsubishi so langsam geflogen?«

»Vielleicht ist sie nur mit einem Motor geflogen, um Sprit zu sparen«, witzelte Wing.

»Nicht so schnell und nicht so hoch«, gab Holten zurück und grinste.

Der alte Fliegerwitz, wenn Piloten sich über ängstliche Passagiere lustig machen. Als Flugschüler lernte man allerdings etwas ganz anderes: ›Fahrt ist das halbe Leben‹ und ›Höhe ist Sicherheit‹.

Ein Kellner brachte einen ›Gruß aus der Küche‹, Bruschetta, ein anderer die Flasche trockenen Weißen, den sie auf seine Empfehlung hin ausgewählt hatten. Er zeigte die große Zeremonie des Einschenkens, und Holten gab den Weinkenner, der er allerdings nicht war. Er trank gern Wein, doch zum Fachmann hatte er es noch nicht gebracht.

Als die Kellner verschwunden waren, griffen beide hungrig zu.

»Oder der Pilot hat eine Prüfung in Langsamfliegen gemacht«, sinnierte Holten kauend.

Der gefällig trockene Wein schmeckte den beiden ausgezeichnet, und da sie ja nahezu noch nichts gegessen hatten, tat er unverzüglich seine Wirkung. Bester Stimmung versuchten sie krampfhaft, noch weitere Gründe für diese niedrige Reisegeschwindigkeit zu finden und sich dabei gegenseitig an Witzigkeit zu übertreffen.

»Ich vermute, die haben einen Fotoflug für die Cessna

gemacht«, vermutete Wing und fand das lustig.

»Also immer darüber, daneben und darunter, und das fünf Stunden lang.«

»Ich glaube eher, der Pilot brauchte noch Flugzeit, um seine Lizenz zu verlängern«, erwiderte Holten schmunzelnd, nachdem er noch einen Schluck genommen hatte.

»Das soll ja bei Piloten, die solche Brummer fliegen dürfen, an der Tagesordnung sein«, krönte er ironisch seinen Scherz.

Jetzt kam die Vorspeise, und ihre Kreativität wurde unterbrochen. Antipasti, die sie für beide ausgesucht hatten, sehr abwechslungsreich, mit Brot und Butter. Holten bewunderte das auf einer großen Platte angerichtete, vergängliche Kunstwerk und bedauerte, dass es keine Möglichkeit gab, solche Meisterwerke inklusive Duft für die Nachwelt zu konservieren. Doch lag ja die Auszeichnung der hohen Kochkunst gerade darin, dass ihre Werke zeitig nach ihrem Entstehen in den Mägen ihrer Bewunderer verschwunden waren.

Als sie wieder allein waren, fuhr Wing fort:

»Vielleicht war der Vogel auch fast schrottreif und konnte nicht schneller«, vermutete der Fluglotse, »aber eine Überführung müsste dann ja in die andere Richtung gehen.«

Dann genossen sie jedoch andächtig schweigend ihre Vorspeise, denn sie waren inzwischen wirklich hungrig. Holten hatte in Erwartung einer Schwelgerei und mit Rücksicht auf seine Figur seit dem Frühstück nichts mehr gegessen.

Schließlich, nach einem genussvollen Schluck Wein, fragte Holten:

»Welche Höhe hatten sie denn angemeldet, weißt du das noch?«

»Ich glaube, die lag ziemlich tief. Nur die Mindesthöhe, zweitausend Fuß, meine ich.«

»Ich hab´s ja gesagt: Nicht so schnell und nicht so hoch.«

Wing konnte immer noch kein Ende finden: »Vielleicht ist

sie ja so langsam geflogen, weil sie dann ja nicht so laut ist.«

»Alles Quatsch, irgendetwas anderes steckt dahinter«, protestierte Holten. Er wurde ernster.

»Wenn ich nur wüsste, was.«

»Vielleicht könnte ich dir ja helfen, wenn du mir sagen würdest, worum es überhaupt geht.«

Holten schob sich die letzte eingelegte Tomate in den Mund und überlegte dabei, ob es gut sei, Wing mit einzuweihen. Er entschied sich dafür; vielleicht hatte Wing als Pilot und Fluglotse ja brauchbare Ideen.

Er trank den letzten Schluck Wein und bedauerte, dass er mit dem Auto unterwegs war und jetzt auf alkoholfreie Getränke umsteigen musste.

Gerade als er beginnen wollte, wurden sie durch zwei Kellner unterbrochen, die sie beobachtet hatten und nun ihr Geschirr und die Bestecke abräumen wollten. Schnell waren sie wieder zurück und begannen, den Hauptgang zu servieren. Wing war Fischliebhaber, er hatte im Nussmantel gegarten Seehecht bestellt, ›an‹ pikanter Senfsauce, mit Wildreis und knackigem Salat. Holten war da einfacher, ein Steak medium mit Sauce aus grünem Pfeffer, Pommes Frites und einem gemischten Salat reichte ihm völlig.

Während sie aßen, erzählte Holten, immer von Pausen unterbrochen, bei denen er sich auf sein Essen konzentrierte, seinem Gegenüber von seinen Recherchen und den Ergebnissen seiner Überlegungen, die er daraufhin angestellt hatte. Die Erlebnisse mit Elke Lehmberg und Setter erwähnte er allerdings nur am Rande. Manchmal unterbrach Wing sein sichtbar erfreulich lukullisches Erlebnis und schaute ihn fragend oder auch ungläubig an. Er sprach nicht und stellte keine Zwischenfragen. Hin und wieder näherte sich ein Kellner und erkundigte sich vorsichtig, ob alles so in Ordnung sei. Die beiden bestätigten das aus innerster Überzeugung.

Da auch Holten sein delikates Mahl genoss, brauchte er schließlich bis zum Ende dieses Ganges, um seine Geschichte abzuschließen.

Wing lehnte sich zurück, streckte die Beine aus und strich sich über den Bauch.

»Ja, es sieht ganz so aus, als ob unser Flugplatz irgendetwas damit zu tun hat«, bemerkte er endlich nach einer Pause, in der er länger nachgedacht hatte.

»Aber eigentlich hast du nichts Konkretes, keinen Beweis, noch nicht einmal Indizien. Woher weiß dieser Pauschen eigentlich, dass die Mitsubishi dort gestartet ist und nicht nur einen tiefen Überflug gemacht hat?«

»Na, der kann das ganz sicher unterscheiden. Das hat er doch jahrelang geübt.«

Holten steckte sich eine Zigarette an, und da die anregende Wirkung des Weines während des guten Essens allmählich abgeklungen war, schwiegen beide, auch nachdem die Kellner bereits abgeräumt hatten und verschwunden waren. Von irgendwoher säuselte Musik, ohne die Holten wahrscheinlich eingenickt wäre.

Durch das Fenster sah er, dass es begonnen hatte zu regnen, denn die Gehwegplatten glänzten im Licht der Straßenbeleuchtung.

Holten stellte fest, dass Wing, wie viele andere auch, ein netter Fliegerkamerad war, nicht mehr und nicht weniger. Über andere Dinge als die Fliegerei konnte man sich mit ihm bedauerlicherweise nicht unterhalten.

»Das Essen ist super, für eine Einladung hierher würde ich jedem Kollegen jederzeit gern noch einmal auf die Nerven gehen«, sagte Wing plötzlich und nahm damit das Hauptthema ihres Treffens wieder auf.

Auch Holten war damit noch nicht fertig. Ihm war eine Idee gekommen, als er an die regelmäßigen Kreuzchen in

Rieckers Kalender gedacht hatte.

»Eins sollte aber noch im Preis enthalten sein: Du musst noch einmal die Flugpläne durchgehen. Ich muss wissen, ob dieser merkwürdige Verband auch noch an anderen Dienstagen in der Zeit davor unterwegs war. Wenn nicht, wird es schwierig für mich, dann kann es Zufall gewesen sein und muss nichts bedeuten. Wenn ja, steckt mehr dahinter.«

»Es hängt ganz vom Nachtisch ab, ob ich dir diese Information noch liefern kann«, grinste Wing.

Und der entsprach seinen Erwartungen. Holten hatte, der Jahreszeit entsprechend, und weil er für Süßes immer zu haben war, ein Fliederbeersorbet mit Vanilleschaumklößchen ausgesucht, und Wing hatte sich für das ›Dessert Surprise nach Art des Hauses‹ entschieden, das aus verschiedenen kleinen Eisportionen und fruchtigen Cremes bestand. Beide wurden nicht enttäuscht.

Auch dieser Teil ihres gemeinsamen Mahles lief fast schweigend ab, unterbrochen nur durch gelegentliche genießerische Seufzer. Jeder hing seinen Gedanken nach, Holten dachte an Verbandsflüge und Flugpläne, Wing an sein Bett. Er hatte einen anstrengenden Tag hinter sich, seinem kriminalistisch ermittelnden Fliegerkameraden einen Gefallen getan und die Belohnung dafür in Empfang genommen. Mehr konnte ein Tag nicht bieten.

»Können wir noch fahren?«, fragte Wing und schob seine leeren Teller in die Mitte des Tisches.

›Dürfen wir noch fahren?‹, meinte er wahrscheinlich.

Beide waren der Überzeugung, dass sie ihre Wagen heimfahren dürften, obwohl das wahrscheinlich nicht stimmte.

Holten spürte, dass es Wing nach Hause zog und es für ihn nichts mehr zu holen gab. Er bestellte noch Kaffee, und nachdem sie ihn getrunken hatten, verlangte er die Rechnung. Wieder einmal war er froh, dass es nach über dreißig Jahren doch noch mit dem großen Lottogewinn geklappt hatte. Er zahlte ohne schlechtes Gewissen die hohe Rechnung und gab ein großzügiges Trinkgeld.

Sie waren die letzten Gäste.

»Du denkst daran, mir noch wegen der anderen Dienstage Bescheid zu geben, ja?«, gab er Wing noch mit auf den Weg, als sie sich draußen auf dem Parkplatz verabschiedeten.

»Ehrensache, bei dem Nachtisch! Und vielen Dank, Max, es war ein herrliches Essen, ein Festmahl. Ich rufe dich ganz sicher an.«

Fast alle Ampeln waren wider Erwarten grün, und als sie auf der Autobahn fuhren, waren die Rücklichter von Wings Wagen schnell vor ihm verschwunden. Wing war jünger und hatte deswegen noch Lust am schnellen Fahren. Holten hatte sich im Laufe der Jahre eine ruhigere Fahrweise angewöhnt.

Wie immer, wenn der Verkehr wenig Aufmerksamkeit erforderte, schweiften seine Gedanken ab. Er dachte an seine Angetraute, mit der er auch einmal wieder etwas Schönes unternehmen sollte – vielleicht die große Tochter in Süddeutschland besuchen –, an seinen jüngsten Sohn, der schon länger darauf wartete, dass er mit ihm endlich seine Internetseite gestaltete, und an seinen Ältesten, der so gut Fußball spielte, dass er immer wieder gern ins Stadion ging.

Sein letzter Besuch auf dem Fußballplatz kam ihm in den Sinn, und als das Wettrennen des kleinen Jungen mit seinem Vater vor seinem geistigen Auge ablief, fiel ihm plötzlich die Lösung, die einzige, die plausibel schien und alles erklären konnte, wie eine reife Pflaume in den Schoß. Er wusste nun, wie und wo er weitersuchen musste.

Er fingerte sein Handy aus der Tasche und tippte Wings Nummer ein. Als gesetzestreuer Bürger wusste er natürlich, dass man im Auto sein Mobiltelefon nicht ohne Freisprecheinrichtung benutzen durfte, aber auf der Autobahn konnte man ja nicht einfach so anhalten, und so etwas Überflüssiges wie eine Freisprecheinrichtung wollte er nicht in seinem Wagen haben. Eigentlich gab es doch keine noch so wichtigen Gespräche, die nicht aufgeschoben werden konnten. Also telefonierte er nie im Auto, doch die Information, die er heute Abend noch bekommen musste, war zu wichtig, um das Telefonat aufzuschieben. Und außerdem waren nachts auch keine Streifenwagen unterwegs.

Es meldete sich der Anrufbeantworter. Holten fiel ein, dass Wing natürlich noch nicht zu Hause sein konnte, auch wenn er bedeutend schneller fuhr als er. Trotzdem unterbrach er den Anruf nicht und diktierte der Maschine:

»Holten hier. Mir ist noch etwas ganz Wichtiges eingefallen. Ich brauche unbedingt die Kennung der Cessna auf diesem Flugplan, es ist absolut wichtig für mich. Ruf mich möglichst bald an, und am besten mit Ergebnis. Danke.«

Er hoffte, dass Wing die auf dem Anrufbeantworter hinterlassene Nachricht bemerken würde, dann könnte er schon morgen Bescheid wissen.

Holten stellte den Wagen in das Carport, und als er ins Haus ging, bemerkte er, dass in der Küche und im Wohnzimmer noch Licht brannte. Susanne schlief auf dem Sofa vor dem Fernsehgerät, und er wurde mit einem schläfrigen »Guten Abend« begrüßt, in dem er einen gewissen Neidanteil nicht überhören konnte.

»Und was hast du jetzt bekommen?«

Er setzte sich und begann zu berichten.

»Eigentlich genau das, was ich vermutet habe. Es war eine Mitsubishi unterwegs, und...«

Sie winkte ab, und er ahnte, dass er das falsche Thema angeschnitten hatte.

»Ich will zuerst genau wissen, was ihr gegessen habt und wie es euch geschmeckt hat!«

Obwohl sie an seinem Fall für gewöhnlich immer regen Anteil genommen hatte, interessierte sie sich in diesem Moment nur für die Zusammenstellung der Speisen und Getränke des heutigen Abends. Jetzt hatte er verstanden, dass sie gern dabei gewesen wäre. Richtig böse war sie ihm jedoch nicht, und elegant konnte er sie schnell mit der Aussicht auf einen gemeinsamen Abend in ebendiesem Restaurant besänftigen.

WOLKEN

Es regnete.
Den Sommer über hatte monatelang ein fast mediterranes Klima geherrscht, allerdings war jetzt nicht mehr zu leugnen, dass der Herbst im Anzug war. Viele kleine, jedoch unübersehbare Zeichen wiesen darauf hin.

Der Himmel war nicht mehr strahlend blau, sondern nur noch blau, die Wolken nicht mehr weiß, sondern grauweiß, der Wind nicht mehr lau, sondern leicht bis mäßig, und der Regen war nicht mehr warm, sondern nur nass. Auf den Überlandleitungen sammelten sich die Zugvögel, und Holten und seine Frau mussten sich bei ihren Fahrradausflügen schon wieder eine leichte Jacke anziehen.

Der Anruf von Jan-Ole Wing war schon zwei Tage später gekommen. Es hatte sich herausgestellt, dass die Flugpläne zwischen Warschau und Amsterdam recht häufig, fast jede Woche, aufgegeben worden waren. Immer war im Verband geflogen worden, und immer mit zwei Maschinen – mit der Cessna als Verbandsführer. Allerdings war als zweite Maschine stets eine Mooney 231 eingetragen, die Mitsubishi erschien nur einmal. Dieses Flugzeug war auch ein Viersitzer wie die Cessna, aber es war bei den Piloten als ›schneller Hirsch‹ bekannt. Das bestärkte Holtens Verdacht. Er hatte sich die Daten der Flüge notiert und mit den Einzahlungen auf Rieckers Konto verglichen. Sie stimmten genau überein, ohne Ausnahme. Schließlich hatte er von Wing die Kennungen der Maschinen bekommen und als Zugabe den Eigner. Diese Information hatte er als Fluglotse problemlos von den Kollegen in den Niederlanden durch einen einfachen Anruf erhalten. Die Maschinen waren gemietet gewesen, und zwar von der Flugzeugwerft, AERAM-Flight-Service, die am Flughafen Amsterdam ansässig war, zusätzlich gewerblich Flugzeuge vercharterte und darüber hinaus auch eine Flugschule betrieb.

Holten hatte sich daraufhin entschlossen, diesem Betrieb einen Besuch abzustatten, um so an nähere Informationen zu gelangen. Er würde natürlich fliegen, und er freute sich darauf, denn er hatte schon lange keinen Auslandsflug mehr gemacht, und Amsterdam stand bis jetzt noch nicht in seinem Flugbuch, in das er, wie alle Piloten, seine Flüge eintrug. Der Anflug auf diesen großen, viel beflogenen Flughafen reizte ihn sehr. Für den Rückweg hatte er aus Trainingszwecken einen Nachtflug nach Bremen geplant. Er hatte die Berechtigung für den Sichtflug bei Nacht, aber selten Gelegenheit, davon Gebrauch zu machen, weil sein Heimatflugplatz Weser-Wümme natürlich nicht für Nachtstarts und -landungen ausgerüstet war. Diese Nachtflüge waren immer eine recht umständliche Angelegenheit für ihn, weil er stets auf weiter entfernten, besser ausgerüsteten Plätzen starten und landen musste. Dieses Mal konnte er jedoch das Angenehme mit dem Nützlichen verbinden.

Nun musste er nur noch passables Wetter abwarten, und das stellte sich drei Tage später ein.

Die Wetterkarte hatte für die Nacht ein durchziehendes Tief angekündigt, und für den kommenden Tag war Rückseitenwetter zu erwarten. Das verhieß Sichten ›von Pol zu Pol‹, mäßige Bewölkung mit ausreichenden Untergrenzen, vermutlich allerdings auch ziemlich starken Wind auf die Nase mit entsprechend längerer Flugzeit.

Am Sonntagabend fuhr er noch zum Flugplatz und hatte Glück, dass er sein Lieblingsflugzeug, die D-ELPA, für Montag noch chartern konnte.

Da jedoch das ausgesprochene Sommerwetter vorüber

war, wurde unter der Woche nicht mehr viel geflogen. Er rief daher einen Flugleiterkollegen an, damit er am kommenden Morgen auch legal, also unter Aufsicht, starten konnte. Dann machte er sich an die Flugvorbereitung, zog Striche auf die Karten, suchte Anflugkarten und Funkfrequenzen heraus und packte seinen Pilotenkoffer mit allen nötigen Utensilien. Er war relativ schnell fertig damit, denn es war nicht das erste Mal, dass er einen größeren Flug plante oder ins Ausland flog, und er hatte schon mehr als tausend Stunden in seinem Flugbuch stehen.

Routine.

Auch für Susanne war das Ganze nichts Besonderes. Sie wusste, dass ihr Mann ein zuverlässiger und verantwortungsvoller Pilot war, und hatte sich an seine fliegerische Leidenschaft gewöhnt. Sie selbst flog allerdings selten mit, sie konnte dem Aufenthalt in luftiger Höhe nicht allzu viel abgewinnen, und manchmal, wenn ihr Pilot aus lauter Übermut ungewöhnliche Kurven und Schleifen flog, hatte sie sogar ein wenig Angst. Immer wieder, wenn er darüber lachte, erzählte sie die Geschichte, als Holten als junger, unerfahrener Pilot und, das musste er sich im Nachhinein eingestehen, schlecht vorbereitet, ihren Zielflugplatz nicht finden konnte und die Kinder auf den hinteren Sitzen wegen der ruppigen Luft das Frühstück wieder von sich gaben. Aber er hatte daraus gelernt.

Am nächsten Morgen war Holten früh um acht auf den Beinen. Er frühstückte ausgiebig, fühlte sich gut und freute sich auf den Tag, der ihm einige Stunden in der Luft bescheren würde.

Das Wetter hatte sich tatsächlich so entwickelt wie vorhergesagt. Das war nicht selbstverständlich, selbst in der heutigen Zeit mit all den modernen Geräten traute Holten den Metereologen nicht viel mehr zu als den alten Bauernregeln. Er war schon einige Male am Boden geblieben, weil die Flugwetterberatung keine Sichtflugbedingungen prognostiziert hatte, und hatte sich später über das hervorragende Flugwetter gewundert. Andererseits musste er auch schon einige Male auf irgendwelchen Ausweichplätzen landen, weil es trotz positiver Vorhersagen für ihn als Sichtflieger kein Durchkommen mehr gab.

Holten hatte sich für zehn Uhr mit dem Flugleiter am Platz verabredet. Er wollte um Viertel nach zehn ›airborn‹ sein, und vorher war noch einiges zu erledigen. Zunächst musste er telefonisch die aktuellen Wetterdaten erfragen, dann Kompasskurse und Flugzeiten errechnen und den Flugplan für den grenzüberschreitenden Flug aufgeben. Dann musste er rechtzeitig am Platz sein, weil er die Maschine allein aus dem Hangar holen, den Außencheck machen und womöglich noch tanken musste. Erfahrungsgemäß dauerte das seine Zeit.

Susanne nahm ihn zum Abschied in die Arme und küsste ihn.

»Komm heil wieder.«

Das sagte sie immer, wenn er einen größeren Flug geplant hatte.

»Du kennst mich doch.«

Holten startete den Wagen und winkte aus dem geöffneten Seitenfenster. Als er in den Rückspiegel blickte, war sie bereits von der Straße verschwunden.

Am Flugplatz parkte er den Wagen neben dem Hangar, und da der bestellte Flugleiter noch nicht eingetroffen war, konnte er in aller Ruhe seine Vorarbeiten erledigen. Danach setzte er sich oben in den Tower und wartete.

Von hier aus hatte er den toten Riecker entdeckt. Auf diesem Platz hatte jeden Dienstag auch Riecker gesessen und ein Flugzeug erwartet.

Der Verein hatte noch keinen neuen Platzwart gefunden, deshalb war das Fliegen an den Werktagen nicht mehr so einfach wie in der Zeit vor Rieckers Tod.

Schließlich kam sein Fliegerkamerad angehetzt.

»Entschuldige, Max, es ging nicht früher.«

»Macht nichts, ich hab´ die Bahn schon kontrolliert. Alles in Ordnung«, beruhigte ihn Holten.

»Ich lass´ den Vogel heute Nacht in Bremen, ich will eine Nachtlandung machen. Du musst also heute Abend nicht mehr kommen«, teilte er dem Flugleiter noch mit, als er die enge Wendeltreppe hinunterging.

»Wenn du morgen noch einmal Zeit hast, rufe ich dich an, damit du mich vormittags hier hereinlässt.«

»Ja, das kriegen wir wohl hin.«

Der Flugleiter kannte die Gepflogenheiten.

»Wo willst du überhaupt hin?«

»Ich geh´ nach Amsterdam.«

»Ja, gut«, und nachdem er sich den Windsack angesehen hatte:

»Nimm mal die Drei-Sechs.«

Damit meinte er, dass Holten mit seinem Flugzeug in Richtung 360° starten sollte.

Holten stieg in die Maschine, prüfte Motor und Instrumente und rollte zum Startpunkt. Er schob den Gashebel nach vorn, und nach einigen Augenblicken unangenehmen Holperns über die Graspiste schwebte er.

»Startzeit 16, guten Flug!«, verabschiedete ihn der Flugleiter.

»Danke, und ciao.«

›Hoffentlich ist Pauschen nicht zu Hause‹, dachte er schmunzelnd, als er mit fast voller Motorleistung im Steigflug hing und leicht nach links abdrehte. Aber eigentlich war er sicher, dass der seinen Start registriert hatte.

In zweitausend Fuß über dem Erdboden, der Mindesthöhe für den Reiseflug, levelte er die Maschine aus. Er flog gern in dieser Höhe, aus der man, bei entsprechender Sicht, noch viele Einzelheiten in der Landschaft erkennen konnte. Dies war einer der Gründe, aus denen er das Fliegen so liebte: Aus der Höhe hatte man Ansichten und Ausblicke, die man am Boden nie erleben konnte. Eigentlich wäre er gern noch etwas tiefer geflogen, aber das war leider verboten.

Er fühlte sich in der Luft immer im wahrsten Sinne des Wortes wie abgehoben.

Die Sicht war so gut wie selten, rechts die Nordsee, links das Weserbergland, und Holten genoss den Flug.

Er machte seine Startmeldung und nahm, nachdem er die Bremer Kontrollzone durchquert hatte, seinen Kurs auf. Alles lief wie geplant, selbst der Transponder schien wieder in Ordnung zu sein. Abmeldung Bremen Information, Anmeldung Dutch Mil, Abmeldung Dutch Mil, Anmeldung Amsterdam, Meldung Amsterdam Tower, Anflug, Landung auf der Zwei-Zwei.

Bei der Landung musste er ein wenig kämpfen, denn der Wind, direkt von der Seite, blies nicht gerade schwach. Aber gerade das war ein weiterer Grund, der ihn immer wieder in die Luft brachte: Der Kampf mit den Elementen, mit den widrigen Wetterumständen; wenn er durch exakte Navigation trotz kaum ausreichender Flugsicht das Ziel trotzdem genau erreichte oder bei starkem Wind von der Seite eine saubere Landung hinlegen konnte.

Alles in allem war es deshalb für ihn ein wunderbarer Flug.

Unterwegs hatte er sich Gedanken gemacht, wie er vorgehen sollte. Sich als Polizist auszugeben, kam nicht infrage, obwohl er aus Erfahrung wusste, dass die meisten Menschen sich scheuten, nach der Legitimation zu fragen. Aber zum einen war er nicht mehr im Polizeidienst, und zum anderen würde er sich im Ausland aufhalten, und ein Kriminalbeamter, der der Landessprache nicht mächtig war, würde bestimmt seinen Ausweis vorlegen müssen. Ein Privatmann jedoch würde nicht so ohne Weiteres eine Auskunft erhalten. Er beschloss, erst in der konkreten Situation sein Vorgehen zu bestimmen.

Als er hinter dem gelb-schwarzen ›Follow me‹ zu der ihm zugewiesenen Parkposition rollte, orderte er über Funk Treibstoff, und während er das Flugzeug verzurrte, rollte bereits der Tankwagen vor. Um die niedrigen Preise zu nutzen, ließ er die Tanks bis zum Rand füllen. Ein Kleinbus brachte ihn dann zum Abfertigungsgebäude.

Nachdem er die vorgeschriebenen Formalitäten erledigt hatte, schlenderte er in die Cafeteria, in der er einen Becher Kaffee schlürfte und eine Zigarette rauchte – beides lebenswichtig. Außerdem erkundigte er sich auch nach dem Standort der Firma AERAM. Es stellte sich heraus, dass der Betrieb in der Nähe des General-Aviation-Terminals lag, nur wenige Hundert Meter entfernt. Er konnte zu Fuß gehen.

Als er sich auf den Weg machte und bezahlen wollte, fiel ihm auf, dass hier anscheinend alle Leute die deutsche Sprache beherrschten. Beim Tanken, bei der Abfertigung und hier in der Cafeteria hatte er nur deutsch gesprochen. Er wunderte sich und schämte sich fast ein wenig, dass er als Gast die Sprache seiner Gastgeber nicht beherrschte.

Draußen war es ungemütlich kühl, und Holten zog den Reißverschluss seiner Lederjacke hoch, als er aus dem gut geheizten Gastraum in die frische Luft trat.

Auf dem Weg zu AERAM konnte er durch den Absperrzaun auf dem Betriebsgelände der Firma eine Anzahl verschiedener Flugzeuge sehen, unter anderen, wie er nicht überrascht feststellte, auch eine Mitsubishi Solitaire und eine

Mooney 231 sowie diverse Cessnas. Die Gebäude waren ein zusammenhängender Komplex aus Werkstätten, Hangars und einem zweigeschossigen Verwaltungstrakt. Der befand sich auf der Straßenseite und war mit einer lichten, filigranen Glasfassade versehen. Der ein wenig nach vorn gezogene Eingang in der Mitte, über dem in großen Buchstaben ›AERAM-Flight-Service‹ stand, war nicht zu verfehlen.

Für einen Moment blieb Holten stehen. Er hatte immer noch keine Idee, wie er vorgehen sollte, und ganz wohl war ihm nicht. Entweder er würde seine Informationen bekommen oder sich in eine furchtbar peinliche Situation hineinmanövrieren. Die Eingangstür öffnete sich, und ein Mann mit Pilotenmütze kam heraus. Er drehte den Kopf zu Holten und ließ ihn nicht aus den Augen, als er ihn passierte.

Holten gab sich einen Ruck und setzte sich langsam in Bewegung.

Gegenüber der automatischen Eingangstür saßen, jede hinter einem eleganten Glasschreibtisch, zwei Damen an der hinteren Wand der Eingangshalle, die eine im besten Alter, eher älter als jünger, leicht ergraut, ernst, elegant gekleidet und unsympathisch, die andere jung und blond, flott angezogen und sehr sympathisch. Langsam die Eingangshalle durchquerend, betrachtete er im Vorbeigehen die großen Fotos von alten und neuen Flugzeugen, die an den weißen Wänden hingen.

Dicht vor den Schreibplätzen, auf einem Glastischchen vor zwei Sesseln, waren Zeitschriften und Listen mit Charterpreisen ausgelegt, und weil er noch immer nicht wusste, wie er vorgehen sollte, entschied er, sich zunächst als Interessent für eine Flugzeugcharterung auszugeben. Der Rest musste sich ergeben. Er vertraute auf sein Glück.

Die Blonde blickte ihm freundlich, die Gräuliche nicht so nett, jedoch interessiert entgegen, und um sprachlichen

Missverständnissen vorzubeugen, fragte er nach nach einem freundlichen »Guten Tag« sofort:

»Sprechen Sie deutsch?«

Die Ältere, augenscheinlich die erste Kraft, antwortete: »Ja, natürlich.«

Alles andere hätte ihn nach seinen bisherigen Erfahrungen auch gewundert.

Sie fuhr fort: »Womit kann ich Ihnen helfen?«

»Ich möchte ein Flugzeug chartern.«

Ihre Gesichtszüge deuteten ein Lächeln an, das sie jedoch nicht sympathischer machte, dann wies sie mit der Hand auf einen der beiden hellen Ledersessel, an denen er vorbeigegangen war. Holten setzte sich.

»Fliegen Sie selbst oder brauchen Sie auch einen Piloten?«, war die nächste Frage.

»Ich bin Pilot.«

»Was brauchen Sie denn?«, wollte sie jetzt wissen. Sie hielt sich wirklich nicht mit unnötigem Gerede auf.

»Ich benötige ein schnelles Flugzeug, eine Mooney oder ein ähnliches Kaliber. Es könnte auch eine Zweimot sein.«

»Ja, eine Mooney können wir Ihnen anbieten.«

Holten schmunzelte innerlich über ihre deutsche Aussprache.

Das Telefon ging, sie nahm ab und telefonierte eine Weile auf Niederländisch. Die Blonde tat nichts, blickte ihn freundlich an und dann auf ihre Fingernägel. Sie sah aus wie eine Praktikantin. Die andere stellte schließlich das Gespräch weiter und wandte sich wieder Holten zu. Sie machte genau an der Stelle weiter, an der sie unterbrochen worden war. Ziemlich gleichgültig betete sie ihr Angebot herunter:

»Unsere Malibu fällt für längere Zeit aus. Zweimotorig stände Ihnen eine Piper Aztec oder eine Mitsubishi Solitaire zur Verfügung.«

Das Telefon ging wieder. Diesmal dauerte das Gespräch etwas länger. Die Junge lächelte, Holten lächelte zurück. Sie machte einen netten Eindruck. Holten dachte an seine große Tochter, die er lange nicht gesehen hatte.

»Was soll es sein?«

Die Ältere war mit ihrem Gespräch fertig.

»Äh, ich glaube, ich sollte einmal die Mitsubishi probieren.«

Sofort nachdem er es ausgesprochen hatte, wusste er, dass ›probieren‹ das falsche Wort gewesen war.

Sie zog die Augenbrauen in die Höhe. Wahrscheinlich sah er nicht wie ein Pilot aus, der eine Maschine dieser Größe fliegen konnte.

»Haben Sie ein gültiges Type-Rating?«

Sie meinte die Erlaubnis, eine solche Maschine zu fliegen.

»Yes, Madame, I have«, log Holten unverfroren.

Seine Bestätigung erwiderte sie mit einem misstrauischen Blick.

Er wusste jetzt jedoch, wie er herausbekommen sollte, wer die Maschine gemietet hatte. Wenn er sich interessiert genug zeigte, würde er vielleicht einen Blick in das Bordbuch werfen können.

»Bevor Sie das Flugzeug übernehmen können, müssen Sie einen Checkflug mit einem Fluglehrer unserer Firma machen«, warnte sie ihn streng.

»Aber zumindest ist Ihre deutsche Lizenz hier ja gültig.«

Bei diesen Worten sah sie ihn abermals prüfend an, bestimmt glaubte sie ihm das Type-Rating nicht.

Jetzt musste sie abermals telefonieren. Sie nahm das Gespräch an und verließ dann den Raum durch eine Tür hinter den Schreibtischen, um in den hinteren Räumen irgendetwas zu erledigen. Die Blonde hielt die Stellung und strahlte ihn freundlich an.

Die Strenge kam zurück, setzte sich und setzte das Verhör

fort:

»Und wann wollen Sie fliegen?«

Holten überlegte. Die beste Möglichkeit, irgendetwas zu erfahren, hätte er, wenn er das Bordbuch durchblättern könnte, aber er hatte jetzt den Eindruck, dass sie ihm ohne Vorlage seiner Pilotenlizenz inklusive Type-Rating, das er nicht besaß, nichts in die Hand geben würde.

Sie war streng und unzugänglich wie ein amerikanischer Zollbeamter.

»Ich bin am nächsten Montag wieder in Amsterdam. Der Dienstag würde mir passen. Ich würde gleich morgens kommen«, antwortete er, ohne lange darüber nachzudenken und um Zeit zu gewinnen.

Sie tippte irgendetwas in den Computer und schaute angespannt auf den Bildschirm, um seinen Terminwunsch abzuklären. Schließlich erklärte sie:

»Einen Moment bitte, ich muss kurz prüfen, ob ein Fluglehrer zur Verfügung steht.«

Sie verschwand wieder nach hinten.

Das war seine Chance. Sicher hatte sie die Charterliste der Mitsubishi auf dem Bildschirm.

Er blickte zu der Blonden hinüber, sie schaute freundlich zurück, und als er mit der Hand ein Zeichen machte, das darstellen sollte, dass er hinter den Schreibtisch zum Computer wollte, nickte sie. Warum sie das tat, konnte er noch nicht einmal vermuten.

Vielleicht konnte sie überhaupt nicht sprechen?

Holten umrundete die Glasplatte und stellte sich auf den Platz der ersten Sekretärin. Auf dem Bildschirm erkannte er sofort so etwas wie eine Charterliste für die Mitsubishi, mit Daten über Flugzeiten, Namen, Kosten und noch mehr. Er scrollte nach oben. Die Liste war scheinbar für das ganze Jahr gültig, und es dauerte nicht lange, bis er den fraglichen

Dienstag fand. Als Charterer war eingetragen: Fa. IMEDEX, Pilot van Dalen, Adresse, Telefonnummer, Charterzeit. Schnell griff er sich einen Kugelschreiber und ein Blatt Papier, notierte alles und steckte den Zettel in die Brusttasche seiner Lederjacke. Gerade als das Papier verschwunden war und der Kugelschreiber wieder auf seinem Platz lag, erschien seine Verhandlungspartnerin wieder in der hinteren Tür. Sie stutzte kurz und fragte barsch:

»Was machen Sie da?«

Wie ein ertappter Missetäter zuckte Holten zusammen und trat schnell wieder vor den Schreibtisch, doch ehe er sich irgendeine plausible Erklärung ausdenken konnte, setzte die junge Blonde zu einer längeren Antwort auf Niederländisch an. Sie konnte also doch sprechen, und offensichtlich auch überzeugend. Womöglich hatte sie ihn von Anfang an schon durchschaut und gewusst, worauf er aus war, aber warum sie ihm half, war ihm gänzlich unklar.

Er hatte von ihrem Gespräch nichts verstanden, aber die Ältere musterte ihn kurz von oben bis unten, der Anflug eines verächtlichen Lächelns glitt über ihr Gesicht, und sie setzte sich wieder, aber anscheinend beruhigt.

Holten war gerettet und durfte sich wieder auf den Sessel setzen, jedoch nicht ohne noch einen bösen Blick abzubekommen.

»Kann ich Ihnen einen anderen Termin anbieten?«

Jetzt war sie wieder katzenfreundlich.

»Warum?«

»Es ist am nächsten Dienstag kein Prüfer für Ihren Checkflug verfügbar.«

Jetzt hatte er noch einmal Glück gehabt. Er hatte erfahren, was er wollte, und konnte weitere Verhandlungen ohne Gesichtsverlust abbrechen. Er versuchte, einen enttäuschten Eindruck zu erwecken.

»Nein, es tut mir sehr leid, Dienstag hätte mir zugesagt. Meine Zeit ist leider sehr eingeschränkt. Wenn Sie mir eine Karte geben, werde ich mich telefonisch wieder bei Ihnen melden. Vielen Dank.«

Er stand schnell auf, verbeugte sich leicht und verließ die Empfangshalle.

Er spürte in seinem Rücken die Blicke der Damen und war davon überzeugt, dass die eine verkniffen aussah und die andere freundlich.

Über dem Eingang zum Bürogebäude saßen zwei Möwen auf dem Firmenschild in der Sonne, und als er noch einmal zurückblickte, stellte er fest, dass sie ihm genauso merkwürdig nachblickten wie vermutlich die beiden Damen vorher.

Auf dem Rückweg zum General Aviation Terminal bemerkte er, dass sein Magen knurrte, und deshalb führte sein erster Weg auch wieder zurück in die Cafeteria.

Er schnappte sich ein Tablett, suchte sich ein Stück gebratenen Rotbarsch mit Pommes Frites aus und stellte noch ein Schälchen Salat dazu. Als er ein Glas mit Cola füllte, dachte er kurz an sein Essen mit Jan-Ole Wing – aber er hatte Hunger, und auch Fish and Chips machen satt. Dann suchte er sich einen Platz am Fenster, von wo aus er den Betrieb auf dem Vorfeld und die Runway beobachten konnte, und machte sich ohne großes Behagen ans Essen. Als er satt war, lehnte er sich zurück, steckte sich eine Zigarette an und ließ seinen Blick durch das Lokal schweifen. Alle Tische waren inzwischen besetzt. Es war Mittagszeit, und in der Cafeteria schienen auch viele Angestellte der umliegenden Firmen zu essen.

Plötzlich entdeckte er an der Kasse der Selbstbedienungstheke die nette Blonde vom Empfang bei AERAM. Mit dem Tablett in einer Hand blickte sie sich suchend nach einem freien Platz um. Holten hätte gern noch einmal mit ihr gesprochen, und weil er allein an seinem Tisch saß, hob er die

Hand und winkte. Sie entdeckte ihn sofort, winkte fröhlich zurück und schlängelte sich elegant zwischen den Tischen hindurch auf ihn zu.

»Ich esse hier manchmal zu Mittag«, sagte sie lächelnd, »und jedes Mal muss ich nach einem freien Platz suchen.«

Dass auch sie sehr gut deutsch sprach, überraschte ihn überhaupt nicht.

»Ich bin froh, dass ich hier nicht mehr allein sitzen muss. Nehmen Sie Platz«, begrüßte er sie.

Sie hatte sich, wie es sich für ein figurbewusstes junges Mädchen gehört, nur ein kleines Sandwich, einen Salat und einen Milchshake mitgebracht. Holten wäre von dieser Portion nicht satt geworden.

»Meistens esse ich mittags nichts.«

»Ich bin erfahrener Vater einer erwachsenen Tochter und weiß Bescheid. Sie müssen sich nicht entschuldigen, und Sie haben eine ansehnliche Figur. Essen Sie in Ruhe.«

Langsam und mit Genuss begann sie zu essen. Holten sah ihr zu, aber lange konnte er seine Neugier nicht zügeln.

»Wie lange arbeiten Sie denn schon bei AERAM?«, eröffnete er das Gespräch.

Sie kaute ausgiebig zu Ende und schluckte den Bissen herunter, bevor sie antwortete:

»Noch nicht so lange, drei Monate. Aber sehr viel länger werde ich bestimmt nicht bleiben.«

»Warum das nicht?«

»Sie haben sie ja selbst kennengelernt, die alte Schellen. Sie ist die Mutter vom Chef und will immer nur kontrollieren, ob ich auch alles richtig mache. Sie kann mich nicht ausstehen, und ich kann sie nicht leiden. Es macht mir einfach keinen Spaß, mit ihr da vorn zu sitzen.«

»Haben Sie mir deswegen geholfen, als sie plötzlich wieder da war? Wollten Sie sie ein wenig ärgern?«, fragte er.

Wieder machte sie eine längere Esspause. Dann lächelte sie ihn an.

»Ja, deswegen auch, aber Sie haben mich auch an meinen Vater erinnert, der ist Kriminalpolizist, und Sie sind auch einer – Sie sind doch einer, oder?«

Holten bewunderte ihre Beobachtungsgabe, und so blieb ihm eigentlich nichts anderes übrig, als ihr die Wahrheit zu sagen.

»Ja, ich bin einer, das heißt, ich war einer«, gestand er. »Ich bin nicht mehr im Dienst.«

»Sehen Sie, ich hatte recht!«, triumphierte sie.

»Und warum waren Sie bei uns? Hat die Alte etwas verbrochen? Soll sie verhaftet werden?«

»Hoffentlich«, fügte sie noch fröhlich hinzu.

Er musste ihre Hoffnung dämpfen.

›Ich bin ein Glückskind, dass ich sie getroffen habe‹, dachte Holten.

»Nein, nein. Ich bin gekommen, weil ich etwas über die Flüge eurer Mitsubishi und Mooney 231 erfahren wollte. Mit Ihrer Hilfe habe ich ja schon erfahren, wer die Zweimot gechartert hat. Ist der gleiche Kunde denn vielleicht auch mit der Mooney geflogen?«

Sie nickte.

»Ja, ganz oft.«

»Vielleicht können Sie mir etwas darüber und auch über diese Firma IMEDEX erzählen.«

Sie steckte den letzten Bissen Salat in den Mund und überlegte.

»Ich fürchte, da muss ich Sie enttäuschen. Viel weiß ich nicht. Ich weiß nur, dass sie, glaube ich, immer montags um die Mittagszeit fliegen. Sie kommen immer zu zweit. Einer nimmt die Cessna mit den Langstreckentanks, der andere die Mooney, und einmal sogar die Mitsubishi, und dienstags gegen Abend sind sie wieder da.«

»Fliegen irgendwelche Passagiere mit?«

»Nein, nicht dass ich wüsste. Ich habe jedenfalls nie welche bemerkt, und im Bordbuch waren keine eingetragen.«

»Wissen Sie vielleicht, wie lange die Maschinen immer unterwegs waren? Ich meine, wie lange sie in der Luft waren?«, fragte er.

Sie holte eine Zigarette aus ihrem Handtäschchen und Holten gab ihr Feuer.

»Nee, beim besten Willen nicht. Ich muss zwar immer die Minuten für die Abrechnung aus den Bordbüchern zusammenzählen und in den Rechner übertragen, aber wir verchartern elf Maschinen, wie soll ich mir das merken.«

Sie zog an ihrer Zigarette, schwieg und dachte nach. Dabei verdrehte sie die Augen nach oben und trommelte mit dem Mittelfinger auf der Tischplatte.

Holten wartete geduldig und beobachtete den Betrieb auf dem Vorfeld.

Nach einer längeren Pause sah sie ihn wieder an.

»Doch, einmal hat der Chef sich bei der Alten beschwert und sie ausgeschimpft, dass sie beim Verchartern nicht aufgepasst hat, weil die Mooney den Termin für die Kontrolle überzogen hatte. ›Du weißt doch, dass sie immer ungefähr acht Stunden fliegen und hättest sie nicht weggeben dürfen‹, hat er gesagt. Also sind sie wohl immer ungefähr so lange unterwegs gewesen.«

Plötzlich drückte sie ihre Zigarette aus und stand auf.

»Ich muss los, sonst wird sie noch ungnädiger.«

»Eine Frage habe ich noch, bevor Sie gehen. Können Sie mir sagen, wie ich zu dieser Firma IMEDEX finden kann? Ich muss mir diese Firma einmal ansehen.«

Sie setzte sich schnell wieder.

»Die sind nicht weit weg von hier, aber nicht ganz leicht

zu finden. Doch ich weiß, wie man schnell hinkommt.«

»Dann beschreiben Sie mir doch bitte noch schnell den Weg«, bat er.

Aber eigentlich hatte er keine Lust zu laufen.

»Ich werde mir ein Taxi nehmen.«

»Nein«, erwiderte sie schnippisch.

Was sollte das jetzt? Zuerst war sie sehr nett und hilfsbereit, und jetzt verneinte sie seine Bitte so kategorisch. Er verzog das Gesicht und lehnte sich resignierend zurück. Er verstand seine Frau manchmal schon nicht, warum sollte es nun bei einem jungen Mädchen anders sein?

»Naja, dann werde ich mir ein Telefonbuch suchen. Da werde ich die Adresse schon finden«, brummte er.

»Nein, auch das werden Sie nicht tun«, lachte sie, »ich werde Sie nämlich hinfahren.«

»Oho!«

Jetzt war er wirklich überrascht, und seine Stimmung besserte sich augenblicklich wieder.

»Und wie komme ich zu der Ehre?«

»Ach, wissen Sie, ich habe meinen Vater so oft gebeten, mich einmal mitzunehmen, wenn er irgendwo Nachforschungen machen musste. Die Freude hat er mir nie gemacht. Ich sei zu jung, hat er gesagt, und später, dass es zu gefährlich sei, oder etwa ›du störst nur‹.«

Sie erhob triumphierend ihren Zeigefinger und sah ganz glücklich dabei aus.

»Sie sind ja auch Kriminalpolizist. Und nun kann ich Sie begleiten und Ihnen vielleicht sogar helfen. Und außerdem habe ich schon um drei Uhr frei.«

Sie erhob sich wieder und schob sich elegant zwischen Stuhl und Tisch hindurch. Sie war jetzt wirklich in Eile. Holten stand ebenfalls auf, wobei er sein Glas, das glücklicherweise leer war, umstieß.

»Das Angebot nehme ich gerne an. Wann treffen wir uns, und wo? Und wie heißen Sie eigentlich?«

»Ich bin um Viertel nach drei wieder hier. Und ich heiße Karen Dusen!«, rief sie ihm zu, fast schon am Ausgang.

»Sie erkennen mich an der Nelke im Knopfloch«, sagte er leise, weil sie ihn ohnehin nicht mehr hören konnte, und schmunzelte dabei, als er ihr nachwinkte.

Er verbrachte die Zeit bis zu ihrer Verabredung mit einem kleinen Spaziergang entlang des Flugplatzzaunes, dem Genuss mehrerer Becher Kaffees, dem Rauchen einiger Zigaretten und dem Studium des örtlichen Telefonbuches.

Unter dem Eintrag

IMEDEX

fand er die Zeile

Im- und Export,

und darunter

Pharmazeutische und Medizinische Produkte

sowie die Adresse mit Telefonnummer. Dann versuchte er unter der großen Anzahl der Einträge ›van Dalen‹ den zu finden, der Pilot sein könnte. Eine Unterhaltung mit ihm wäre wahrscheinlich höchst interessant.

Endlich fand er, was er suchte, nämlich:

Van Dalen, J., IMEDEX,

in der nächsten Zeile

Van Dalen, J. und M., Pharmazeutisches Labor,

und schließlich

Van Dalen, J.

mit der Privatnummer. Er war sicher, dass er auf der richtigen Spur war, und notierte sich die Nummern aller Anschlüsse.

Holten konnte sich schon das Schild

Hier fliegt der Chef selbst

am Büroeingang vorstellen. Er war auf diese Firmen sehr

gespannt. Bei allen Telefonnummern war die gleiche Adresse angegeben.

Beinahe pünktlich um Viertel nach drei erschien Karen im Eingang der Cafeteria. Holten steckte sich eine rosa Nelke, von denen jeweils eine, in einer kleinen Vase, die Tische schmückte, in ein Knopfloch seiner Lederjacke und begrüßte sie formvollendet:

»Wenn ich mich vorstellen darf: Holten, Maximilian Holten, aber du kannst mich auch Max nennen.«

»Ich bin froh, Sie zu sehen«, antwortete sie, lächelte und machte dabei gut gelaunt so etwas Ähnliches wie einen Hofknicks, »und du darfst mich Karen nennen. Und jetzt wollen wir losfahren.«

Sie war voller Tatendrang und sah das Ganze anscheinend als ein großes Abenteuer an, das ihr lange und völlig zu Unrecht verwehrt worden war.

Holten sah das etwas ernster. Er hatte die Möglichkeit, zwei Kapitalverbrechen aufzuklären und einen Freund von einem schrecklichen Verdacht reinzuwaschen. Er war jedoch trotzdem froh, dass er eine nette und attraktive Begleiterin hatte, die außerdem auch noch ortskundig und der Landessprache mächtig war.

Sie fuhr einen roten Ford Ka, der bestens zu ihr passte.

Als sie im Wagen saßen, stellte sie zuerst das Radio an, nicht leise, und auch das passte zu ihr. Holten drehte den Lautstärkeregler zurück.

»Wie mein Vater«, kicherte sie, verzichtete dann aber auf die für Holtens Ohren dröhnende Lautstärke.

Konzentriert steuerte sie den Wagen durch den dichten Verkehr, bevor sie fragte:

»Darfst du mir denn jetzt sagen, worum es bei der ganzen Sache geht? Ich bin neugierig.«

»Ich bin nicht sicher, ob du es wirklich wissen solltest.«

»Doch, doch, ich bin jetzt ja auch beteiligt.«

Er zögerte mit seiner Antwort, und sie wartete geduldig. Als sie vor einer Ampel anhalten musste, sah sie ihn an und erwartete endlich seine Antwort. Holten erklärte:

»Es sind zwei Menschen umgebracht worden, und der Schuldige ist noch nicht gefasst. Außerdem steht ein Mann, den ich gut kenne, unschuldig unter Verdacht, und ich will ihm helfen. Ich hoffe, dass die Piloten der Flugzeuge mir etwas über die ganze Geschichte sagen können, und deshalb muss ich sie sprechen. Das muss dir fürs Erste genügen.«

Sie sah ihn an, und er spürte, wie sie nachdenklich wurde. Sie hatte wohl nicht damit gerechnet, dass es um ein wirkliches Kapitalverbrechen ging.

»Viel ist das ja nicht. Sie - du bist genauso wie mein Vater. Der hat auch nie irgendetwas erzählt.«

Sie verzog den Mund in gespielter Enttäuschung, war jedoch so klug, ihn vorerst nicht mit weiteren Fragen zu behelligen. Er nahm sich vor, ihr die ganze Geschichte später zu erzählen, wenn alles vorbei war.

Sie stellte das Radio trotzig wieder lauter, und von nun an verlief die Fahrt schweigsam.

Sie fuhr genauso, wie sie war - flott.

Als sie sich, weil die rechte Spur wegen eines Busses zum Stehen gekommen war, frech in die mittlere Spur drängte, hupte der nachfolgende Fahrer, der dadurch abrupt hatte bremsen müssen. Doch nachdem sie ihm fröhlich lächelnd zugewinkt hatte, grüßte auch er freundlich zurück.

Sie verließen die Hauptstraße und bogen in ein Gewerbegebiet ein. Nach kurzer Zeit kurvte sie schwungvoll auf einen Parkplatz vor einem weißen, zweigeschossigen Bürohaus, an das sich ein unscheinbares, flaches Gebäude anschloss. Auf der rechten Seite des Eingangs hing ein Schild mit der Aufschrift

IMEDEX
im- und export
pharmazeutischer und medizinischer produkte

links ein ähnliches Schild, auf dem

VAN DALEN
pharmazeutisches labor

stand.

Sie stellte den Motor ab und drehte sich zu ihm hinüber.

»Und wie gehen wir jetzt vor?«

Er amüsierte sich über das ›wir‹.

»Ich gehe hinein und frage nach van Dalen, und wenn er mich empfängt, erkundige ich mich, warum er so häufig mit einer Begleitmaschine nach Polen fliegt. Er wird mir eine Antwort geben, befriedigend oder nicht, nachdem er mich gefragt hat, wieso ich das wissen will, und ich ihm irgendetwas vorgeflunkert habe. Dann gehe ich wieder hinaus, du fährst mich zum Flughafen, ich spendiere dir noch einen Kaffee, und wir nehmen unter Tränen Abschied.«

»Glaubst du, ich bleibe hier im Auto sitzen, während du den Fall löst? Das kommt gar nicht infrage. Wahrscheinlich brauchst du ohnehin noch einen Dolmetscher. Ich komme mit!«

Er fand sie ganz schön kess, und ihre Bemerkung mit dem Dolmetscher bezweifelte er nach seinen bisherigen Erfahrungen hier, doch er ahnte, dass Widerstand zwecklos war, und nickte ergeben. Karens gewinnendem Wesen konnte man nur schwer widerstehen. Das hatten wahrscheinlich nur ihr Vater und die Alte von AERAM geschafft, dachte Holten belustigt.

Sie betraten also gemeinsam die Empfangshalle des Bürogebäudes, und wieder sah er sich zwei Damen hinter einem Tresen gegenüber. Vor dem Tresen ging nach links und rechts ein kurzer Gang ab, dessen Wände aus getöntem Glas bestanden, sodass man dahinter nichts erkennen konnte. Weiße Wände, Chrom, Glas und, wie Holten überrascht feststellte, eine Überwachungskamera über dem Arbeitsplatz der Empfangsdamen. Alles wirkte unterkühlt, aber gediegen. An einer Tür auf der linken Seite stand unter der Aufschrift ›Geschäftsleitung‹ nur ›J. van Dalen‹. Holten trat vor den Tresen, grüßte freundlich und fragte wieder:

»Sprechen Sie deutsch?«

Die Linke antwortete:

»Ja, ich. Was wünschen Sie bitte?«

»Ich hätte gern mit Herrn van Dalen gesprochen.«

»Wie ist Ihr Name bitte?«

Holten nannte seinen Namen, und sie blickte in ihren Terminkalender. Auch er konnte einen Blick hineinwerfen und feststellen, dass kein Termin eingetragen war.

»Haben Sie eine Verabredung mit Herrn van Dalen?«

Er schüttelte den Kopf und antwortete wahrheitsgemäß:

»Nein, leider nicht.«

Warum sollte er lügen?

Sie stand auf und führte die beiden zu einer Sitzecke, die sich direkt im Aufnahmebereich der Überwachungskamera befand.

»Dann möchte ich Sie bitten, hier für einen Moment Platz zu nehmen. Ich will sehen, was ich tun kann.«

Sie verschwand durch die linke Glastür und war nach einer Minute wieder da.

»Es tut mir leid, Sie können Herrn van Dalen jetzt nicht sprechen.«

Die beiden waren aufgestanden, als sie sich näherte.

So schnell wollte Holten nicht aufgeben, schließlich konnte er nicht täglich einen Besuch in Amsterdam machen.

»Und warum kann ich nicht mit ihm sprechen? Ich bin

von weit her gekommen, um ihn zu sehen.«

»Er ist nicht im Hause«, sagte sie kurz.

Dass sie die Unwahrheit sagte, konnte man ihr ansehen. Sie war keine gute Sekretärin, denn eine solche muss für ihren Chef lügen können, ohne rot zu werden.

»Wann ist er zurück? Vielleicht kann ich auf ihn warten«, versuchte er es noch einmal. Vielleicht konnte er sie auch verunsichern.

»Das weiß ich nicht. Heute kommt er wahrscheinlich nicht mehr ins Büro«, sagte sie jetzt fest und seufzte dabei. Sie hatte sich gefangen.

Holten erkannte, dass er hier nichts mehr erreichen konnte, und trat den Rückzug an.

»Dann bedanke ich mich für Ihre Bemühungen. Ich werde mich aber noch telefonisch bei ihm melden. Auf Wiedersehen.«

Draußen vor der Tür konnte Karen nicht an sich halten.

»Was bist du denn für ein Kriminalist?«

Sie sagte scheinbar immer sofort, was sie dachte.

»Was bin ich denn für einer?«

»Die hat doch gelogen, hast du das nicht gemerkt?«

Er legte den Arm um ihre Schulter und antwortete in väterlichem Ton:

»Doch, doch, doch, du kleine Detektivin, das habe ich sehr wohl bemerkt. Aber was soll ich denn tun als pensionierter deutscher Kriminalbeamter in den Niederlanden? Soll ich mich als Einkäufer einiger Tonnen Kopfschmerztabletten ausgeben oder mit Gewalt in sein Büro eindringen? Das gibt es doch nur im Fernsehen.«

»Vielleicht könnte mein Vater denen mal auf den Zahn fühlen«, sinnierte sie, als sie den Wagen aufschloss.

»Vielleicht kann er mir später einmal helfen, aber zuerst muss ich mehr wissen.«

»Und was machen wir jetzt?«

»Ich werde versuchen, diesen van Dalen vom Flugplatz aus telefonisch zu erreichen. Ich werde mich einfach mit einem anderen Namen melden. Vielleicht werde ich ja durchgestellt, wenn ich den Damen sage, dass es etwas Privates ist.«

Er stockte.

»Aber die Sekretärin kennt meine Stimme und wird mich als Deutschen erkennen. Sie wird mich nicht durchstellen. Dann muss ich ihn abends privat zu erreichen versuchen.«

»Ich kann ja anrufen«, sagte sie, froh, dass sie sich vielleicht doch noch kriminalistisch betätigen konnte.

»Das geht doch nicht, ich kann dich da nicht mit hineinziehen«, lehnte er das Angebot ab.

Sie ließ nicht locker.

»Ich brauche ja nur den ersten Anruf zu machen. Wenn sie das Gespräch durchstellt, bekommst du den Hörer.«

Holten dachte nach.

»Ja, von mir aus«, brummte er schließlich zustimmend und war mit seiner Entscheidung auch zufrieden, als er bemerkte, wie sie sich freute.

Eine Viertelstunde später waren sie wieder am Flugplatz.

Sie suchten einen öffentlichen Fernsprecher, Karen holte eine Telefonkarte aus ihrem Täschchen, und Holten kramte den Zettel mit der Telefonnummer von IMEDEX aus der Tasche. Er stand neben ihr, als sie wählte, bereit, den Hörer zu übernehmen. Sie tippte die Zahlen ein, stand still, lauschte in die Muschel und sprach aber nicht. Er konnte ihr die Enttäuschung ansehen, als sie den Hörer wieder einhängte.

»Die haben schon Feierabend«, erklärte sie auf seinen fragenden Blick hin, »es lief nur der Anrufbeantworter. Schade.«

Sie sprach jetzt irgendetwas auf Holländisch, das wie ›Bitte rufen Sie in der Geschäftszeit werktags zwischen acht und sechzehn Uhr an‹ klang. Holten verstand, dass sie den

Anrufbeantworter nachäffte.

»Und nun?«, fragte sie.

»Jetzt gehen wir in unsere Stammkneipe und trinken noch etwas. Ich möchte dich gern einladen.«

Sie betraten wieder die Cafeteria am General Aviation Terminal, in der Holten sich fast schon als Stammgast fühlte, und holten sich jeder eine heiße Schokolade. Die Kassiererin an der Selbstbedienungstheke, die schon den ganzen Tag Dienst gehabt hatte, schaute ihn missbilligend an, als er für sie beide bezahlte. Holten war sicher, dass sie sich ganz falsche Vorstellungen von ihrer Beziehung machte. Sie setzten sich wieder ans Fenster. Er fragte Karen noch ein wenig aus und erfuhr so fast ihren gesamten Lebenslauf, ihre Adresse und Telefonnummer und sogar die ihres Vaters.

»Falls du einmal professionelle Hilfe in den Niederlanden brauchst«, hatte sie gesagt.

Als sie sich verabschiedeten, musste er ihr fest versprechen, dass er sie anrufen und ihr alles erzählen würde, was er ihr bis jetzt noch nicht gesagt hatte, und sie über den Fortgang seiner Ermittlungen auf dem Laufenden halten würde.

Das tat er natürlich.

SINKFLUG

Holten saß auf seinem plastikbezogenen roten Stuhl und rekapitulierte, was er wusste und erfahren hatte. Es war nicht viel, aber ihm war immerhin klar, dass mit den Flügen der Maschinen nach Warschau etwas nicht in Ordnung sein konnte: Mit normaler Reisegeschwindigkeit fliegt eine Cessna 172 von Amsterdam nach Warschau und zurück in knapp zwölf Stunden, eine Mooney in etwas weniger als acht Stunden. Das war, wie Karen erzählt hatte, sicherlich auch in den Bordbüchern der Flugzeuge so festgehalten. In den abgegebenen Flugplänen für die fraglichen Flüge war aber für beide Maschinen die gleiche Start- und Landezeit angegeben, und das hätte auch für die Mooney zwölf Stunden Flugzeit bedeutet. Die Flugsicherung sah die Bordbücher jedoch nicht ein, und den Vercharterer interessierten die Flugpläne nicht. Deshalb war die Diskrepanz auch sicherlich noch niemandem aufgefallen.

Was passierte da?

Er war sicher, dass van Dalen ihm dazu einiges hätte erzählen können, aber der war nicht zu erreichen.

Kurz überlegte er, ob er sich mit Karens Vater in Verbindung setzen sollte, um zunächst Näheres über van Dalen zu erfahren. Aber er wusste noch nicht einmal, ob der sich mit Mord, Diebstahl oder Rauschgift beschäftigte, und verwarf den Gedanken zunächst einmal.

Er würde an diesem Abend wieder nach Hause fliegen und dort sein weiteres Vorgehen planen.

Bis dahin hatte er aber noch viel Zeit, und nachdem er noch eine Zigarette geraucht hatte, schlenderte er zum Flugvorbereitungsraum. Von hier aus konnte er alle Informationen bekommen, die er für die Planung seines Fluges nach Bremen benötigte, von den aktuellen Wetterkarten, Satellitenbildern und Vorhersagen bis zu den luftfahrtrelevanten amtlichen Mitteilungen. Er holte seinen Fliegerkoffer aus einem der Schließfächer und setzte sich an einen der Rechner im Flugvorbereitungsraum.

Die Wetterberatung prognostizierte für den Abend einen starken Südwestwind, hervorragende Sichten und wenig Wolken in größerer Höhe, und seine Berechnungen ergaben eine Flugzeit von fünfundsiebzig Minuten bis Bremen. Dort gab es ein Nachtflugverbot, und weil er kein Postflugzeug flog, musste er um halb neun starten, um sicher vor zweiundzwanzig Uhr Ortszeit dort landen zu können. So richtig dunkel würde es beim Start in Amsterdam noch nicht sein, aber er freute sich auf die Nachtlandung in Bremen.

Als Letztes gab er telefonisch seinen Flugplan mit der Abflugzeit halb neun auf.

Was tun ?

Es war kurz nach achtzehn Uhr, und um zwanzig Uhr musste er zum Flieger. Für einen Abstecher in die Stadt war die Zeit zu kurz, und auch ein Besuch im Hauptabfertigungskomplex des Flughafens Amsterdam lohnte sich nicht mehr. Es blieb nur ein Spaziergang und danach ein abschließender Besuch der Cafeteria.

Er nahm sich diesmal einen Apfelsaft mit, Kaffee hatte er vorerst genug zu sich genommen. Sein Lieblingsplatz mit Ausblick auf das Vorfeld war noch frei, er setzte sich, steckte sich eine Zigarette an und nippte an seinem kühlen Getränk. Langsam ließ er seinen Blick durch den Raum wandern. Am Nebentisch saßen zwei junge Piloten in Uniform, die englisch sprachen, wahrscheinlich gehörten sie zu dem zweistrahligen Privatjet, der draußen auf dem Vorfeld stand. Die drei, die am Eingang gesessen hatten, standen gerade auf. Auch sie waren Flieger, was er an den gewichtigen Pilotenkoffern, die sie trugen, unschwer erkennen konnte.

Und in der Tür stand, er wollte seinen Augen nicht trauen, Marie Fermental. Sie hatte ihn auch gesehen und steuerte bereits auf seinen Tisch zu.

»Maximilian Holten! Welch ein Zufall, was machst du denn hier?«

»Marie, das Gleiche könnte ich dich auch fragen.«

Er war aufgestanden, um ihr die Hand zu geben, und setzte sich wieder, als sie Platz genommen hatte.

Sie antwortete zuerst.

»Ich bin hergeflogen, um Klaus abzuholen. Seine Maschine landet um neun, er kommt heute aus Johannesburg zurück.«

»Und dein Flieger?«

Er kannte natürlich ihr Flugzeug, eine auffällig rot-weiß gespritzte Piper Arrow, und sie war ihm auf der an das Vorfeld angrenzenden Parkfläche nicht aufgefallen.

»Den habe ich in die Werft gegeben. Das passte ganz gut, die 100-Stunden-Kontrolle war ohnehin fällig, und eins der NAV-Geräte spinnt manchmal. Sie wollen das morgen fertig haben, und wir schlafen eine Nacht im Hotel.«

Als sie aufgestanden war, um sich einen Kaffee und ein Käsebrötchen zu holen, hatte er Gelegenheit, sie genauer zu betrachten. Sie kleidete sich immer gern nach der neuesten Mode, für die Holten sich wiederum nicht interessierte und wovon er auch keine Ahnung hatte. Sie trug einen gefleckten tarnfarbenen Overall mit vielen Taschen, dazu eine elegante braune Wildlederjacke und halbhohe Wildlederstiefel. Den Reißverschluss hatte sie nicht bis zum Hals hochgezogen, und ihr Dekolleté war durch einen weißen Seidenschal nur teilweise bedeckt.

Aber er hätte sich denken können, dass sie ihren Mann abholen wollte, der auf einer Safari in Afrika gewesen war. Er fragte sich, wie es der alte Fermental geschafft hatte, eine so attraktive Frau zu heiraten und an sich zu binden, denn wenn man sie zusammen sah, machten sie immer den Eindruck eines glücklichen Paares.

Als sie wieder zu ihrem Platz zurückgekehrt war, fragte sie:

»Und was suchst du hier bei uns Holländern?«

Er hatte nicht vor, ihr die Wahrheit über den Grund seines Besuches in Amsterdam zu erzählen, und als sie an der Selbstbedienungstheke gewesen war, hatte er Zeit gehabt, sich eine plausible Antwort zu überlegen.

»Training, Marie. Ich habe schon lange keinen Flug ins Ausland mehr gemacht, und Amsterdam ist ein großer Verkehrsflughafen. Ich wollte einfach die ganzen Verfahren wieder einmal fliegen. Und den Rückflug nach Bremen will ich im Dunkeln machen, einen Nachtflug habe ich auch schon lange nicht mehr gemacht.«

»Und das ist alles? Es gibt doch sonst noch viele interessante Sachen in Amsterdam.«

Dabei lächelte sie geheimnisvoll.

Holten zuckte mit den Schultern.

»Für die Mädchen bin ich zu alt, und das andere – du weißt doch, dass ich Bulle war.«

Sie wechselte das Thema.

»Und wann willst du starten?«

»Im Flugplan steht 1830Z.«

Marie war Pilotin und wusste daher, dass er 2030 Uhr Ortszeit meinte.

»Mit welcher Maschine bist du denn hier?«

»Mit der PAPA-ALFA, womit denn wohl sonst.«

»Ach ja, die hast du ja ganz besonders gern.«

Es war häufig so, dass Piloten bestimmte Flugzeuge besonders gern hatten. Holten flog am liebsten Schulterdecker, Marie war eine Vertreterin der Tiefdeckerzunft.

»Sie fliegt ja auch gut, und sie ist außerdem hervorragend ausgerüstet«, erklärte er fast entschuldigend.

»Und wann bist du hier gelandet?«, fragte sie weiter.

»So ungefähr um zwölf. Ich wollte nicht in die Rushhour kommen.«

»Dann hast du hier ja einen langen Tag verbracht. Was hast du denn alles gemacht?«, wollte sie jetzt wissen.

»Ich habe mir ein Taxi kommen lassen und bin in die Stadt gefahren«, schwindelte er ihr vor.

»Und was hast du da gemacht?«, bohrte sie nach.

»Du bist ja gar nicht neugierig.«

»So sind Frauen eben.«

Sie lächelte ihn schelmisch an.

»Ich muss doch wissen, was Leute aus meiner neuen Heimat in meiner alten Heimat machen.«

Wie fast jeder in Hellwege wusste auch Holten, dass Marie Holländerin war. Dass sie aus Amsterdam stammte, war ihm allerdings neu. Jetzt musste er mit seinen Antworten vorsichtig sein. Wenn er sich verplapperte, würde sie bemerken, dass er ihr etwas vorschwindelte, und bei ihrer Neugierde würde sie nicht eher Ruhe geben, bis er ihr den wahren Grund seines Besuches mitgeteilt hatte. Er spielte mit dem Gedanken, ihr doch alles zu erzählen, um vielleicht noch eine Verbündete in Amsterdam zu haben. Um Zeit zum Nachdenken zu gewinnen, trank er zunächst in aller Ruhe sein Glas leer. Dann flunkerte er munter drauflos:

»Nun ja, ich habe mir natürlich den Flughafen angeschaut, bin dann durch die Stadt gebummelt, habe Schaufenster angeschaut, ein Computerspiel für meinen Sohn gekauft und auch etwas gegessen. Im Großen und Ganzen habe ich mich wohl wie ein normaler Tourist benommen.«

»Wo hast du denn gegessen?«

Sie hörte nicht auf zu fragen, und Holten hatte keine Lust mehr, sich etwas auszudenken, was sich nach genauerer Prüfung womöglich als falsch erwies.

»Ich kann mich nicht mehr erinnern, wie das Restaurant hieß. Und jetzt hör bitte mit der Fragerei auf. Du verhörst mich ja regelrecht«, sagte er mit einem Lächeln, obwohl er es ernst meinte.

»Ich höre ja schon auf. Ich meinte nur, wenn ich vorher gewusst hätte, dass du nach Amsterdam kommst, hätte ich dir ...«

Sie schwiegen eine längere Zeit.

Dann wechselte sie das Thema, erzählte und hörte nicht auf zu reden: Wie sehr sie sich freute, dass ihr Klaus wieder zurückkam, dass er sie angerufen hatte, dass es ihm gut gefallen hatte, dass sie das nächste Mal auch mitfahren würde, dass er in Afrika einen Bock geschossen hatte.

»Einen Springbock natürlich«, erklärte sie und lachte dabei.

Er kannte sie nun schon einige Jahre, aber dass sie so reden konnte, ohne Pause, war ihm neu. Sie war wie aufgedreht.

»Was möchtest du trinken? Ich lade dich ein«, sagte sie plötzlich.

Weil er den ganzen Tag über schon die unterschiedlichsten Getränke in sich hineingeschüttet hatte, hatte er eigentlich nicht mehr das Bedürfnis, etwas Flüssiges zu sich zu nehmen. Aber wenn er abgelehnt hätte, hätte sie womöglich begonnen, ihm zu erzählen, wie wichtig es war, täglich ausreichend Flüssigkeit zu sich zu nehmen, und dass es auch besser für die Haut sei. Er kannte diese Vorträge von seiner Tochter.

»Zur Abwechslung könnte es jetzt einmal ein Saft sein.«

»Ich bin gleich wieder da, und dann bringe ich dir einen mit«, sagte sie, stand auf und verschwand hinter der Tür mit der stilisierten Frau darauf. Als sie zurückkam, ging sie an der Selbstbedienungstheke vorbei, nahm sich zwei Gläser und füllte sie mit Orangensaft, und kurz vor der Kasse griff sie noch nach einem Fläschchen Wodka. Ausgerechnet Orangensaft! Apfelsaft wäre ihm lieber gewesen. Als sie bezahlt hatte, öffnete sie die kleine Flasche und schüttete den Inhalt in eins der Gläser. Die Flasche warf sie in den Müllbehälter hinter der Kasse. Sie kehrte zu ihrem Tisch zurück, stellte ein Glas vor ihn hin und setzte sich wieder. Sie hob ihr Glas.

»Zum Wohl, Max.«

Sie prostete ihm zu.

»Marie«, nickte er zu ihr hinüber.

Er nahm einen Schluck.

»Du hast doch keinen Wodka in mein Glas gekippt?«, fragte er argwöhnisch.

»Na, ich weiß doch, dass du noch fliegen willst. Aber ich musste einen haben, heute ist mir danach, und ich mag das«, antwortete sie fröhlich.

Der Orangensaft schmeckte ihm nicht, aber aus Höflichkeit trank er das Glas halb leer.

Sie hörte nicht auf zu reden, aber schließlich hatte sie alles erzählt und, was noch wichtiger war, auch keine Fragen mehr. Er war froh, dass sie sich zum Gehen anschickte, so konnte er den Rest im Glas stehen lassen.

Als sie sich verabschiedet hatte und verschwunden war, atmete er tief durch.

Um Viertel vor acht ließ Holten sich zum Flugzeug bringen, und nach einem gründlichen Außencheck saß er um kurz vor acht in der Maschine. Er war gut vorbereitet, alles lag bereit. Anflugkarten und Flightlog auf den Knien, Karte und Checkliste auf dem Nebensitz, Taschenlampe und Stift in der Brusttasche seines Oberhemdes. Er stellte das Funkgerät an und hörte in den Funkverkehr hinein. Hier musste man sogar um Genehmigung bitten, den Motor anlassen zu dürfen.

Jetzt würde sich zeigen, ob er noch alle Verfahren beherrschte oder doch ein Amateur war.

»Amsterdam Ground, D-ELPA, Cessna 172 at the ramp, VFR from your airfield to Bremen, information Mike received, request start up.«

Er bekam unverzüglich Antwort, und mit den üblichen Verfahren wurde er an Amsterdam Tower durchgereicht. Als Startbahn war ihm die ZWEI-ZWEI zugewiesen worden. Nach kurzer Zeit erhielt er die Startfreigabe und war um kurz nach halb neun in der Luft. Als er die Kontrollzone verlassen hatte, war seine Höhe zweitausend Fuß, und er schaltete auf die Amsterdamer Informationsfrequenz um. Hier antwortete man auch sofort, nachdem er sich pflichtgemäß gemeldet hatte, und wies ihm die Radarkennung zu.

»D-ELPA, roger, squak 0026!«

»0026 is coming down, D-ELPA.«

Alles lief wunderbar, Holten fühlte sich wie ein Airlinercaptain.

Er schaltete den Transponder auf den angesagten Code. Der Wind war, wie er jetzt feststellte, ganz bestimmt stärker als vorhergesagt und kam genau von hinten, er flog jetzt mit einer Geschwindigkeit von ungefähr zweihundertsiebzig Kilometern in der Stunde über Grund. Wenn er weiter so schnell flog, würde er noch im Hellen in Bremen landen. Er wollte jedoch eine Nachtlandung machen, und deshalb reduzierte er die Fahrt auf ungefähr zweihundertzwanzig.

Holten musste sich jetzt bei DutchMil melden und gab ihnen seinen geschalteten Transpondercode durch.

»D-ELPA, roger, squak ident!«

»D-ELPA, ident«, bestätigte Holten.

Er drückte die geforderte Taste am Transponder, und eigentlich sollte auf den Radarschirmen der Kontrollstelle sein Radarecho jetzt hell aufleuchten. DutchMil meldete sich wieder:

»D-ELPA, I have no signal, you're not identified.«

Er wurde nun aufgefordert, einige Kurven zu fliegen, damit sein Flugzeug identifiziert werden konnte. Schon während des Kurvens hatte er bemerkt, dass das grüne Licht am Transponder nicht mehr aufblinkte. Das Gerät hatte also schon wieder seinen Dienst quittiert.

Der Controller brauchte einige Zeit, bis er Holtens Flugzeug sicher ausgemacht hatte, doch schließlich konnte er seinen berechneten Kurs weiterfliegen.

Die Kurverei hatte ihn angestrengt, er fühlte sich wie ein Athlet nach einem Marathonlauf. Holten konnte sich das nicht erklären, gewöhnlich bewirkte das Herumturnen in der Luft immer das Gegenteil bei ihm, es regte ihn an. Jetzt war er plötzlich sehr müde und hatte auch keine Lust mehr, seine Route per Hand abzufliegen. Er schaltete deshalb den Autopiloten ein, alle drei Achsen, Wingleveler, Höhenhaltung, und den Kurs auf den Kreiselkompass.

Dann legte er den Kopf an die Seitenscheibe, schloss die Augen und schlief ein.

Als Susanne um die Straßenbiegung gefahren war, stand plötzlich unmittelbar vor ihr ein Bagger auf der Fahrbahn. Sie bremste hart und wunderte sich, dass vor der Kurve kein Baustellenschild gestanden hatte, da schwenkte der Greifarm plötzlich herum und senkte sich heftig vorn auf die Motorhaube. Es machte ein lautes, klopfendes Geräusch, doch wider Erwarten konnte sie keine Beschädigung am Wagen entdecken. Der Bagger wiederholte die Bewegung, unregelmäßig und so schnell, wie sich kein schweres Gerät bewegen konnte, und wieder war keine Beule zu sehen.

Sie wachte langsam auf und realisierte, dass das klopfende Geräusch nicht von ihrem Wagen, sondern unten von der Haustür kam. Als ihr schlaftrunkener Blick den Wecker suchte, stellte sie fest, dass ihr Mann nicht neben ihr lag. Es kam häufig vor, dass sie eher im Bett lag als er, denn er war ein Nachtmensch, der bis in den frühen Morgen arbeiten oder lesen konnte. Endlich war sie richtig wach und fragte sich verwundert, warum er dann nicht zur Tür ging, wenn er doch um zwanzig nach drei noch unten saß und jemand am Eingang klopfte. Sie huschte zum Fenster und blickte prüfend durch die Jalousie nach draußen. Der Bewegungsmelder hatte das Außenlicht eingeschaltet, und sie konnte auf der Straße einen Streifenwagen erkennen.

Polizei!

Sie erschrak bis ins Mark.

Vor zwei Jahren war ein Kumpel ihres Sohnes Martin bei einem Autounfall tödlich verunglückt, und sie hatte ein solches Ereignis immer als den größten Albtraum eines jeden Elternpaares angesehen. Sie warf sich den Bademantel über und eilte nach unten. Dass ihr Mann nicht im Wohnzimmer saß, fiel ihr in der Eile gar nicht auf. Vor der Haustür standen zwei Polizisten in Uniform, und sie öffnete sofort, ohne die Türkette vorzulegen, obwohl Holten ihr das stets eingeschärft hatte. Der kühle und böige Westwind fuhr ihr unter Bademantel und Nachthemd, sodass sie vor Kälte und Aufregung zitternd im Hauseingang stand.

Die beiden Wachtmeister stellten sich vor: »Mein Name ist Border, und das ist mein Kollege Fricke.«

»Entschuldigen Sie die späte Störung«, fuhr er danach fort, »sind Sie Frau Holten?«

»Ja«, antwortete sie und nahm sich vor, stark zu sein. Dann entdeckte sie Martins Jacke an der Garderobe, er war anscheinend doch zu Haus und schlief in seinem Zimmer. Sie atmete tief durch. Erst jetzt kam ihr zu Bewusstsein, dass

Holten nicht im Hause zu sein schien.

»Dürfen wir hereinkommen?«

Sie machte die Tür weiter auf und deutete in Richtung Wohnzimmer. Die beiden nahmen ihre Mützen ab und putzten sich umständlich die Schuhe auf der Matte ab, bevor sie zögernd den Windfang betraten.

Nachdem sie ins Wohnzimmer getreten waren, fragte Border zunächst, als ob er Zeit gewinnen wollte:

»Dürfen wir uns hinsetzen?«

Sie deutete auf zwei Sessel.

»Bitte.«

Die beiden warteten, bis sie selbst sich hingesetzt hatte, und nahmen dann Platz.

Ihr Mann war nicht im Hause, und ihre Sorge und Aufregung wuchsen wieder.

»Frau Holten«, begann Fricke, der etwas älter aussah, nun, »wir haben eine schlechte Nachricht für Sie. Das Flugzeug ihres Mannes wird vermisst.«

Sie erschrak nicht, weil sie so etwas Ähnliches bereits vermutet hatte. Sie nahm sich zusammen und blieb jetzt ganz ruhig.

»Drücken Sie sich doch etwas genauer aus!«, antwortete sie schroff. Sie suchte Schutz hinter den Wortspielen, die sie mit ihrem Gatten hin und wieder trieb.

»Was heißt das, dass sein Flugzeug vermisst wird? Ist es gestohlen worden? War mein Mann im Flugzeug, als es verschwand? Ist er abgestürzt?«

Es nützte nichts. Als sie das Wort ›abgestürzt‹ ausgesprochen hatte, spürte sie, wie ihr die Tränen in die Augen stiegen.

»Man weiß es nicht«, hörte sie wie durch Watte.

Sie riss sich zusammen.

»Man weiß es nicht«, wiederholte sie langsam.

»Vielleicht erzählen Sie mir dann endlich, was Sie wissen.«

Nun hatte sie sich wieder in der Gewalt.

»Ihr Mann hat einen Flugplan abgegeben, auf dem angegeben war, dass er vor zweiundzwanzig Uhr in Bremen landen wollte. Er ist bis jetzt nicht dort angekommen. Nach dem Start hat er mit einer Kontrollstelle gesprochen, und es gab irgendwelche Schwierigkeiten. Ich kann Ihnen nicht näher beschreiben, was es war. Entschuldigen Sie, aber ich bin kein Fachmann. Jedenfalls hat von diesem Moment an niemand mehr Kontakt mit ihm gehabt. Als er nicht in Bremen angekommen ist, haben sich die zuständigen Such- und Rettungsdienste eingeschaltet, aber bis jetzt hat man keine Spur von ihm oder dem Flugzeug.«

»Und was wird man tun?«, fragte sie mechanisch.

»Das weiß ich nicht, Frau Holten. Ich nehme an, dass man, wenn es hell wird, auf der von ihrem Mann angegebenen Flugroute und in deren Umgebung nach einem -«, er stockte, als suche er nach einem passenden Wort, das sich nicht zu schrecklich anhörte, »- Flugzeugwrack suchen wird.«

Verlegen schaute er zu Boden.

Sie hatte genug gehört und wollte auch nicht mehr hören, deshalb stand sie auf.

»Vielen Dank, meine Herren, dass Sie sich die Mühe gemacht haben, mich zu informieren, doch jetzt möchte ich allein sein.«

Die beiden erhoben sich ebenfalls, murmelten etwas von ›Pflicht‹ und ›Selbstverständlichkeit‹ und verschwanden, froh, dass die Erfüllung dieser unangenehmen Aufgabe für sie so kurz und problemlos abgelaufen war.

Nachdem Susanne die Haustür wieder abgeschlossen hatte, griff sie ein Rotweinglas aus dem Schrank und füllte es aus der angebrochenen Flasche, die noch in der Küche stand, holte sich eine Wolldecke und hüllte sich auf dem Sofa darin ein.

Trotz der schlimmen Nachricht war sie vollständig ruhig.

In ihrem Inneren war sie irgendwie davon überzeugt, dass ihrem Mann nichts geschehen war. Er war ein verantwortungsvoller und sicherheitsbewusster Pilot; durch nichts aus der Ruhe zu bringen und stets im Training. Wahrscheinlich war er auf einem anderen Platz gelandet, weil irgendetwas nicht richtig funktioniert hatte, und er hatte vergessen, die Flugsicherung zu benachrichtigen.

Außerdem war ein Notsender an Bord, der bei einer starken Beschleunigung, wie sie bei einem Absturz auftritt, ein automatisches Signal aussenden würde. So hatte er es ihr erklärt. Wäre er abgestürzt, hätte man das Flugzeug sicher schon gefunden. Warum aber hatte er nicht angerufen, wenn er nicht nach Hause kommen konnte? Das tat er sonst immer.

Sie machte sich Sorgen, weil sie nicht wusste, was passiert war, doch sie war sich sicher, dass ihrem Mann nichts geschehen war. Die Jungs würde sie nicht wecken, es würde immer noch Zeit genug geben, um ihnen morgen alles zu erzählen.

Nachdenklich ging sie nach oben, um sich ein heißes Bad einlaufen zu lassen, denn schlafen konnte sie in dieser Nacht nicht mehr.

Holten erwachte langsam, weil seine Blase ihm eine Notsituation meldete. Er hätte vor dem Start besser doch noch eine Toilette aufsuchen sollen.

Er musste kurz eingenickt sein, nachdem er den Autopiloten eingeschaltet hatte. Sein Kopf brummte, und er spürte eine leichte Übelkeit.

Was war los?

»Reiß dich zusammen, Mann,« sagte er leise zu sich selbst, um sich zu konzentrieren.

Die erste Pflicht des Piloten ist, das Flugzeug zu fliegen. Aber es schien alles in Ordnung zu sein, die D-ELPA schnurrte ruhig wie immer durch die Luft.

Sein Bedürfnis, weiter zu schlafen, wurde durch das unangenehme Gefühl, das seine übervolle Blase verursachte, unterdrückt.

Die zweite Pflicht des Piloten ist es, den Luftraum zu beobachten. Er ließ seinen Blick einmal in die Runde schweifen. Es war immer noch dämmerig, und er konnte kein anderes Flugzeug entdecken. Merkwürdig war allerdings, dass der helle Bereich des Horizonts, den die untergegangene Sonne hinterlassen hatte, nicht links hinter ihm, sondern rechts vor ihm war, und der endlose Wald unter ihm sah irgendwie nicht wie das flache Holland aus. Und woher kam plötzlich dieser Dunst?

Mehr als sein Verstand sagte ihm sein Gefühl, dass irgendetwas nicht stimmte. Holten wurde unruhig und war plötzlich hellwach. Nach dem Instrumentencheck entspannte er sich ein wenig; Höhe, Kurs und Geschwindigkeit waren in Ordnung, doch er stellte fest, dass die Tankanzeige nicht richtig zu funktionieren schien, denn beide Zeiger standen auf null. Aus alter Gewohnheit klopfte er auf das Glas der Instrumente, doch die Anzeige änderte sich nicht. Während er noch untersuchte, ob vielleicht eine Sicherung herausgesprungen war, streifte sein Blick die Uhr. Die Anzeige war 230 ZULU, also halb fünf. Das war unmöglich, er war um 1830 ZULU gestartet – also war auch der Zeitmesser defekt. Er schaute auf seine Armbanduhr und erschrak. Der kleine Zeiger stand zwischen vier und fünf, der große auf der Sechs, es war also halb fünf.

Er starrte verständnislos auf das Zifferblatt.

Schlagartig wurde ihm klar, dass er keineswegs kurz eingenickt war, sondern ungefähr acht Stunden geschlafen hatte und alle Instrumentenanzeigen stimmten. Das schummerige Licht, in das die Landschaft getaucht war, war nicht die Abend-, sondern die Morgendämmerung! Doch das war unmöglich. Die PA besaß zwar Langstreckentanks, doch acht Stunden konnte auch sie damit nicht durchhalten. Oder doch? Er erinnerte sich, dass er wegen des starken Rückenwindes eine äußerst treibstoffsparende Einstellung gewählt hatte. Aber wo war er? Er versuchte, sich anhand der Koordinatenanzeigen des GPS-Gerätes einen ungefähren Überblick zu verschaffen.

In diesem Moment setzte der Motor kurz aus, lief einen Moment weiter, stotterte und stellte kurz danach seinen Dienst ganz ein. Es war nur noch das Rauschen des Fahrtwindes zu hören.

Der Schreck, der Holten durchfuhr, dauerte nur wenige Augenblicke, dann reagierte er.

Er wusste, dass er in dieser Höhe noch knapp vier Minuten bis zur Landung hatte: Er stellte den Autopiloten ab und trimmte die Maschine auf die Geschwindigkeit für bestes Gleiten aus. Die Landschaft, die im milchigen Morgenlicht unter ihm lag, war zum größten Teil bewaldet. Hier und dort waren Gewässer wie kleine Seen und Flüsse auszumachen. Er musste schnell einen Platz finden, der für eine Notlandung geeignet war. Nach zwei Minuten, die ihm wie Stunden vorkamen, entdeckte er endlich eine Schneise in dem unendlichen Wald unter ihm, die eine Straße oder ein Weg sein konnte. Dies war seine einzige Chance, zumal die Richtung auch zu der vorherrschenden Windrichtung zu passen schien. Er war froh, dass er von Zeit zu Zeit auch Ziellandungen trainiert hatte, denn jetzt lief alles automatisch ab: Einkurven in den Gegenanflug, Notlandeplatz im Auge behalten, Fahrt beachten, Kurve in den Queranflug, Fahrt und Höhe beachten, Blick zum geplanten Aufsetzpunkt, zu hoch – Klappen zehn Grad, Fahrt beachten, Kurve in den Endanflug, siebzig Knoten, ausrichten, immer noch zu hoch – Klappen zwanzig

Grad, Fahrt abbauen, hundert Fuß, Klappen voll, Tür entriegeln, Hauptschalter off, abfangen, aufsetzen, Bugrad entlasten, Richtung halten, ausrollen, bremsen.

Als die Maschine stillstand, bemerkte Holten, dass er zitterte.

Er löste seinen Gurt und stieß die Tür auf. Es war völlig still, er fröstelte von der kühlen Luft, die hereinströmte, und hörte nur sein Herz klopfen. Seine Arme und Beine schmerzten von der Anspannung, und seine Blase meldete sich wieder. Mühsam kletterte er aus dem Flugzeug. Schwerfällig und steif bewegte er sich einige Schritte in den angrenzenden Wald, um sich zu erleichtern.

Auf dem Rückweg blieb er nach einigen Schritten stehen, um sich umzuschauen. Die Sonne war gerade aufgegangen und schickte die ersten Strahlen durch den Morgendunst. So weit Holten sehen konnte, standen Nadelbäume in allen Größen, dazwischen und darunter befand sich ein mehr oder weniger dichtes Sträucherdickicht. Die freien Stellen waren mit Gras bewachsen oder mit abgefallenen trockenen Nadeln bedeckt. Überall standen Pilze, nach seiner Meinung alle essbar. ›Kein Messer und keinen Korb dabei‹ schoss es ihm durch den Kopf.

Dies hier war jedoch kein kultivierter Nutzwald. Nirgends war ein Anzeichen menschlicher Zivilisation zu entdecken. Die Schotterpiste, auf der sein Flugzeug jetzt stand, war etwa sechs Meter breit und erstreckte sich in Richtung Sonne schnurgerade ungefähr fünfhundert Meter, um sich in der Gegenrichtung irgendwo im Morgendunst zu verlieren. Die Ränder seiner Landebahn waren auf einer Breite von jeweils ungefähr zehn Metern gerodet und baumfrei. Für Holten sah das aus wie eine Feuerschneise, also mussten hier doch schon Menschen gewesen sein.

Wo war er?

Er ging zum Flieger zurück und suchte in seinem Koffer nach seinem GPS-Navigationsgerät. Die Akkus waren wider Erwarten noch aufgeladen, und als er es eingeschaltet hatte, überraschte ihn die Anzeige kaum noch. Waldlandschaft in Russland, fünf Buchstaben: Er hatte bereits vermutet, dass er irgendwo in der Taiga heruntergekommen war, und das wurde ihm mit der GPS-Anzeige auch bestätigt. Er war mitten in Russland.

Holten bewegte sich langsam wieder zum Waldrand und setzte sich auf eine Baumwurzel. Nachdem er sich eine Zigarette angezündet hatte, fragte er sich, wie er in diese unerwartete Situation hatte geraten können und was jetzt zu tun war. Er hätte natürlich den Notsender aktivieren können, was aber Suchaktionen mit Hubschraubern und immense Kosten ausgelöst hätte. Es bestand für ihn jedoch keine Gefahr für Leib und Leben. Vielleicht könnte er über eine Bord-Bord Frequenz einen Liner erreichen, der in zehn oder zwölf Kilometern Höhe über ihn hinwegflog?

Fünfzig Meter entfernt betraten zwei Elche die Waldschneise und ließen sich hier und da einen Grashalm oder ein Blatt schmecken. Holten spürte seinen leeren Magen und war sich sicher, dass auch er ein gutes Frühstück vertragen könnte, und deshalb verwarf er den Gedanken, den Reißverschluss seiner Jacke hochzuziehen, loszumarschieren und seinesgleichen zu suchen. Wo und wann würde er jemanden finden? Besser, man würde ihn finden und auch gleich etwas Anständiges zu essen mitbringen.

In Kopf und Magen spürte er eine unendliche Leere.

Wie war er in diese Situation gekommen? Seine Gedanken kreisten und fanden keinen Landepunkt.

Piloten schlafen beim Fliegen nicht ein. War er kopfkrank? Wer hatte das Wort ›kopfkrank‹ erfunden?

Er legte den Hinterkopf an den Baumstamm und starrte

auf die Elche.

Die hoben jetzt die Köpfe und lauschten, sie standen statuengleich, ganz still, und blickten in seine Richtung. Schließlich setzten sie sich in Bewegung und trotteten leise weiter in das Dunkel des Waldes, und erst als sie schon verschwunden waren, hörte auch er, was sie vertrieben hatte: Ein leises Brummen, das langsam lauter wurde und sich ohne Zweifel näherte. Er drehte sich um, und nach kurzer Zeit sah er weit entfernt ein Fahrzeug auf die lange Gerade, auf der sein Flugzeug stand, einbiegen. Es kam stetig näher, beschleunigte nicht und bewegte sich nicht langsamer, bis es nach einer Zeit, die Holten wie eine Ewigkeit vorkam, schließlich zehn Meter hinter der D-ELPA, die ihm den Weg versperrte, stehen blieb. Es war ein grüner Jeep, der mit zwei Männern besetzt war.

Die beiden stiegen aus, und Holten bemerkte, dass der Beifahrer ein Gewehr in der rechten Hand trug. Allerdings sahen die beiden nicht wie Soldaten aus, denn er konnte an keiner Stelle ihrer dicken Jacken und Fellmützen so etwas wie ein Rangabzeichen entdecken. Vielleicht waren sie Förster oder Ranger.

Holten erhob sich.

»Guten Morgen«, rief er zu ihnen hinüber, und dann: »Good morning.«

Die beiden beachteten ihn nicht. Sie kamen langsam näher, der eine links, der andere rechts vom Flugzeug. Als der Fahrer schon fast bei Holten angekommen war, winkte er seinen Kollegen herbei und deutete auf den kleinen Aufkleber mit den deutschen Farben Schwarz-Rot-Gold.

»Germanski«, sagte er zu seinem Begleiter, und dann fragend, an Holten gewandt:

»Germanski?«

Holten konnte kein Russisch, außer ›Abruscho, wolle

pudgera‹, aber er wusste nicht, was diese Worte bedeuteten, ja nicht einmal, ob sie wirklich russisch oder nur eine wohlklingende Lautmalerei waren.

Das russische Wort für ›Ja‹ kannte er allerdings.

»Da,« nickte er.

Der eine stellte sich breitbeinig vor Holten auf und nickte bedächtig. Die beiden wirkten völlig unaufgeregt, als sei es völlig normal, dass in Russland deutsche Flugzeuge auf einsamen Waldwegen stehen.

Dann fragte der andere irgendetwas und zeigte dabei nach oben, doch weil Holten nichts verstand, zuckte er nur mit den Schultern. Lange standen sie schweigend da. Schließlich gingen sie zu ihrem Geländewagen zurück, stiegen ein, und der Beifahrer winkte ihn heran. Als er neben dem Jeep stand, wurde die Tür aufgestoßen, und er blickte in den Lauf des Gewehrs. Holten stoppte erschrocken seinen Schritt, doch dann sah er, dass die beiden lachten. ›Auch russische Förster machen also mal einen Spaß‹, dachte Holten, als er erleichtert aufatmete. Der Fahrer nahm nun das Gewehr zur Seite, und der Beifahrer, der hinten auf dem Notsitz saß, hatte eine Thermoskanne und einen Becher in der Hand. Der Fahrer deutete einladend auf den Beifahrersitz, und als Holten sich dort niedergelassen hatte, wurde ihm der Becher, gefüllt mit heißem Tee, in die Hand gedrückt. Er bedankte sich mit einem Kopfnicken und nahm einen Schluck. Der Tee war gut, heiß und süß, genau das, was er außer einem anständigen Kaffee jetzt brauchen konnte. Er zog seine Zigaretten aus der Jackentasche und bot den Männern an, die dankbar annahmen. Sie rauchten schweigend, während Holten den Tee schlürfte. Schließlich ließ der Fahrer den Wagen an, wendete und fuhr dann in die Richtung, aus der sie gekommen waren. Holten stieß ihn an und zeigte nach hinten in Richtung Flugzeug. Der Russe bremste und fuhr rückwärts bis zum Flieger.

Holten stieg aus und sammelte seine Habseligkeiten aus dem Inneren des Flugzeuges. Er packte alles in seinen Fliegerkoffer, brachte ihn in den Jeep, schloss die Tür seiner Maschine ab und versuchte mit aller Kraft, sie auf den gerodeten Seitenstreifen zu schieben. Da sich schnell herausstellte, dass seine Kräfte allein dazu nicht ausreichten, packten die beiden mit an, und so war es schnell geschafft.

Sie fuhren ungefähr zwölf Kilometer fast immer geradeaus, bis sie ein Gebäude erreichten, das tatsächlich wie ein Forsthaus aussah. Es war ein großer, zweigeschossiger Bau, von einigen Holzschuppen und Garagen umgeben, in denen allerdings keine Fahrzeuge standen. Alles sah verfallen, verlassen und tot aus, wahrscheinlich die Reste der Kolchose ›Stolz des Arbeiter- und Bauernwaldes‹ sagte sich Holten schmunzelnd.

Die beiden schienen die standhaften Wächter eines verfallenden Waldreiches zu sein. Der Wald war noch vorhanden, das ›Reich‹ nicht mehr.

Er wurde in einen Raum geführt, der wohl eine Küche sein sollte, jedenfalls konnte man es aus dem Vorhandensein eines Kühlschrankes und eines Spülsteines schließen. An einer Wand hing ein Wolfsfell.

Der Fahrer, der, wie Holten inzwischen wusste, wie alle anständigen Russen Iwan hieß, machte mit abgespreiztem kleinen Finger und Daumen das Handzeichen des Telefonierens und verschwand. Kurz darauf hörte Holten das Motorengeräusch des Jeeps, und er vermutete, dass es hier keinen Telefonanschluss gab. Gregory, der andere, griff jetzt in den Schrank und stellte Brot, Butter, Speck und ein Glas mit Honig auf den Tisch, legte ein Messer auf einem Holzbrett dazu und machte eine einladende Handbewegung. Nachdem er einen Becher von dem wohlschmeckenden Tee dazugestellt hatte, setzte er sich auf den zweiten Stuhl und sah zufrieden zu, wie Holten kräftig zulangte.

Als Gregory die Wodkaflasche aus dem Kühlschrank holte, stellte Holten fest, dass es darin ziemlich dunkel blieb. Er schloss daraus, dass es hier wahrscheinlich auch keine Stromversorgung gab.

Sie prosteten sich zu.

Als Holten gegessen und getrunken hatte, steckten die Männer sich jeder eine von Holtens Zigaretten an, und er hatte endlich Gelegenheit, die letzten Stunden zu überdenken. Er hatte mehr als sieben Stunden als verantwortlicher Pilot während des Fluges geschlafen und war dem unvermeidlichen Absturz wegen Treibstoffmangels nur durch großes Glück entgangen.

Aber warum war er eingeschlafen?

Er musste durch ein Betäubungsmittel oder eine Droge in den Schlaf geschickt worden sein, und zwar sehr gezielt zu einem bestimmten Zeitpunkt. In den letzten vierundzwanzig Stunden hatte er alles, was er gegessen oder getrunken hatte, selbst ausgewählt, bis auf diesen Orangensaft, den er kurz vor Beginn des Fluges zu sich genommen hatte, und zu dem hatte ihn Marie Fermental überredet.

Sollte sie mit der Sache zu tun haben?

In jedem Fall war sie die einzige Verbindung zwischen Weser-Wümme und Amsterdam, die er bis jetzt erkennen konnte.

»Lebt Papa noch?«, fragte Robert, ihr Jüngster.
Er hatte die Eigenschaft, alle Dinge beim Namen zu nennen und nicht um den heißen Brei herumzureden. Martin und Anna, die große Tochter, sahen sich an und blickten dann zu ihrer Mutter. Anna war am Morgen sofort in ein Flugzeug gestiegen und ›nach Hause‹ gekommen, als ihr Bruder sie angerufen und erzählt hatte, dass ihr Vater vermisst wurde. Er hatte sie vom Hamburger Flughafen abgeholt, und nun

saßen sie am Abendbrottisch, obwohl niemand Appetit hatte. Die Kinder hatten ihre Blicke auf Susanne gerichtet.

»Eine komische Frage, natürlich lebt er noch. Du wirst sehen, er ruft bald an«, war ihre Antwort.

Das klang sehr überzeugt und zuversichtlich, obwohl ihre Sicherheit und auch ihre Hoffnung im Laufe des Tages geschwunden waren.

»Dann soll er aber auch wirklich bald anrufen!«, sagte der Jüngste mit einem trotzigen Ausdruck in der Stimme. Man konnte ihm ansehen, dass ihm zum Heulen war, doch tapfer kämpfte er dagegen an. Große Jungs weinen nicht.

»Iss etwas«, empfahl ihm Martin, und als großes Vorbild, das er für seinen kleineren Bruder war, begann er, sein Ei aufzuklopfen.

Anna fasste die Hand ihrer Mutter.

»Er wird sich bald melden«, bestätigte sie, in ihrem Blick lag allerdings auch nicht viel Überzeugungskraft.

Das schnurlose Telefon, das auf dem Tisch lag, ertönte. Robert reagierte am schnellsten.

»Hier ist Robert Holten.«

Er horchte, ganz aufgeregt, und war dabei aufgestanden.

»Hallo, ...hallo!«

Er drückte den Hörer fest an sein rechtes Ohr, sprach jedoch nicht. Schließlich ließ er die Hand sinken und drückte den roten Knopf, der die Verbindung trennte. Susanne nahm das Gerät an sich.

»Das war bestimmt Papa, aber ich habe ihn gar nicht gehört.«

Enttäuscht setzte er sich wieder auf seinen Platz und ließ den Kopf hängen.

Nach ungefähr einer Minute ging das Telefon erneut. Susanne hatte den Hörer sofort am Ohr.

»Holten«, meldete sie sich fordernd.

Diesmal kam die Verbindung zustande, allerdings waren viele Störgeräusche in der Leitung.

»Ich bin's, dein Mann, und ich habe nicht viel Zeit, die Verbindung ist schwierig.«

Wie zur Bestätigung seiner Bemerkung war die Leitung einige Sekunden tot.

»... geht es gut. Morgen bin ich wieder bei euch. Alles andere später. Hör zu und schreib mit!«

Susanne hatte es die Sprache verschlagen, vor Freude oder vor Empörung darüber, dass das Gespräch so begann, wusste sie später nicht mehr.

»Moment, ich hole etwas zum Schreiben«, brachte sie noch heraus, und als sie Papier und Stift vor sich liegen hatte:

»Dann los.«

»Du musst bitte Karen Dusen in Amsterdam anrufen!«

Wer war Karen Dusen?

Er diktierte ihr die Rufnummer, und als ob er ihre Frage erahnt hätte, erklärte er knapp:

»Sie ist die Tochter eines Kriminalpolizisten in Amsterdam. Ich habe sie dort kennengelernt. Denk an die Auslandsvorwahl! Sag ihr, sie möchte ihren Vater fragen, ob er irgendetwas Aktenkundiges über Marie Fermental hat, unsere Marie Fermental aus Hellwege. Und es muss schnell gehen. Wenn er etwas hat, soll sie sofort bei dir anrufen. Und sagt niemandem, dass ich lebe und mich gemeldet habe.«

Dann verstand sie noch etwas wie »abstürzen« und »lieb«, aber die Verbindung war zu schlecht und schließlich ganz tot.

»Warum?« und »Wo bist du?« wollte sie noch fragen, doch dafür war es bereits zu spät.

LANDUNG

Sie standen zu acht, ein Wachtmeister mit seiner Kollegin, zwei Beamte von der Kriminaltechnik, Tessmann und Nase, von Taten und Holten, vor dem Hauptgebäude des Fermentalschen Anwesens.

Es war ein altes niedersächsisches Bauernhaus, das er sich hier hatte aufbauen lassen, bevor er Marie geheiratet hatte. Es war äußerlich stilecht gestaltet und mit Reet gedeckt, tatsächlich echt waren jedoch nur die alten Eichenbalken, die von einem alten Bauernhaus stammten, das vor Jahren abgerissen worden war. Innen war es seinen Bedürfnissen angepasst: Es war groß und luxuriös.

Im Dielentor, das den Eingang zu dem beeindruckenden Wohnhaus bildete, stand Klaus Fermental und rief seinen Deutschen Drahthaar zurück, der der Gruppe laut bellend entgegengestürzt war.

Von Taten war einige Schritte zurückgewichen.

»Herr Fermental?«, rief er fragend.

Klaus Fermental nickte.

»Ja, der bin ich.«

Er hatte den Hund zurückgerufen und hielt ihn jetzt am Halsband fest.

Von Taten war wieder weiter nach vorn getreten, sodass er normal sprechen konnte.

»Mein Name ist Cornelius von Taten, Hauptkommissar der Kriminalpolizei. Das sind meine Kollegen und Herr Holten. Ich habe hier eine richterliche Durchsuchungsanordnung für Ihr Grundstück und die darauf befindlichen Gebäude und beweglichen Sachen.«

Er überreichte Fermental, der den Hund noch immer mit

der rechten Hand kurz am Halsband hielt, vorsichtig das amtliche Formular sowie seine Legitimation. Fermental nahm beides flüchtig zur Kenntnis und gab die Schriftstücke dann zurück. Er war lange genug Geschäftsmann gewesen, um entscheiden zu können, wann es sich zu verhandeln lohnte und wann nicht. Er trat einige Schritte zurück.

»Kommen Sie herein und tun Sie, was Sie nicht lassen können.«

Sie standen in der vormals alten Diele, die jetzt als Windfang, Eingangshalle und Garderobe diente, und waren umgeben von Jagdtrophäen aller Art. Hier zeigte der Hausbesitzer voller Stolz, dass er, obwohl er den Anschein eines modernen Menschen erweckte, noch nicht über das Entwicklungsstadium des Jägers und Sammlers hinausgekommen war. Vom Tigerfell auf dem Boden über die Köpfe von Hornträgern jeglicher Art an den Wänden bis zu ausgestopften Greifvögeln unter der mächtigen Holzbalkendecke konnte man hier Exponate aus allen Erdteilen finden.

In einer Tür, die zu den hinteren Räumen führte, erschien mit erstauntem Gesichtsausdruck eine Frau mittleren Alters.

»Gertrud, bitte bringen Sie den Hund in den Zwinger«, wies er sie an.

Er bot von Taten und auch Holten, wohl weil er ihn kannte, einen Platz in den ausladenden Ledersesseln an, die an der Stirnseite der Diele vor einem großen Kamin standen, und setzte sich dann selbst.

»Darf ich jetzt vielleicht erfahren, was das alles soll?«, wandte er sich an von Taten.

»Würden Sie bitte auch Ihre Frau hierher bitten?«, sagte von Taten bestimmt, wobei er den Hausherrn nicht ansah und dessen Frage ignorierte.

»Die ist nicht hier.«

»Und wo finden wir sie?«

Fermental zuckte mit den Schultern.

»Ich habe sie seit meiner Rückkehr aus dem Urlaub vor drei Tagen noch nicht gesehen. Wir haben nur kurz telefoniert. Sie ist wahrscheinlich in den Niederlanden bei ihrem Bruder in Amsterdam.«

Bevor er noch mehr sagen konnte, stand von Taten auf, um seine Mannschaft einzuteilen. Ihm war nicht aufgefallen, dass alle bereits ihre Arbeit taten.

Fermental wandte sich jetzt an Holten.

»Max, nun sag mir mal, was will der hier, und warum bist du hier?«

Holten ließ die letzten drei Tage Revue passieren. Vor zweieinhalb Tagen hatte die Ehefrau dieses Mannes versucht, ihn auf raffinierte Weise ins Jenseits zu befördern, er hatte einen Tag und eine Nacht in Russland verbracht, war von der russischen Polizei und vom Geheimdienst verhört worden. Er hatte deshalb sofort nach seiner Rückkehr von Taten davon überzeugen können, in diesem Haus eine Durchsuchung vorzunehmen, um Motive und Beweise für zwei Morde und einen Mordversuch zu finden.

Er wollte und musste nicht lange um den heißen Brei herumreden, denn er hatte noch immer einen heiligen Zorn auf Marie.

»Ich habe das veranlasst. Deine Frau ist eine Mörderin, zumindest hat sie Beihilfe geleistet, davon bin ich überzeugt. Und sie hat auch mir nach dem Leben getrachtet.«

Fermental saß nur ganz ruhig da. Er sagte nichts, protestierte nicht und sah auch nicht überrascht aus, nur nachdenklich und traurig, so, als sei etwas, das er ohnehin schon vermutet hatte, nun plötzlich Gewissheit geworden. Eine Zeit lang saßen sie sich schweigend und bewegungslos gegenüber. Holten versuchte zu erraten, ob der alte, mit allen Wassern gewaschene Geschäftsmann wohl etwas von den kriminellen Aktivitäten seiner jungen Frau gewusst haben konnte. Aus seiner Reaktion schloss er, dass er wahrscheinlich etwas geahnt hatte. Wenn dieser Verdacht für ihn aus heiterem Himmel gekommen wäre, hätte er sicher weitere Fragen gestellt.

Endlich stand Fermental auf und ging zur Tür.

»Ich gehe mit dem Hund spazieren. Tut, was ihr tun müsst.«

Er nahm die Hundeleine von der Garderobe und verschwand mit gesenktem Kopf durch die Eingangstür nach draußen.

Holten sah ihm nach und blieb dann noch einige Minuten nachdenklich sitzen. Wenn der Alte mit der Sache etwas zu tun hatte, würde er sich jetzt wahrscheinlich davonmachen. Er stand auf und blickte durchs Fenster, konnte den alten Mann draußen jedoch nicht entdecken. Er zuckte mit den Schultern. Das war schließlich von Tatens Sache.

Der stand zur gleichen Zeit mit der Haushälterin in der Küche und versuchte sie zu überreden, für alle Kaffee und Tee zu kochen. Die beiden Wachtmeister verfrachteten derweil die ansehnliche Waffensammlung Fermentals in den Transporter der Spurensicherung, Tessmann durchsuchte Fermentals Arbeitszimmer, und Nase begann gerade, das Zimmer der Dame des Hauses in Augenschein zu nehmen. Holten gesellte sich dazu, setzte sich hinter den kleinen, eleganten Schreibtisch und beobachtete sie dabei. Nase stand in der Mitte des Raumes und ließ ihren Blick langsam durch den Raum schweifen. Immer, wenn sie an einem Punkt angekommen war, der interessant schien, suchte sie gezielt dort. Tessmann machte das anders. Er teilte den Raum im Geiste in Planquadrate ein und suchte eins nach dem andern ab. Meistens jedoch war Nase effektiver.

Holten nahm nun den Schreibtisch genauer in Augenschein. Auf den Stirnseiten zweier aufrecht stehender massiver Mahagoniplatten lag eine Glasplatte, darauf ein Telefon, ein Ablagekorb für Papiere, ein Telefonverzeichnis und ein Glas, in dem verschiedene Stifte standen. An diesem Platz wurde wahrscheinlich nicht intensiv gearbeitet. Gleichgültig blätterte er die wenigen Papiere, die sich in der Ablage befanden, durch. Er fand Quittungen für Kleidungsstücke und Schuhe, einige Prospekte, eine ältere Rechnung von AERAM und eine von einer Autowerkstatt in der Nähe. Als sein Blick auf das Datum fiel, wurde er aufmerksam. Es war der Tag von Lehmbergs Tod, und in Rechnung gestellt waren vier Reifen.

Holten stand schnell auf und wedelte mit der Rechnung in der Luft herum.

»Das nehme ich schnell mit. Ich bin in spätestens einer Stunde zurück«, informierte er Nase kurz, und bevor sie irgendwelche Einwände vorbringen oder Fragen stellen konnte, war er bereits nach draußen geeilt.

Nach weniger als zehn Minuten Autofahrt hatte er die Werkstatt erreicht. MAIER OFFROAD stand in großen Buchstaben über der Halle, in der Büro und Werkstatt untergebracht waren. Die Firma war auf Geländewagen spezialisiert, auf dem Abstellplatz draußen standen einige alte restaurierte Landrover, aber auch verschiedene moderne Versionen ähnlicher Fahrzeuge deutscher, japanischer und amerikanischer Herkunft. Holten wunderte sich immer wieder darüber, wie viele Förster, Großwildjäger und Safariparkbesitzer es in seiner engeren Umgebung geben musste.

Die Werkstatt sah hell und professionell aus, das Büro dunkel und unaufgeräumt.

Als er dort eintrat, ertönte eine Klingel, und der Werkstattbesitzer kam in blauem Overall und mit ölverschmierten Händen aus der Werkstatt.

»Kann ich Ihnen helfen?«, erkundigte er sich freundlich.

»Ja, das können Sie sicher«, antwortete Holten.

Er zog die Rechnung hervor und legte sie so vor Maier auf den Tresen, dass der sie lesen konnte.

»Können Sie sich an diesen Auftrag erinnern und mir dazu etwas erzählen?«

Maier fingerte seine Brille aus der Brusttasche und studierte die Rechnung. Auf der linken Brusttasche des Overalls und auf einem der Brillengläser prangte jetzt ein Ölfleck.

»Ja, ich glaube schon, aber warum sollte ich Ihnen dazu etwas erzählen? Wer sind Sie überhaupt?«

»Entschuldigen Sie, Holten ist mein Name. Ich ermittle in einem Kriminalfall.«

Diese Aussage schien auszureichen, denn der Mann fragte nach keiner weiteren Legitimation. Als Holten nichts weiter sagte, begann der Mechaniker ziemlich freimütig und ausführlich zu berichten:

»Frau Fermental kam an diesem Tag nach Feierabend in die Werkstatt. Es war Zufall, dass ich noch hier war. Ich sollte unbedingt neue Reifen auf ihren Geländewagen aufziehen.«

Er machte eine Pause und nahm eine Wasserflasche aus einem kleinen Kühlschrank, der hinter ihm an der Wand stand. Das hatte er offensichtlich schon öfter getan, denn der Griff und seine unmittelbare Umgebung waren mit Ölflecken übersät.

»Ich hab´ das nicht verstanden, weil die Reifen noch so gut wie neu waren, nur ein wenig fleckig. Ich fand das komisch und habe sie gefragt, warum.«

Er unterbrach seine Geschichte, um einen Schluck aus der Wasserflasche zu trinken.

»Angeblich waren ihr die Reifen beim Fahren zu laut. Naja, weil sie schon länger Kundin bei mir ist und nie versucht hat zu handeln, habe ich es dann noch schnell gemacht. Warum wollen Sie das wissen?«

Holten ignorierte seine Frage und erkundigte sich weiter:

»Was haben Sie mit den Reifen gemacht? Haben Sie sie noch hier?«

»Äh - ja, die sind noch da. Die sind noch so gut, die kann ich noch irgendwann bei einem anderen Wagen aufziehen.«

»Das dürfen Sie nicht«, fiel ihm Holten ins Wort.

Maier hatte das falsch verstanden.

»Gebraucht und billiger natürlich, zum halben Preis oder so«, fügte er schnell hinzu.

»Nein, nein, so meine ich das nicht«, antwortete Holten, »die Reifen sind Beweisstücke in einem Kriminalfall. Geben Sie sie nicht weg und lassen Sie sie dort liegen, wo sie sind. Ich werde veranlassen, dass sie von der Polizei abgeholt werden.«

Er drehte sich zur Tür, und als er Maiers verdutzten Gesichtsausdruck sah, sagte er noch:

»Nicht Sie -, die Reifen. Ich verlasse mich auf Sie.«

Dann eilte er hinaus und machte sich auf den Rückweg

Endlich konnte er sicher sein, Marie Fermentals Schuld an Lehmbergs Tod auch beweisen zu können.

Als Holten kurz vor zwölf mit dem Fahrrad die letzte Biegung vor seinem Haus nahm, konnte er bereits aus der Entfernung erkennen, dass er wieder Besuch von Hauptkommissar von Taten hatte. Der Wagen war ihm wohlbekannt, und er war akkurat im rechten Winkel zur Gartenmauer geparkt.

Holten hatte von seiner Frau den Auftrag erhalten, Kartoffeln zu besorgen und zu schälen. Es sollte Kartoffelpuffer zum Mittagessen geben. Also musste er sich beeilen, und er hatte keine Lust, sich wieder mit von Taten auseinanderzusetzen.

Von Taten stieg aus seinem Auto, als Holten schwungvoll in die Einfahrt eingebogen war. Er begrüßte den Polizisten trotz allem freundlich und bat ihn herein. Es war Ende Oktober und recht kühl, deshalb trug von Taten heute einen

Mantel. Als er ihn abgelegt und sich auf dem Sofa niedergelassen hatte, begann das inzwischen eingefahrene Ritual:

»Tee?«

»Ja, gern, wenn gerade einer da ist.«

»Es ist gerade keiner da«, versetzte Holten unhöflich, aber mit einem Lächeln.

Der Hausherr machte sich also in der Küche zu schaffen, und als er den Tee serviert hatte, sich selbst mit Kaffee versorgt und sich eine Zigarette angezündet hatte, war er gespannt darauf, was von Taten ihm zu sagen hatte.

Umständlich beschäftigte von Taten sich mit seinem heißen Getränk, und Holten wartete geduldig.

»Ich wollte eigentlich nur sagen, dass du recht gehabt hast. Kasing war es nicht. Wir haben ihn freigelassen.«

»Wie seid ihr denn darauf gekommen?«, fragte Holten und bemühte sich, sein Triumphgefühl nicht zu deutlich zu zeigen.

»Naja, unter den Gewehren, die wir im Hause Fermental gefunden haben, war die Waffe, aus der der Schuss auf Riecker abgefeuert wurde. Und an den Reifen, auf die du uns aufmerksam gemacht hast, wurde Blut von Lehmberg gefunden. Also hast du völlig richtig gelegen. Dein Kumpel Kasing ist unschuldig. So wie es aussieht, war es diese junge Holländerin, diese Fermental, die beide umgebracht hat.«

»Und habt ihr sie verhaftet?«

»Leider noch nicht, aber wir kriegen sie.«

»Und wie?«

»Naja, wie immer. Bundesweite Fahndung, Überwachung der Grenzen, Flughäfen und Bahnhöfe, du kennst das ja.«

»Und was ist mit den Landeplätzen? Du weißt doch hoffentlich, dass sie in Riedauer Heide ein Flugzeug stehen hat.«

Von Taten sah ihn mit großen Augen an.

»Wie? Ist die denn auch Pilotin?«

»Ja, das ist sie, sie hat eine eigene Maschine bei uns am Platz und ist eine erfahrene Fliegerin.«

Mit einer unerwartet plötzlichen Bewegung sprang von Taten von seinem Platz auf.

»Warum sagt uns das denn niemand, verdammt?«, fluchte er, »dann muss ich ja veranlassen, dass der Platz überwacht wird!«

»Das wäre zu empfehlen.«

Von Taten schnappte seinen Mantel und eilte zum Wagen. In solcher Hast hatte Holten ihn selten gesehen. Er nahm sich noch nicht einmal die Zeit, seinen Tee auszutrinken und sich zu bedanken.

Holten sah ihm schmunzelnd nach und machte sich an die Kartoffeln.

Nach dem Mittagessen machte Holten sich mit dem Fahrrad auf den Weg zum Flugplatz. Es interessierte ihn, ob von Taten es schon geschafft hatte, die Überwachung des Landeplatzes zu organisieren.

Auf dem Weg bedauerte er, nicht den Wagen genommen zu haben, denn das Wetter war ungemütlich. Der Wind kam – wie immer, wenn er mit dem Fahrrad unterwegs war – von vorn, und auf halber Strecke hatte ein leichter Nieselregen aus tief hängenden Wolken eingesetzt, der Gesicht und Brille benetzte, sodass er die Straße vor sich nur verschwommen erkennen konnte.

Als er die Zuwegung zum Flugplatz hinaufradelte, entdeckte er ein in einer Waldschneise in Höhe der Hangars geparktes Auto.

›Sie sind also doch schon da‹, dachte er einigermaßen verwundert.

Allerdings war er der Meinung, dass bei einer verdeckten Observation der Wagen der Ermittler besser verborgen sein müsste. Holten war geneigt zu vermuten, dass von Taten selbst die erste Schicht übernommen hatte.

Er war neugierig darauf, wie und wo die Polizisten sich zur Überwachung eingerichtet hatten, und umkurvte die Ecke der Flugzeughallen, als er bemerkte, dass ein Schiebetor offen stand. Er stieg vom Rad, drehte den Rücken in den Wind und rieb die Gläser seiner Brille trocken. Erst dann realisierte er, dass dies der Teil der Halle war, in dem Marie Fermentals Flugzeug stand. Als er seine Brille wieder aufgesetzt hatte und in die dunkle Halle blickte, sah er sie auf der rechten Tragfläche ihrer Maschine stehen. Sie hatte eine Pistole in der Hand und trug den gleichen Overall wie in Amsterdam, nur dass er Holten jetzt mehr wie ein Kampfanzug als wie der letzte Modeschrei erschien.

»Lass dein Fahrrad stehen und mach keine Experimente, Maximilian Holten.«

Holten legte sein Fahrrad auf den Boden und richtete sich langsam auf.

Sie würde ihn erschießen!

Holten überlegte nicht lange. Ein Sprinter war er nie gewesen, aber er konnte, wenn er schnell genug war, die Ecke des Hangars erreichen und dann in den Wald verschwinden, bevor sie ihn erwischte. Er startete sofort.

»Bleib stehen!«

Fast im gleichen Moment fiel ein Schuss.

Holten drehte im Laufen den Kopf und sah sie vor der Halle stehen. Marie war eine gute Schützin, das hatte er inzwischen erfahren.

Er stoppte abrupt und drehte sich um.

»Komm her!«, befahl sie und winkte ihn mit der Waffe zu sich heran.

Schwer atmend setzte er sich zögernd in Bewegung.

Als er noch ungefähr drei Meter von ihr entfernt war, fuhr sie ihn an: »Bleib stehen!«

Was hatte sie vor, warum schoss sie nicht? Nach dem zu urteilen, was er inzwischen über sie wusste, würde sie das keine große Überwindung kosten. Sie stand wortlos da und sah ihn traurig an.

Er sah eine Chance und begann zu reden.

»Du willst doch heute nicht fliegen?«

»Doch, und du wirst mich nicht daran hindern.«

»Bei diesem Wetter?«

Er machte einen Schritt nach vorn auf sie zu, und sie wich ein wenig zurück.

»Du glaubst doch wohl nicht, dass ich noch nie durch Wolken geflogen bin, und bleib stehen, verdammt!«

Der erste Schreck war vergangen, und mit der Hoffung kehrte bei Holten auch ein wenig Galgenhumor zurück.

»Bin ich jetzt der Flugleiter, auf den du gewartet hast, damit du starten kannst?«

»Nein, das nicht. Du wirst mir jetzt helfen, die anderen Maschinen wegzuschieben.«

Um alle Flugzeuge unterzubringen, mussten sie eng und verschachtelt in den Hallen eingeparkt werden, und häufig mussten zwei oder drei Maschinen aus der Halle gerollt werden, um an eine ganz bestimmte heranzukommen. Diese manchmal beschwerliche Aufgabe erledigte an den Wochenenden der Technikdienst, an den Wochentagen mussten die Piloten sich selbst plagen.

Marie würde ihn also nicht sofort erschießen.

Sie standen noch immer einander gegenüber, Marie, mit der Pistole im Anschlag, ließ ihn nicht aus den Augen.

Holten bewegte sich vorsichtig vorwärts und streckte die Hand aus.

»Die Polizei ist schon unterwegs hierher«, log er, »sei

vernünftig und gib mir die Pistole.«

Sie wich leicht zurück.

»Keine Chance. Geh jetzt in die Halle und schieb die Maschinen weg!«

Holten rührte sich nicht.

»Geh jetzt!«, schrie sie.

»Das hat doch alles keinen Zweck, Marie. Wohin willst du denn?«, versuchte Holten es erneut und näherte sich ihr wieder.

»Das lass nur meine Sorge sein. Ich habe gute Freunde in Polen.«

Sie hob die Pistole höher.

»Bleib mir vom Leib, ich sage es dir nicht noch einmal! Ich erschieße dich, wenn du näher kommst! Ich schaffe es, wenn es sein muss, auch allein, die Maschinen wegzuschieben.«

Das klang nicht sehr überzeugend, und Holten fasste Mut.

»Meinst du, in Polen gibt es keine Polizei und keine Verbindung zu Interpol?«

»Hier gibt es auch kluge Polizisten, und keiner hat mich erwischt.«

Holten war nicht entgangen, dass ihr Tonfall trotz dieser Aussage ein wenig kleinlauter geworden war, und er beschloss, in die Offensive zu gehen. Er trat plötzlich dichter an sie heran und befahl:

»Gib mir die Pistole!«

Überrascht machte sie zwei Schritte rückwärts und trat dabei in das Hinterrad von Holtens Fahrrad, das, von ihr unbeachtet, hinter ihr lag. Der Absatz ihres rechten Schuhs verfing sich in den Speichen, sie verlor das Gleichgewicht und fiel, vom Schwung ihrer Rückwärtsbewegung getragen, mit dem Rücken heftig auf das Fahrrad. Sie stieß einen Schmerzensschrei aus, während die Pistole über das Betonpflaster schlidderte.

Holten, von der plötzlichen dramatischen Wendung der Ereignisse auch überrascht, reagierte jedoch sofort und stürzte sich auf die Waffe.

»Hilf mir«, stöhnte Marie, als Holten mit der Pistole in der Hand neben ihr stand.

»Damit du noch einmal versuchen kannst, mich umzubringen?«

Sie weinte jetzt.

»Ich musste es doch tun.«

»Nur sterben musst du – irgendwann – und vorher lange ins Gefängnis.«

»Hilf mir bitte, ich kann mich nicht bewegen«, schluchzte sie und versuchte dabei schwerfällig, zunächst die Beine und dann ihren Körper vom Fahrrad zu rollen. Er konnte ihr ansehen, dass sie höllische Schmerzen haben musste, vielleicht hatte sie sich bei dem Sturz einige Rippen gebrochen.

›Und sie bewegt sich doch‹, dachte er ohne Mitgefühl.

Er musste von Taten benachrichtigen, durfte sie jedoch nicht allein ohne Bewachung hier liegen lassen. Als Polizist hatte er oftmals Handschellen mitgenommen, wenn eine Verhaftung anstand, doch nun besaß er gar keine mehr, und sein Handy steckte zu Hause am Aufladegerät.

Wie sollte er das jetzt bewerkstelligen?

Holten war auf dem Lande aufgewachsen und wusste, wie widerspenstige Rinder am Ausreißen von der Weide gehindert wurden: Mit einer Kette um den Hals und einem daran befestigten Holzpfahl hatten sie keine Möglichkeiten mehr, einen Zaun zu überspringen.

Er bückte sich und löste das Fahrradschloss vom Gepäckträger. Dann legte er die Pistole außer Reichweite und drückte Maries Oberkörper herunter, sodass ihr Hals auf der Stange des Fahrrades lag. Sie schrie vor Schmerz, aus Wut oder Protest, aber das kümmerte ihn nicht. Mit einer schnellen Bewegung schlang er das Drahtseil des Schlosses um die Stange und ihren Hals und ließ den Verschluss einrasten.

»Du Bullenschwein!«, kreischte sie, und es folgte eine Tirade niederländischer Flüche, die er nicht verstand.

In aller Ruhe steckte er die Pistole ein und machte sich auf den Weg zum Tower, um zu telefonieren.

Inzwischen hatte starker Regen eingesetzt, und als er sich vor der Tür noch einmal nach ihr umsah, musste er an Wilhelm Lehmberg denken.

»Alles muss man selbst machen«, brummte er, während er die Wendeltreppe hinaufstieg.

Buß- und Bettag im November war immer ein besonderer Tag im Jahr. Holten und seine Frau hatten Mitte November Geburtstag, beide an einem Tag. Er hatte sich schon häufiger im Scherz öffentlich darüber beklagt, dass er mit einer älteren Frau ins Bett gehen musste. Sie war gut vier Stunden vor ihm zur Welt gekommen.

Da an diesem kirchlichen Feiertag fast alle Berufstätigen arbeitsfrei waren, wurde ihr Geburtstag traditionsgemäß schon seit Jahrzehnten an diesem Tag feierlich begangen, und das schönste Geschenk für Holten war stets, dass sie auf diesen Tag auch den Beginn der Grünkohlsaison gelegt hatten. Grünkohl, auf norddeutsche Art zubereitet, war sein liebstes Gericht, und er wusste, dass er es jetzt, in den kommenden Wintermonaten, häufig genießen konnte. Sie saßen an diesem Tag für gewöhnlich mit sechs Erwachsenen am Tisch. Ihre besten Freunde, Bodo und Gitta, waren jedes Mal dabei, dazu kam, in wechselnder Besetzung, ein zweites Paar aus ihrem Freundeskreis, das besonders eingeladen wurde. Diesmal waren es Bernd und Anja.

Auf dem Tisch standen der Topf mit heißem, dampfendem Kohl, eine Schüssel mit gekochten Kartoffeln und die Platte mit Pinkelwurst, Kassler, Bauchspeck und Rauchwürsten. Jeder langte kräftig zu, und die einzigen Äußerungen, die zu hören waren, bezogen sich auf die überragende Kochkunst der Hausfrau. Als dann der größte Appetit gestillt war und zwischen den einzelnen Bissen wieder Zeit für Unterhaltung blieb, war natürlich der von Holten gelöste Kriminalfall das große Thema.

Bodo und Gitta bestanden darauf, dass er ihnen alles genau erzählte, und Holten fasste zusammen:

»Marie Fermental, die früher Marie van Dalen hieß, hat sich schon als junges Mädchen mit ihrem Bruder Jasper im Rauschgiftmilieu herumgetrieben, mit Drogenschmuggel zu tun gehabt und ist auch deswegen straffällig geworden. Das weiß ich von Karen Dusen, einer netten jungen Frau, die ich in Amsterdam kennengelernt habe und die das über ihren Vater, der zufällig auch Kriminalpolizist ist, erfahren hat. Nach ihrer Haft ist Marie jedenfalls raffinierter geworden. Sie hat wohl an dem Punkt weitergemacht, an dem sie aufgehört hatte, sich jedoch nicht erwischen lassen. Durch Zufall hat sie den armen Klaus Fermental kennengelernt und ihm die große Liebe vorgespielt. Sie hat ihn dann geheiratet, wohl um seine Verbindungen, die er als Chef einer internationalen Spedition hatte, auszunutzen, und ist mit ihm nach Hellwege gezogen. Hier hat sie unseren versteckt liegenden kleinen Flugplatz entdeckt und ihren Plan ausgeheckt: Ihr Bruder und ein zweiter Pilot sind fast jeden Montag mit zwei kleinen Maschinen, einer langsamen und einer flotten, von Amsterdam nach Warschau geflogen und haben das schnellere Flugzeug dort mit Rauschgift beladen. Dienstags, wenn an unserem Platz kein Flugbetrieb war, sind sie im Verband zurückgeflogen. Weil die langsame Maschine im Flugplan als Verbandsführer und Ansprechpartner für die Flugsicherung angegeben war, konnte die schnelle ziemlich tief und unbemerkt vorausfliegen, in Weser-Wümme landen und das Schmuggelgut ausladen, wieder starten und dann mit der langsamen gemeinsam wieder in Amsterdam ankommen. Das haben sie oft gemacht. Riecker, unseren Flugleiter, haben sie mit ein wenig Geld bestochen, und niemandem ist je irgendetwas aufgefallen. Marie hat das Rauschgift in Riedauer Heide übernommen und den Vertrieb hier in der Gegend organisiert. Doch einmal im August stand kein schnelles einmotoriges Flugzeug zur Verfügung, und sie mussten ein großes zweimotoriges nehmen. Es war nun Zufall, dass Wilhelm Lehmberg die landende Mitsubishi aufgefallen ist und er dann zum Flugplatz fuhr. Marie, die die Ware wie immer am Flugplatz in Empfang nahm, war sich nicht sicher, ob er irgendetwas mitbekommen hatte. Vielleicht hat er auch unbequeme Fragen gestellt. Das werden wir nicht mehr klären können. Jedenfalls hat sie ihn dann sicherheitshalber umgebracht, indem sie ihn überfahren hat, und weil das an den Reifen verräterische Spuren hätte hinterlassen können, ist sie sofort danach zur Werkstatt gefahren und hat die Reifen wechseln lassen. Dann hat sie, als sie uns in der »Brücke« getroffen hat, mitbekommen, dass ich mit Riecker sprechen wollte, und hat ihn am nächsten Morgen kaltblütig erschossen. Das Gewehr stammte übrigens aus Klaus Fermentals Waffenschrank. Der arme Mann hat natürlich von alledem nichts gewusst, und sie hat gedacht, dass sie damit aus allem heraus sei.«

Holten unterbrach seinen Bericht, weil alle den Hauptgang beendet hatten und Susanne den Nachtisch aufgetragen hatte. Vanilleeis mit heißen Erdbeeren gehörte einfach dazu. Erst als Holten ein erstes Schälchen davon genossen hatte, fuhr er fort:

»Alle haben ja gedacht, dass Bernd der Bösewicht war, doch zu ihrem Unglück hat sie nicht damit gerechnet, dass mir so einige Ungereimtheiten aufgefallen sind und dass ich nicht, wie Hauptkommissar von Taten und die anderen auch, an Bernds Schuld geglaubt habe. Ich habe dann ja auch glücklicherweise weitergeforscht.«

Dabei grinste er Bernd an.

»Sie hat ja auch noch versucht, den Verdacht zu bekräftigen, indem sie behauptet hat, ihr Mann sei auf Safari in Afrika. Dass er, bevor er dorthin geflogen ist, noch einige Tage in Frankfurt bei Freunden verbracht und von dort angerufen hat, hat sie wohlweislich verschwiegen.«

Holten befeuchtete seine Kehle mit einem großen Schluck Wein, bevor er weitererzählte.

»Jedenfalls muss sie einen großen Schreck bekommen haben, als ich bei ihrer Firma in Amsterdam aufgetaucht bin. Dort hat sie übrigens zur Tarnung mit ihrem Bruder zwei Unternehmen betrieben, die sich mit der Herstellung und dem Vertrieb pharmazeutischer Produkte beschäftigten. Ein besseres Ablenkungsmanöver gibt es ja kaum. Ich habe sie bei meinem Besuch nicht gesehen, sie mich aber offensichtlich. Sie ist wohl nervös geworden, hat mich dann am Flugplatz abgepasst und mir mit Orangensaft K.O.-Tropfen zukommen lassen, die sie genau dosiert hat. Ich sollte schlafend abstürzen. Mein Glück war, dass ich nicht alles ausgetrunken habe, dass ich gleich nach der Landung die Langstreckentanks randvoll habe auffüllen lassen, dass ich eine Nachtlandung vorhatte, wegen des starken Rückenwindes mit ganz geringer Leistungseinstellung geflogen bin und dass ich den Autopiloten eingeschaltet hatte. So bin ich dann ja auch glücklich in Russland gelandet. Ich konnte mir dann alles zusammenreimen und habe von Taten überzeugen können, auf dem Fermental'schen Anwesen eine Durchsuchung zu machen. So konnte auch alles bewiesen werden. Jasper van Dalen ist am nächsten Tag in Amsterdam verhaftet worden. Seine Schwester Marie wollte mit ihrem Flugzeug noch nach Polen verschwinden, aber ich konnte sie ja mit viel Glück auf unserem Flugplatz überwältigen.

Für Anfang nächsten Jahres ist der Prozesstermin gegen sie angesetzt.«

Holten hatte geendet und füllte seine Schale ein zweites Mal mit Eis und Früchten. Bodo und Gitta hatten gespannt zugehört und dabei das Essen vergessen. Sie löffelten jetzt Eis-Erdbeerbrei.

»Was gibt es doch für schlechte Menschen«, sagte Bodo nachdenklich und hob sein Glas mit dem Schnaps, »das muss ich erst einmal verdauen.«

»Was gibt es doch für delikate Gerichte«, entgegnete Holten und nahm sein Glas ebenfalls zur Hand, »die wollen wir erst einmal verdauen.«

Während er sein Glas leerte, fixierte er eine Fliege, die sich unverfroren auf den Essensresten herumtrieb. Er überlegte, wie er diesem Überbleibsel des vergangenen Sommers den Garaus machen könnte, ohne allzu großen Schaden anzurichten.

EPILOG

Roman *[lat.-vulgärlat.-fr.] m; -e:*

Ausführliche Prosaerzählung, die fiktiv über das Handeln einer Einzelperson oder einer Gemeinschaft mit weitgehender Schilderung ihrer Umwelt berichtet.

Dies gilt auch für einen Kriminalroman. Die Handlung ist erfunden, auch wenn sie auf einer wahren Begebenheit beruht.

Allerdings hat es mir Vergnügen bereitet, die Personen an Orten agieren zu lassen, die nicht fiktiv sind und die der Leser auch wiederfinden kann. Natürlich wurden einige Örtlichkeiten aber auch so verändert, dass sie zum Fortgang der Handlung passten, und so wird man auch manchen Platz vergeblich suchen.

Ob Ähnlichkeiten mit lebenden oder toten Personen zufällig und nicht beabsichtigt sind, mag der geneigte Leser selbst entscheiden.

Die bösen Menschen sind auf jeden Fall erfunden.

Der Autor

Wilhelm Wünsche, geb. 1948, studierte Pädagogik und war einige Jahre als Grundschullehrer tätig. Das Leben in Norddeutschland auf dem Lande, sowie seine Erfahrungen als Privatpilot waren eine Inspiration für diesen Roman.

Jan Schröter

Der Rikschamann

Ein Hamburg-Thriller

240 S.,
ISBN 978-3-86108-989-6
12.90 €

Max Harder ist ein junger Student – aber eigentlich findet sein Leben auf den Straßen Hamburgs statt: Mit seinem alten Kumpel Oleg teilt er nicht nur die Wohnung, sondern auch das »Gelbe Ungetüm«, eine quietschgelbe Fahrradrikscha, mit der sie ihren Lebensunterhalt einfahren. Max weiß alles über Oleg, denkt er. Doch dann sitzt ein bildhübsches Mädchen in der Rikscha, von dem Oleg nie etwas erzählt hat. Nur Stunden später ist sie tot und Oleg verschwunden. Max gerät zwischen alle Fronten, unter Mordverdacht, wird von Gangstern gejagt und weiß längst nicht mehr, wer in diesem Spiel gut oder böse ist: Pieter Westheim alias Pete West, Hitproduzent mit Hang zu Geheimnissen. Elena Westheim, Gattin mit Versorgungsproblem, Hamid, ein Mechaniker mit diskretem Nebenerwerb? Trotz teils unfreiwilliger Schützenhilfe der übergewichtigen Elke und ihrer Kontrahentin Bronstein – einer Kripobeamtin mit scharfem Verstand, scharfer Figur und langer Nase – übersteht Max das Verwirrspiel nicht ohne Blessuren. Und auch das »Gelbe Ungetüm« kriegt einiges ab …

Jan Schröter

Freundschaftsdienste

240 S.,
ISBN 978-3-8378-7003-9
12.90 €

Job gekündigt, Ehe kaputt – Tom Hansen möchte vor allem eins: in Ruhe gelassen werden. Das von ihm spontan übernommene, kleine Hamburger Buchantiquariat abseits von Trend und Trubel scheint dafür genau der richtige Ort zu sein. Doch dann wird ein Nachbar vom Bücherregel erschlagen, eine Frau fällt vom Himmel, Toms Tochter vertont Anleitungen zum Elternmord und seine besten Freunde spielen verrückt. Damit beginnen erst Toms Probleme. Und bald steht er vor der Frage: Ab wann kann man sich nicht mehr aus den Dingen raushalten?

Gruseln und Grinsen – in diesem Roman geht beides. Der erfahrene Drehbuchautor Jan Schröter verwebt feinste Krimi-Suspense mit dem alltäglichen Wahnsinnsmix aus Beziehungschaos, Generationenkonflikt und schräger Situationskomik.